引きこもり令嬢は話のわかる聖獣番7

山田桐子
TOHKO YAMADA

一迅社文庫アイリス

CONTENTS

サイラス・エイカー
聖獣騎士団の団長。ワーズワース王国の王弟で、公爵位を得ている。どんな仕草でも色気が溢れるという特殊体質で、世の女性たちを虜にしているという噂がある。
ミュリエル・ノルト
人づきあいが苦手で屋敷に引きこもっていた伯爵令嬢。天然気質で、自分の世界にはまると抜け出せないという、悪癖がある。現在、聖獣たちの言葉がわかることから「聖獣番」として活躍し、サイラスとは婚約中。
WORDS
聖獣
今はなき神獣である竜が、種の断絶の前に、己の証を残そうと異種と交わった結果、生まれた存在。竜の血が色濃く出ると、身体が大きくなったり、能力が高くなったりする傾向がある。
パートナー
聖獣が自分の名前をつけ、背に乗ることを許した相手のこと。
聖獣騎士団の特務部隊
聖獣騎士団の本隊に身を置くことができないほど、問題を抱えた聖獣たちが所属する場所。

引きこもり令嬢は話のわかる聖獣番

レインティーナ・メールロー

聖獣騎士団の団員。
白薔薇が似合う男装の麗人で、
大変見目がよい。
しかし、見た目を裏切る
脳筋タイプの女性。

リーン・クーン

聖獣を研究している学者。
聖獣騎士団の団員としても
席を置いている。
聖獣愛が強すぎる人として
知られる青年。

リュカエル・ノルト

聖獣騎士団の新団員。
ミュリエルの弟だが、
姉とは違って冷静沈着。
サイラスの執務の
手助けもしている。

CHARACTER

アトラ

真っ白いウサギの聖獣。
パートナーである
サイラスとの関係は良好。
鋭い目つきと恐ろしい
歯ぎしりが印象的だが、
根は優しい。

レグゾディック・デ・グレーフィンベルク

巨大なイノシシの聖獣。
愛称はレグ。パートナーで
あるレインティーナの
センスのなさに、悩まされ
続けている。

クロキリ

気ぐらいが高い、
タカの聖獣。
自分に見合った
パートナーが現れる日を
待っている。

ロロ

モグラの聖獣。
学者であるリーンが
パートナーであるため、
日がな一日まったりと
過ごしている。

スヴェラータ・ジ・オルグレン

気弱なオオカミの聖獣。
愛称はスジオ。
パートナーとなった
リュカエルが大好き。
彼からは「スヴェン」と
呼ばれている。

イラストレーション◆まち

引きこもり令嬢は話のわかる聖獣番7

HIKIKOMORI REIJYO HA HANASHINOWAKARU SEIJYUBAN 7th.

プロローグ

齢《よわい》二十六にして、ここワーズワース王国のエイカー公爵であり聖獣騎士団団長でもあるサイラス・エイカーは、昼の青空と大自然に囲まれながら、現地調達で作られた木製のベンチに腰をおろしていた。テーブルの上には、今し方記入を終えた夏合宿の最終確認表がある。

聖獣達の避暑と騎士達の体力向上を目的とした夏合宿、それも今日で終わりだ。地形の険しさを理由に手つかずだったこの山が、現地調査を組み込んで今年の夏合宿の地と決まったのは急なことであった。しかし、たどり着いたこの仮宿での日々は、少々過酷になりやすい例年の夏合宿が嘘《うそ》に思えるほど、どの面から見ても快適で素晴らしいものだった。

(いや、当たり年と呼べるほど満足のいくものになったのは、ミュリエルがいたからだな)

帰り支度が進んだ拠点では、皆が最後の時を思い思いに過ごしている。そのなかで目に留めるのは、栗色《くりいろ》の髪に翠《みどり》の瞳をした愛《いと》しい婚約者の姿だ。サイラスは思わず、頬を緩める。ミュリエルが可愛《かわい》らしくあくびをしたからだ。

(夜も明けぬうちから、誘い出してしまったからか……)

苺《いちご》畑で二人きり、甘い時間を持ったのは今朝のこと。夏合宿では、普段は共有できない時間帯も傍《そば》にいることができた。だが、皆の目もまた傍にあると思えば気の向くままに触れるのは難しい。それでも、サイラスはどうしても二人きりの思い出が欲しかったのだ。

もちろん、浮かれてばかりもいられない諸問題もある。この地にて見聞したことにより、当たり前と思っていたものが揺らぐ事態となった。気づいてしまった異端とも言われかねない事実の片鱗《へんりん》は、見え隠れする悪意と我々を今後どのように関わらせていくのか――。

誰もこちらに気を留めていないのをいいことに、サイラスは難しくなりかけた気持ちをミュリエルを愛《め》でることで切り替える。そして、ふと気づけば己と同じように目を向けている者がいた。白ウサギのアトラだ。しかもアトラは、サイラスの視線に気づいて目を合わせたというのに、すぐにそらしてしまう。赤い目は、可愛い妹分を眺めることに忙しいらしい。

（アトラがミュリエルを気に入って、気にかけてくれるのはとても嬉《うれ》しい、のだが……）

大の男が持つ感情ではないと思いつつ、胸に灯《とも》るのは少々のやきもちだ。とはいえ、最高の相棒と最愛の婚約者。その二者にサイラスが最大の情を抱《いだ》いているからこそ、アトラに、ミュリエルに、そこに築かれた関係性に妬《や》いてしまうのだろう。しかし、サイラスは微笑《ほほえ》みながら緩く首を振った。少し前までアトラに後《おく》れを取っていた点については、己も最近ずいぶん追いついているではないか、と。しかし、だからこそ。

「たゆまず、止まらず、定期的に、少々負荷をかけた働きかけを……」

独りごちる台詞《せりふ》は、主語がないばかりに万が一誰かに聞かれても問題のないものだ。サイラスは鷹揚《おうよう》に立ち上がると、最高と最愛がじゃれている場へと足を向ける。歩みはあくまでゆったりとしたものだ。とはいえ、その一歩は意外と大きい。

1章　元引きこもり令嬢、肌寒さを感じる

手で押さえたものの大きなあくびが一つ、昼過ぎの青空にあがる。噛《か》み殺す努力もせずに全力であくびをしてしまうなど、年頃の令嬢としてあるまじき行為だ。誰にも見られないよう方向には気を遣ったとはいえ、しばし大自然に囲まれて過ごしていたせいか知らず知らずのうちにすっかり気が緩んでしまっていたらしい。ミュリエルは少々恥じ入りながら、口を押さえていた手をそのまま目尻に移動させ、翠《みどり》の瞳に滲《にじ》んだ涙を拭《ぬぐ》った。

聖獣達の避暑を目的として訪れたこの未開の山は、早くも秋めいてきている。聖獣騎士団がそろって過ごした夏合宿も、今日で終わりだ。合宿の間に愛用していた多くのもの、それは立派な八角形のテントだったり、素敵な模様のハンモックだったり、ウッドデッキに皆で並べたおそろいのコップだったり、たくさんの洗濯物を楽しく吊《つ》るしたロープだったり、そんな慣れ親しんだほとんどのものも片づいてしまっている。ここでの残り少ない時間を思い思いに過ごす皆の姿がなければ、きっともっと切ない気持ちになったことだろう。

とはいえ、本来であればこの期間、聖獣番は長期の休みとなるはずであった。それをおねだりの末に回避してこんな素敵な時間を過ごせたのだから、ミュリエルにとって間違いなく最良の選択だったといえよう。下界であれば暑さに負けて望めなかった聖獣達との触れ合いも、標高が高く涼しい山では十分に堪能《たんのう》できたし、普段では共にいることができない時間を騎士の面々とも共有することができたのだから。

　ミュリエルは深い満足感を胸に、感慨深く辺りを見回した。石灰棚が階段状に連なる大小様々な湖は、来た日から変わることなく澄み渡っている。鏡のような湖面が映す空は青さが際立ち、どこか硬質で美しい。木々や山の緑が風に揺れると、一拍遅れて波が立ち行く様もまた、圧巻だ。自然の織りなす音は遮《さえぎ》られることなく響き、途切れることがない。

　改めて眺める絶景に心を奪われたミュリエルだったが、何の前触れもなくギュッと目をつぶった。突如《とつじょ》わきおこったあくびの欲求を、今度こそ歯を噛みしめてやりすごすために。自分のことながら、感動的な場面で大口をあけるのはあまりにも無粋《ぶすい》だ。

「ガチ、ガチン。ギリギリ。ガチガチガチ」

『おい、ミュー。さっきから何回あくびしてんだよ。眠くなるにはまだ早いだろ』

　聞こえた歯ぎしりが頭でわかる言葉となって響いた時には、頭上からズシンと重みが加えられる。大きな白ウサギの聖獣、アトラがあごを乗せてきたのだ。強めの加減でのしかかられてしまえば、ふわふわの極上の毛並みを感じる余裕などない。そして悲しいかな、あくびを繰り返していることが筒抜《つつぬ》けだ。

「ブフォ。ブフブフ、ブッフォン！」

『うふふ。朝帰りなんてしちゃったから、ミューちゃんてばオネムなのよ！』

　イノシシの聖獣レグが鼻息を吹き出すと、内容のせいか心なしかいつもより生暖かい。勘違いを誘う言葉を使われたため、ミュリエルとしては即座に反論しておきたいところだ。だが今は、アトラにあご下でこねられ続けているので、転ばないように両足を踏みしめるだけで精一杯になっている。

「ピィ、ピュイ。ピュルルル」

『朝帰りと聞くと、たいそうな言いようだがな。中身はきっといつものままごとだろう』

会話に参加するものの、タカの聖獣クロキリは自身の身だしなみを整えるのに余念がない。自慢の胸毛をふくらませ、優雅に嘴《くちばし》を動かしている。

「ワフ、ワゥン。ワン、ガウガウ」

『でも、ダンチョーさんめっちゃご機嫌っスよ。だから、ご褒美展開はあったと思うっス』

オオカミの聖獣スジオが、首を傾《かし》げる。通常時でも困った形の眉と相まって、大変可愛らしい仕草だ。

「キュキュッ。キュウ、キュキュキュ」

『ひひひっ。スジオはんの予想、いい線いってると思います。視線が甘くてかないません』

つぶらなはずの瞳をニンマリさせているのは、モグラの聖獣ロロだ。これでお決まりのように会話はぐるりと一周したが、依然アトラのあご下にいるミュリエルには順番が回ってこない。

本来の種より大きく、そして賢く生まれついた聖獣である彼らは、今まで竜が種の断絶を前に自身の血を残そうと他種と交わったことで生まれた存在だとされてきた。しかし、ここのところ身に起こり、また、目にした出来事により少々事情が異なるのではないか、という疑問が身近な者達の間では持たれている。

とはいえ、ミュリエルにとって大事なのはアトラ達が大切な仲間であり、愛すべき大きな毛玉達だということだ。優しく、賢く、仲間想いのアトラ達とこうして今、縁を繋《つな》ぎ共にいる。それ以上でもそれ以下でもない。

現在進行形で多少雑に扱われていたとしても、それすら嬉《うれ》しいことだった。色々な場面でからかわれることも恥ずかしいだけで、なくすことのできない大切な日常だ。妹分として可愛がられることは、いつだってミュリエルの胸を幸せな気持ちでいっぱいにする。

『だって、ほら。アトラはんてば、微妙にやきもち妬《や》いてますし』

しかし、いつも余計なことを言うロロにより、雲行きが怪しくなった。

『あ?』

ギリリと短くも重いアトラの歯ぎしりは、ガラの悪い濁点混じりだ。

『やっだぁ！　なぁに？　アトラってば、仲間外れにされていじけてたの？』

『難儀だな。仲を取り持つために気を回すくせに、上手《うま》くいけば面白くないとは』

『うっ。こ、これは言っちゃいけないって、わかってるっス！　わかってるんス、けど……』

レグとクロキリが繋いだ会話に、スジオがギリギリのところで踏みとどまる。しかし、ロロがやっぱりひと言多い。

『アトラはんてば、かぁわいい～！　……、……、……って、スジオはんが言うてます』

ギンッ、と鋭い眼光が向けられたのは、可哀想かなスジオだ。赤い目の切れ味は最高で、罪をなすりつけられたオオカミは思わぬ事態に耳をピンッと立てて硬直している。そしてすぐに、限界まで耳を寝かせると尻尾《しっぽ》を股《また》に挟んだ。一方要領のいいモグラは、ススッと脇《わき》に移動するとあらぬ方向を見ている。

そんな一連の流れの間に、ミュリエルもやっと白ウサギのあご下から解放された。ぞんざいな扱いを受けたため、栗色《くりいろ》の髪はおおいに乱れ、夏合宿用に支給されたグレーのケープはもちろん聖獣番の緑の制服までヨレヨレだ。スジオを助けるために口添えをしてあげたいと先程《さきほど》から思っているが、まずはこのふらつく体勢をなんとかしなければならないだろう。ミュリエルはやや前かがみに項垂《うなだ》れると、膝《ひざ》に両手をついて体を支えようとした。

「ミュリエル、大丈夫か？」

だが、その両手は大きな手に握られる。うつむいていた顔を上げれば、のぞき込んでくる紫の瞳と目が合った。自分の膝より、ずっと安定感がある手を貸してくれたのは、柔らかく微笑《ほほえ》むサイラスだ。ミュリエルはじんわりと頬を染めた。ただ礼を言ってすんなり立てばそれだけですんだのに、ここまでの成長と慣れをもってしてもこの時はそれができなかった。

朝帰り、などというからかい文句が頭をかすめたせいかもしれない。繋いだ手から互いの熱が伝われば、芋《いも》づる式に夜明けに触れ合った記憶も鮮明さを増していく。じわじわと潤《うる》みはじめた翠の瞳を自覚したが、あからさまに目をそらすこともできなかった。潤んだ翠の瞳に見つめられたサイラスは、吐息を零《こぼ》すように笑う。

「君は、あくびまで可愛《かわい》らしいな」

「っ⁉」

どことなく艶《つや》めいた笑みだったのに、どうやらそれは思い出し笑いであったらしい。あくびで潤んだわけではないのに、目尻にわいた涙を見ていらぬ記憶を引っ張り出してしまったようだ。いったいどのあくびを目撃されていたのか。アトラ達だけではなくサイラスにまで指摘されてしまったミュリエルは、ますます頬を赤くした。

「早く、起きすぎてしまったせいだな」

火照《ほて》る頬を包むようにして、目尻の涙を優しい指が拭っていく。そのまま顔にかかる栗色の髪を耳にかける仕草は、ことさらゆっくりとしていた。わざとだと責められないほど軽く、預かったままのエメラルドのイヤーカフに指先が触れる。そっと離れた指先が首筋をかすめるその瞬間にも、注がれ続ける紫の瞳はいっそう甘さを増していった。

それらすべてが、明け方過ごした二人の時間をミュリエルに思い起こさせる。少々夢見心地だったせいか、じゃれるような触れ合いはふわふわとしていて、どこをどう切り取っても睦《むつ》まじい恋人同士のそれだった。与えられ、翻弄《ほんろう》されるばかりであった自分の変化。その変化をまざまざと自覚してしまえば、いつもとは違った羞恥心《しゅうちしん》がわきおこる。

（お、おお、落ち着くのよ、ミュリエル。サ、サイラス様は、寝不足を心配してくださっているだけで、きっと他意は、ない……）

「あのあと、二人で眠ったが」

「っ！」

「あの程度では、もの足りなかっただろう？」

「っ!?」

それなのに思わせぶりな台詞《せりふ》を連続でかけられて、ビクリと体が硬直する。弾みでせっかく耳にかけてもらった髪が零れた。それに柔らかく微笑んだサイラスは、再びミュリエルの耳もとに指先を伸ばす。しっかりかけ直そうとしているだけ、ぎりぎりそんな体裁《ていさい》が保てる加減でのぞき込むように顔を近づけた。何より自分のために他意がないのだと擁護《ようご》しておきたいのに、続く言動がグレーか黒かの選択を迫る。

「今朝のことなのに、忘れてしまったのか？」

近づいたぶん、サイラスの声が密《ひそ》やかさを増す。

「二人きりで過ごした、夜から朝に変わる時間を」

低く甘い声は、耳から体の奥にしみるように響くとミュリエルを震わせた。

「私と君の距離だって」

柔らかく触れる吐息が伝えるのは、言葉だけではなく体温だ。

「これほどまでに、近かった」

ふ、と駄目《だめ》押しのようにミュリエルの耳に吐息を送ったものの、限界ギリギリの引き際を心得たサイラスは、あっさりと身を離す。とはいえ、茹《ゆだ》ったミュリエルはヘロヘロだ。

『……残暑が、厳しいな』

赤い目をすがめたアトラの呟《つぶや》きに、レグが間髪《かんはつ》入れずに大笑いする。

『あははははっ！　やっだぁ！　アトラってば、そんな顔で何言ってんの、おっかしい！』

　相当面白かったらしく、レグが脚を踏み鳴らすため地面が揺れる。軽く地面から浮く動きに逆らうことなく、クロキリにスジオ、そしてロロも軽口に乗った。

『アトラ君が冗談を言うなど、珍しいからな』

『でも、こんな残暑なら楽しくていいっスよ！』

『ほんまに！　冗談で流してちょうどえぇ具合です』

　恥ずかしさの極致にいて聖獣達の会話を聞き逃していたミュリエルも、仲良しな雰囲気に引っ張られてかろうじて我に返る。パチリと瞬《まばた》きをすれば、微笑んでいるサイラスがいた。サイラスは今度こそ含みなく栗色の髪をなでると、穏やかな視線をミュリエルの背後へと移した。

「そういえば、アトラ。ありがとう」

　突然のお礼の言葉に、首を傾げたのはミュリエルだけではない。当のアトラも感謝を告げられる心当たりがないのか、珍しくきょとんとしていた。

「帰路でミュリエルに危険がないように、匂いをつけてくれたのだろう？　お前の気遣いが、私はいつも嬉しい」

　すっかり艶っぽいサイラスにあてられて忘れていたが、そういえばミュリエルは先程までアトラのあご下でこねくり回されていた。しかし、そういう流れだっただろうか。そんな疑問を持てば、レグ達も目線で同じような会話をしている。

（確かに、アトラさんに匂いをつけてもらうと、獣関係の危険がないというお話を聞いたことはあるけれど……）

やきもち云々《うんぬん》の話になっていた気がしたものの、確認するのは憚《はばか》られた。サイラスの登場する前の流れを思えば、蒸し返しては己の首を絞めることになるだろう。だからミュリエルは、言葉を発さずにアトラの反応を待った。

この場にいる全員の視線が白ウサギに集まる。その数、二人と四匹。ただし内一人、要するにサイラスだけは一分《いちぶ》の疑いもない眼差《まなざ》しを向けている。

アトラがスッと赤い目を細めたのは、全員が無言でしばらく見つめ合ってからのことだった。そこからおもむろに白い脚が一歩踏み出し、ミュリエルは反射で三歩さがる。

しかし、アトラの標的はサイラスだったらしい。白い壁の如《ごと》くかなりの近距離でおすわりをしたかと思えば、高い位置から見下ろしてくる。そのまま見つめ合う、紫と赤の瞳。怯《ひる》むどころか微笑みをいっそう深めたサイラスの肩に、アトラはひと言もなくあごをズンッと乗せた。そして、グリグリと擦りつける。どうやら己のパートナーにも存分に匂いをつけることにしたようだ。ミュリエルと違うのは、かなりの強さでのしかかっているのにも関わらずサイラスが一歩もよろめかないことだろう。それどころか嬉しそうに、白ウサギの喉をなでている。

ミュリエルがこねくり回されていたのと同等の時間、一人と一匹の触れ合いは続く。すると、だんだんとアトラが赤い目をすがめていくではないか。一見鋭さが増したように思われるが、ミュリエルにはわかっていた。少し前の不機嫌さなどすっかり忘れ、サイラスの軽く見えるが絶妙な手業《てわざ》、要するに「なでなで」にアトラが感じ入っていることを。

（アトラさんは、私のなでなでも気に入ってくださっているけれど……。やはりパートナーであるサイラス様の手には、敵《かな》わないのね。ふふっ、お二方とも気持ちよさそう……）

こんな仲良しな様子を間近で見せられては、思わず頬が緩んでしまうのも仕方がない。締まりのない笑顔で、ミュリエルは幸せなやり取りを見守っていた。だから当然、その眼差しは掛け値なしに温かなものであったはずだ。

それなのに、視線に気づいたアトラが目もとに力を入れる。この鋭さの増し方は、勘気《かんき》を被《こうむ》った時のものだ。ミュリエルは瞬時に姿勢を正した。だが、それだけではすまなかった。

「ガチンッ!!」

「っ!!」

スクッと立ち上がったかと思えば、間髪入れずに盛大な歯音が響く。ミュリエルは文字通り飛び上がった。気絶の危機が減ってから、気つけの一喝《いっかつ》をくらう機会はめっきり減っている。ここ最近はこれほど強く、歯を鳴らされなくなって久しい。

いまいち状況のつかめていないサイラスに視線で問われるが、この怒れる白ウサギを前にして説明する胆力はミュリエルにはなかった。ゆえに、笑って誤魔化《ごまか》す。

『アトラってば、そういう素直じゃないことをするから、余計恥ずかしさが長引くのよ』

『うむ。わからなくもないがな。まぁ、認めてしまった方が楽になるのは確かだ』

『でも、そこで強く出ちゃうからこそ、アトラさんなんじゃないっスかね』

『そうそう、これぞツンデレのお手本。これからもぜひ、このままでいてもらわんと』

ただミュリエルと違いどんな場面でも、いっさいの気負いがないのが聖獣だ。それは、たとえ聖獣達のトップに座すアトラが相手であっても同じ。

「総じて仲はいい、が……。やはり、特務部隊での組み合わせが一番のようだな」

サイラスが小さく息を零すように笑う。別段大きな声ではなかったが、場の空気がふわりと動いた気がした。鼻の上にも眉間《みけん》にもしわをよせていたアトラが、どかりと伏せる。そして開き直ったように、サイラスの手に鼻の頭をあてて催促した。応えてなでるサイラスの視線に誘われて、ミュリエルも白いふわふわの毛をなでさせてもらう。

「……だが、すまない。帰還時は、やはりクロキリが先行だ。何かあった時の伝令役を頼みたいから。もちろん、明るいうちだけだが」

求められるままになでながら、サイラスは軽くクロキリを振り返った。夏合宿のためにここへ来た時は、特務部隊の全員が行動を共にした。しかし、帰りはクロキリのみ別行動だ。

『うむ。ヨン爺《じい》にカプカ君の二組と共に、一班として出発だな。構わんよ。暗くなった時に背に乗せてもらえるのなら、なんの問題もない』

クロキリが了承するようにひと声鳴く。同意を得たと思ったのだろう、サイラスも頷《うなず》いた。

夏の盛りを過ぎたとはいえ、真昼に長時間駆ければ暑いだろう。しかし、老騎士ラテルのパートナーであるカメの聖獣ヨンと、少年騎士ニコのパートナーであるクマの聖獣カプカは暑さに強かった。クロキリもカプカの背でいつでも休憩《きゅうけい》ができることを考えれば、この組み合わせでの日中の移動に不足はないのだろう。

（だけれど……、ヨンさんとカプカさんだと……、……、……）

「どうした？」

ミュリエルの思考が脇道を進みはじめれば、すかさずサイラスが声をかけてくる。

「あ、えっと、その……。移動するお姿を、想像しようとしたのですが……」

巨大なカメとクマが並んで駆ける姿を思い描くのがなかなか難しくて、ミュリエルは明後日《あさって》の方向を見つめながら首を傾げた。

「あぁ、なるほど。あの二組での行動の場合、カプカがヨンを背負うんだ」

「えっ⁉　せ、背負うんですかっ⁉」

目をまんまるにして驚くミュリエルに、サイラスは思わずといったように小さく笑う。

「山が動くようだ、と思ったのだろう」

目の大きさが戻《もど》らぬままにミュリエルが頷けば、サイラスの笑みはさらに深まる。巨大な二匹が一つになって移動していたら、さぞ目立つことだろう。だがしかし、そんな噂《うわさ》を今まで聞いたことがない。

「あんな大きなものが動くとは、思わないからだろうな。意外と人の目に留まらないらしい」

疑問を見越したサイラスの説明にも、ミュリエルは感心することしかできない。ヨンにしてもカプカにしても、今までなかなか姿を見せることがなかった。もしかしたらそれは、今話にあったように大きすぎて見逃していただけなのかもしれない。

ひと通り驚いてから、ミュリエルは続けて帰還の段取りについて軽い説明を受ける。来た時同様、ミュリエルはサイラスと共にアトラの背に乗せてもらう。四班にわかれた騎士団の面々は、時間差をつけて互いの距離を保ちながら順次出発となるらしい。ミュリエル達は第四班、つまり最後尾となるため、この地に別れを告げるのは夕暮れとのことだ。

「団長殿、そろそろ一班の出発の刻限なので、僕から注意事項の連絡をしてもよいでしょうか」

挙手をしながら声を張ったのは、ロロのパートナーであり聖獣学者でもあるリーンだ。聖獣を偏愛するあまり奇行も多いが、知識も豊富で締めるところは心得ているため、騎士団内での取りまとめをサイラスに次いで行う立場にある。

当然サイラスからも否やはない。了承代わりにゆっくりとした瞬きをもらったリーンは、散らばっている騎士達を糸目で順番に見渡した。いまだ手を挙げていることもあり、パラパラと近よってきた皆の視線は、再び呼びかけることなく集まっている。そのためリーンは、追加の声かけはせずに挙げていた手をおろした。そして、区切りのようにモノクルの位置を直してから、改めて口を開く。

「では、僕から一点ほど。えぇと、本当は背景とかそこに至った説明等もしたいところなのですが、長々と話すと人事なことが伝わらないので、結論だけ言います」

元来学者というものは、うんちくが好きなものなのだろう。リーンもその口だが、聖獣騎士団に席を置く面子《メンツ》を思うと、この判断は妥当《だとう》だ。

「これから帰路につくことになります、が……。気を緩めず、最低でも一人は常に気を張った状態でいてください。これは、何かしらが起こる可能性を考えてのことです」

数人が怪訝《けげん》そうに眉をひそめ、首を傾げる。ミュリエルもそのうちの一人だ。とても有意義に過ごした夏合宿だが、思い返せば問題が一つもなかったわけではない。

まずここに来て早々、現在では図鑑にも載っていない、「竜と花嫁」に深く関係がありそうな青い菱《ひし》の花を発見した。これ一つでも十分に驚くべきことなのだが、新発見はそれだけではない。以前隣国ティークロートより持ち込まれた竜モドキ、その亜種が生息している現場をも目にしたのだ。さらには、「竜と花嫁」の研究をしていたであろう人物の遺物まで出てくるという、豪華すぎるオマケつきで。

とはいえ、以上のことだけであれば、リーンの狂喜乱舞と奇行を横で見ているだけですんだだろう。「竜と花嫁」との縁を感じるこの場所で、他ならぬリーンが竜の記憶を身に宿したような言動を取らなければ。

(私は、深い説明を求めたわけではないけれど……。サイラス様とリーン様のことだもの。きっと重要な何かに、気づいてしまったに違いないわ……)

危険なことから遠ざけるため、ミュリエルはサイラス達によって何重にも守られる場所に置かれている自覚がある。しかし、本質に近い位置にサイラス達がいるのなら、ミュリエルには見えていない危険にも目を向けていることだろう。

「まぁ、例のアレですよ。竜の復活を目論《もくろ》む秘密結社」

思考に沈んでいたミュリエルは、リーンの告げた言葉にハッとする。よくない出来事の陰には、いつもこの存在が見え隠れしていた。

「それが動きを見せるのではないか、と。詳《くわ》しく根拠を羅列《られつ》すると長くなるので端折《はしょ》ると、僕が相手の立場なら今動く、動かざるを得ない、ということですかね」

さらに眉をよせたミュリエルは、不安から胸もとを手で押さえた。すぐ隣にいるサイラスを見上げれば、軽く頷いて背に大きな手を添えてくれる。それから、紫の視線をリーンへ戻した。

「対聖獣の危機管理を修めている皆さんであれば、それについての説明は今さらいらないと思うのですが。そこに収まりきらない場合が、無きにしも非《あら》ずなので……」

騎士団の面々に向けて説明を続けていたリーンは、ここでサイラスに糸目を向ける。その意を受けて、サイラスが続きを引き継いだ。

「相手は非現実的なことを目的とした者のようだ。その手法もまた、今までを鑑《かんが》みるに非現実的だと言わざるを得ない。しかし、我々がこれまで、いくつかの不可思議な現象に触れたこともまた、事実だ」

声高に論じるには現実離れしている、とサイラスを含め誰もが思っている。

はじまりは、新たな聖獣かと思い調査に出た先で、多数の動物を繋ぎあわせた姿の幽霊に遭遇したことだろう。それからも折に触れ、不穏な気配と明確な説明などできない不可思議な現象に立ち合ってきた。しかし、そのどれもが予測不能な出来事だ。

「はっきりとした有用な対策を講じることができない。それが現状だ。よって有事の際は君達に裁量を委《ゆだ》ねることになる、が……」

そこで言葉を切ったサイラスは微笑むと、ゆったりと全員を見回した。

「任せても、いいな？」

はっ！　と踵《かかと》を鳴らして一糸乱れぬ敬礼を見せた面々に、サイラスは信頼のこもった頷きを返した。騎士団式の敬礼は身に馴染《なじ》みがなく、ミュリエルはそのやり取りに少々圧倒される。

しかし、自然と背筋が伸びた。そこで、パンッと手を一つ打ったのはリーンだ。

「ということで、皆さん。帰るまでが夏合宿です。おふざけも楽しいですが、気を引き締めるところはしっかりと締めていきましょう！　いいですか？」

はーい！　と間延びした返事があがると、緊張感のあった空気が一瞬にして霧散する。こうした緩急《かんきゅう》をつけるのが上手なところも、聖獣騎士団の長所の一つなのだろう。

◇◇◇

夕日が西に沈む。それを追うように広がる夜の帳《とばり》も、あと少しで山の向こうまで降りきるだろう。山々に囲まれてすり鉢状になっているこの地は、夜の訪れが早い。昼は青に白に緑にと、彩り鮮やかだった景色はすっかり影に囲まれている。黒い切り絵のような木々が縁どる夜空と湖は、つかめると錯覚してしまいそうなほどはっきりと星を散らし、煌《きらめ》いていた。

順次出発していく面々を見送り、残すは最終班であるミュリエル達だけだ。すっかり片づいた拠点にて、すぐにでも出発できる状態でその時を待っている。

糸目聖獣学者のリーンは、夏合宿の間に発見した青い菱の花をはじめ、「竜と花嫁」について書かれた石板や、竜モドキの死骸から手製した骨格標本などを丁寧《ていねい》に荷造りし終え、今は最愛のロロと共にべったりと荷物番をしている。

レグのパートナーであり男装の麗人でもあるレインティーナは、することがなくて暇《ひま》なのか、一人で剣の型を披露していた。一つの動作ごとに、夏合宿用のおそろいのケープがはためくのが華やかで、銀髪が広がっては背に落ちる様はとても格好いい。

スジオのパートナーでミュリエルの弟でもあるリュカエルは、これから夜通し駆けることを考慮して体力の温存に努《つと》めているようだ。スジオによりかかって目をつぶっている。それでも眠っていないとわかるのは、布団代わりにおなかに乗せられている尻尾をいじって、手が絶えず動いているからだ。

我らが団長であるサイラスは、細い枝を手に最後まで残してある火の傍《そば》で、片膝を立てて静かに座っている。いつでも美しい面差しは、夕暮れ時の火に照らされるとより艶っぽい。

ミュリエルも先程までは隣にいたのだが、今は聖獣達の大事な毛がベルトに絡《から》まっていないか見るために立ち上がっていた。出発が近くなって少しソワソワしているので、何かしていないと落ち着かないのだ。そんな心情を知ってか知らずか、周りをうろちょろしていても、アトラ達は好きにさせてくれている。

パキン、とサイラスが手に持っていた枝を折る。辺りが静かだったため、思いの外《ほか》よく音が響いた。ただそれだけのことだと思ったのに、この時は聖獣達の反応が過剰だった。つられて驚いたミュリエルだが、何かを聞くよりアトラに襟首をくわえられるのが先だ。慣れた仕草で長い耳の間から転がされ、背に乗せられる。

「ア、アトラさんっ⁉」

『笛の音がした。けど、安心しろ。危険を知らせる鳴らし方じゃねぇ。集合、だってよ』

「えっ⁉」

笛とは、各自が首からさげている緊急連絡用の笛のことだろう。ミュリエルもこの地に着いた折に、サイラスから渡されている。何かが起こったことを理解したため、なんとか鞍《くら》の上で体勢を立て直しつつサイラスに声をかけようとした。だが、アトラがすぐに駆けだしたことで用意していなかった体がのけぞってしまい、声が喉につまる。

のけぞっても落ちるわけにはいかない。両手で鞍につかまって耐えていると、すぐさま騎乗したサイラスに支えられた。体勢が楽になったことで、つかえていた声が口から飛び出る。

「サ、サイラス様、アトラさんがっ！」

「あぁ、この様子だと集合、だろう？」

多少余裕ができたので説明をと思っても、その必要はないようだ。ミュリエルが目を見張れば、ギリッとアトラが歯を鳴らす。それと同時に、またグンと速度が上がった。

『さすがだな』

三班までの余裕ある出発を見ていたミュリエルは、軽く目を回した。ゆっくり「さようなら」を告げようと思っていた景色が、なんの躊躇《ためら》いもなく後ろに飛んでいく。

「詳しい状況はわからないが、下山すればクロキリがいるかもしれない。それまでは、とにかく先を急ぐ」

軽く前傾姿勢になっているサイラスの指示に、「了解」と三つの声がそろう。それぞれ好きなことをしていたはずなのに、誰も遅れをとっていないのだから、こちらもさすがといったところだろう。

ミュリエルにしてみれば、最後の荷物をいつ聖獣達の背にくくったのかも、いつ騎乗したのかもわからずじまいだ。今まで温かな火を灯していたはずの場所から、細い煙がたなびいている。それだけが、かろうじて目の端に映った。


山を降りきったところで一瞬だけアトラが隊列を外れ、駆け抜けざまに印のついた岩を後ろ脚で強く蹴《け》る。岩が抜けたことで、その上にあった大岩が地響きをあげ落ちた。山頂への唯一の道をふさぐためだ。

無駄な動きは一つもしないまま隊列に戻ると、ピュルルルゥと聞き慣れた囀《さえず》りが空から落ちてくる。サイラスに抱え込まれた腕のなかから見上げれば、暗くて判然としない空にいっそう黒く見える一点の影が浮かんでいた。クロキリだ。

クロキリは、空を切るような鋭さでこちらまで迫る。しかし、軽く翼を広げて簡単に減速すると優雅に体を立て、動き続けるレグの背に上手い具合に着地した。

『レグ君、背に失礼するぞ。それにしても、思ったよりずっと早かったな。あぁ、リーン君。この筒に手紙が入っている』

クロキリがレグの背にレインティーナと相乗りしているリーンに向かって、まったく体勢を崩《くず》さずに器用にかぎ爪を伸ばす。聖獣の言葉などわからないリーンだが、意図は理解して手を伸ばした。しかし、こちらはかなりのへっぴり腰だ。

「えぇと、何々……。ある場所にさしかかると、進み方が予定よりかなり早くなってしまう？　ふむふむ……。隊列が離れすぎるのを懸念して、集合の笛を吹いた？　はいはい……」

独り言なのか報告なのか、手紙に目を落としながらリーンの台詞は続く。

「何かに怯《おび》えているようで、少しでも早く庭に帰り着きたいように見える、とありますね。その様子が、以前の幽霊騒ぎの時に似ているそうです。ただ今回は、人間側では大きな怪異は感じないそうですが」

「っ!?」

一気に聞かされた内容に驚き、全員がそろってリーンに視線を向けた。しかしミュリエルは、耳もとでサイラスから「君はクロキリから話を聞いてくれ」と告げられる。そのため、会話を続けるサイラス達には加わらず、聖獣達の話に耳を傾けることにした。

『幽霊が出る……、出た？　のか？　マジかよ？』

聖獣同士の会話で、まず口火を切ったのはアトラだ。駆ける速さを落とさずに、平常時と変わらず話していることがすごい。ミュリエルが今口を開けば舌を噛んでしまいそうだ。

『うむ。ワタシは前回の騒動の時に同行していない、が……』

首を傾げたクロキリが、言い淀《よど》みながら何もない斜め上に視線をやる。

『出そう、だ』

『マジ、か』

端的すぎるクロキリの返答に、アトラの返しもまた短い。だが、なんとも言い難《がた》い心情を表して、どちらも複雑な声音だ。

『はっきりしたことは言えないのだが、なんとなく嫌な感じだな』

『あぁ、アレな。前回と同じなら、まぁ、言いたいことはわかる』

それきりいったん会話が止まる。きっと各々が思考に沈んでしまったからだろう。だが、間違いなく考えているのは同じことだ。

『……、……、……はぁ!? 何それ!? それって状況と反応から見て、その辺にいつもいるようなヤツじゃなくて、見過ごせない感じの幽霊ってことよね!? いやぁあぁぁ……、って、あっ！ 怖くて嫌って思っちゃったけど、もしかしてまた、可哀想《かわいそう》なコだったりする!?』

思考から浮上するのが一番早かったのはレグだ。叫んでいる間にも色んな方向に考えが飛ぶらしく、感情の起伏も激しい。足並みも荒くなったせいで、よろめいたリーンがロロに爪で摘まれている。

『ジブンも前回留守番だったっスけど、えっ、えっ？ 幽霊騒ぎ再び、ってことっスかっ!?』

『ボクもアレ、詳しいところがえらい気になってて。何事も蚊帳《かや》の外は嫌やなぁ、って』

　スジオとロロの声が少々喜色混じりなところが気になるが、やはり皆で同じことを思い浮かべていたらしい。何より、先程思い出したばかりの出来事でもある。それは、件《くだん》の竜の復活を目論む秘密結社、それが関わっていると思われる、多数の動物を繋ぎあわせた姿の幽霊に遭遇した時のことだ。その幽霊については、聖獣に近い存在であったとも認識している。

　合成獣のような姿をした幽霊は、当初暗い気持ちに囚《とら》われていた。そのため、アトラ達は傍によることを大層嫌がっていた。しかし、幽霊の想いに触れ、無事に天へ還《かえ》した今は総じて同情的だ。

『おい、落ち着け。サイラス達の話も終わったみてぇだから、先に……』

『ちょっとぉ!? 確かに可哀想だけど、可哀想だったけどっ!! スジオにロロは未体験だから呑気《のんき》なこと言ってられるんだわ!! アレ、本能的にかなりヤバいんだからっ!!』

　ここで止めなければ収拾がつかなくなりそうな気配を感じたのだろう。アトラが割って入る。しかし、どうやら一歩遅かったようだ。硬い茶色の毛を逆立てたレグが、たまりかねたように鼻息を噴射した。駆けている最中で息が弾んでいることもあり、湯気まであがっている。

　皆そろって激しく動きながら、よくもこれだけギャンギャンと騒げるものだ。はじまってしまった言い合いを前に、ミュリエルは口を挟むこともできずにおろおろとする。右を向いては左を向き、左を向いては右を向く。そうしていると真下から、滑りの悪い歯ぎしりが響きはじめた。この音の感じからすると、アトラは凶悪な顔で目もとと口もとをひくつかせているに違いない。そしていつものことながら、あ、と思った時にはもう遅いのだ。

「ガチンッ!!」

火花が散ったと見紛《みまが》うほど、大きな歯音だった。ついでに大きく後ろ脚を踏み鳴らしたことで、ミュリエルは一瞬お尻が鞍から浮く。しかし、それだけ効果は絶大だ。言い合いはピタリと止まり、おかんむりの白ウサギに視線が集まる。

アトラは何も言わずにあごを振った。そこには、会話を終えてこちらの様子をうかがっているサイラスがいる。軽く振り返ったミュリエルは、コソッと「や、やはり、幽霊のようです」と報告をした。すると、肩口で頷く気配がする。

「そろって行動するのもよくないと思い班をわけたが、離れすぎるのも避けたい。アトラ、レグ、スジオ、負担を強《し》いることになるが……。この速度を落とさずに、行けるか？」

今現在もかなりの速度で駆けている。聖獣達ののんびりとした姿ばかり見ているミュリエルは、少々心配になった。だが、その必要はないらしい。アトラが軽い感じで歯を鳴らす。

『速度を落とさず、だと？　んなもん、朝飯前だ。追い越せって言われても余裕で駆けてやるけどよ……』

白ウサギはかなり強気の発言をしたあと、誰からの拒否の返事はないものの、ちらりと追従してくる重い足音の方に赤い目を向けた。体力的な問題はきっとないのだろう。だが、精神的なものは別だ。ミュリエルは思わず、舌を噛む危険を顧《かえり》みずに口を開いた。

「は、励ます、ことしかっ、できません、が！」

サイラスに支えられていても絶えず加わる激しい振動の合間を縫い、なんとか言葉を繋ぐ。

しかし、どうしたって途切れがちだ。

「ご、ご要望、いただければばっ、精一杯声援でもっ、応援歌でもっ、送らせて、いただきますっ！　皆さんの脚ならっ、庭まできっと、あっという間、ですよっ！」

なんとか舌を噛まなかったのだから上出来だ。こんな危険を冒《おか》してまで声をかけてしまったのは、駆ける勢いは衰えないもののレグの足取りが重そうに感じたからだ。アトラの視線の真意もそこにある。荷重ではなく、幽霊と聞いたことによる気分の下降のせいであるのは確実だ。

ブフン、とつかれた鼻息はどうにも弱々しい。

駆けることによる息遣いではない鼻息に何か思うところがあったのか、レインティーナがレグを叩《たた》くようになでている。そして、一連のやり取りをミュリエルがわざわざ言葉にせずとも、サイラスにも伝わっていたようだ。

「では、城まで飛ばす。どの面から見ても、それが一番負担が少ないだろう。異常を感じればすぐに報告してくれ」

ミュリエルとは違いなめらかに指示したサイラスに対し、了解ですと返事があがる。行動を共にする者として、ミュリエルもいっちょ前に声をそろえた。短い言葉だからこそ合わせられただけなのだが、少し得意な気持ちになってしまった。とはいえ、気は抜けない。リーンの言葉を借りるなら、無事に庭に帰るまでが夏合宿だ。

しばらく走り続けていると、急な悪寒《おかん》に襲われてフルリと体を震わせる。支えてもらっているものの駆けるアトフの背に乗り続けるのは大変で、時間の経過が曖昧《あいまい》だ。

（な、なぜかしら？　平地に戻ってきたはずなのに、急に風が冷たいような……？）

ケープの襟を思わずしっかり立てると、サイラスの顔が耳もとに近づく。

「ミュリエル、寒いのか？」

「い、いいえ、大丈夫です」

すぐに気遣われてしまい、ミュリエルは慌《あわ》てて首を振った。それなのに、片手を手綱《たづな》から離したサイラスは、あいた手をおなかに回してくる。いつの間にか遠慮もなくごくごく自然にされるようになった触れ合いに、ぽわっと身の内から熱が生まれた。

「我慢などしなくていい」

「い、いえっ！　もう、本当にっ、あ、温まりました、のでっ！」

「本当に？」

「ほ、本当っ、に」

不意にサイラスが、のぞき込むようにミュリエルの耳もとに唇を近づける。

「遠慮などいらないのに」

小さな囁《ささや》きは気遣わしげだ。ただそのぶん、過剰なまでに柔らかい。栗色の髪を揺らして耳に触れた吐息の優しさに、イヤーカフまでが熱を持って震えた気がした。

「耳が冷たくなっている」

その瞬間、ミュリエルはドカンと発火した。耳が冷たいとのたまったサイラスは、なんとその唇で体温を計ったのだ。耳と唇でかわした熱は、何倍にもなって全身を包む。当然密着しているサイラスにも、ミュリエルの体温が急激に上昇したのはわかっただろう。それなのにサイラスは、ミュリエルをさらにしっかり抱き直す。

『おい、背中がかゆい』

ギーリギリと歯ぎしりが響く。プスプスと煙をあげるミュリエルに、言い訳や謝罪を口にする余裕はない。

『あと、人間の目じゃ見えねぇからいいと思ってんのかもしれねぇけど、レグ達には見えてるからな』

「っ⁉」

本来であれば、もう少し熱が冷めるまで呆《ほう》けていただろう。しかし、アトラから聞き捨てならない台詞が飛び出して、ミュリエルは慌てて周囲を見回した。からかいの種を大きくまいてしまったと、一度爆発したことで多少抜けていたはずの羞恥がぶり返す。ところが、アトラから言われた通りどこに誰がいるかはわかっても、表情まではうかがい知れない。

『いいの！　いいのっ！　続けてちょうだい！　気が紛《まぎ》れてちょうどいいわ！』

巨体と荷重に見合った地響きを轟《とどろ》かせながら、レグが足並みに合わせた鼻息を吹き出す。

『他人の恋路を鑑賞することで、見たくないものから目をそらす作戦だな』

『他人ってか、ダンチョーさんとミュリエルさんの恋路だから効果があるんじゃないっスかね』

『コレはアレや、もう一種の娯楽。首突っ込むなら、面白いことが一番やって改めて思います』

いつもの軽口の応酬《おうしゅう》だと、ミュリエルはいったん流しかけた。しかし、はたと思いとどまる。話したばかりの懸案が重なれば、気づくことがあった。この軽口に隠された裏の意図を読み取れる程度には、ミュリエルの頭の回転は悪くない。

「あ、あのっ、も、もしかしてっ、もう何か、感じていたり、しますっ、か……？」

『……』

「ちょ、ちょっと、皆さんっ！　急に、黙らないで、くだ、さいっ！　ゆ、幽霊がっ、オバケがっ、近くに、いるんです、かっ⁉」

『……』

振動にあわせて相変わらず細切れだが、小声で語気を強めるという器用なことをしたミュリエルは、じりじりとした気持ちを抑えつつ誰かが声をあげてくれるのを待った。よくは見えないが、アトラ達は発言を譲り合っているような雰囲気がある。

『……前回のと、少し違う。けど、同じような感じのヤツだ』

「っ⁉」

結局、歯を鳴らして教えてくれたのはアトラだ。続けて、『気のせいだと見ない振りしてたのにぃ』とレグが気の抜けた鼻息を出したのだが、ミュリエルはそれどころではない。

「サ、サイラス、様っ！　皆さん、オ、オオ、オバケのっ、け、気配をっ、感じて、いる、そうで、すっ！」

騎乗の姿勢から無理矢理振り返り、おなかに回してくれている手にギュッとつかまる。小声だったためリーン達まで届いてはいないだろうが、当然サイラスには今の発言より前も含めてすべて聞こえていたはずだ。それなのに途中で口を挟むことはせず、ここまで待っていてくれる。さらには内容を聞いても少しも慌てず、ミュリエルのおなかをポンポンと叩いた。

いつもと変わらない紫の瞳の色と、優しいリズムに落ち着きを取り戻したミュリエルは、強くつかんでいたサイラスの袖を離すと前を向いた。知らずに引きつっていた口もとをモグモグと動かして、強張《こわば》りをほぐす。その間に、背中を広い胸に預けてしまったのは無意識のことではない。サイラスの手が、またポンポンと動く。

「手紙にあった地点にはまだ届かないが……。アトラ達のスピードが徐々にあがっているのは、そのためか。ミュリエルも何か感じるか？　私は……、何もわからないのだが」

いったん言葉を切って辺りの気配を探ったようだが、やはりサイラスは霊的なものに縁がないらしい。とはいえ、前例から考えれば霊感が強いと思われるミュリエルも、現時点では大きな怪異は感じない。

『気配がずいぶん希薄だからな。どの方向だとか、そういうのも全然わかんねぇし』

アトラから追加情報があがれば、レグ達も感じたままに現状を伝えてくる。黙っていたぶん一気に吹き出した情報に聞き返す隙間《すきま》も見つけられないまま、ミュリエルは会話を追うために目だけでキョロキョロした。

まとめると次のような内容だ。感じる幽霊の気配はつかみどころがなく、薄い霧のようになんとなく漂っているような状態らしい。可哀想な存在ならば親身になりたいが、本能が逃げを打つのは如何《いかん》ともし難いと言う。そして、幽霊としての存在が弱いことから、実害を及ぼすことはなさそうだ、とのこと。ミュリエルは、それらを小声でサイラスに報告した。

「皆、何か感じるか？　地図にあった地点にはまだ到達していないが、ミュリエルがアトラ達の様子から感じるものがあると言っている」

上手く濁した言い方で、サイラスがリーン達に問いかけた。返事は総じて、否だ。

「リーン殿、余裕があれば地図への記載も頼みたい」

「はいはい、はじめておりますよー。とりあえず通っている道は、ずっと書き込んでいます」

軽い感じの声は、先程より近い。会話のためにアトラとレグが距離をよせてくれたのだろう。

「地図を見ていると、動物の帰巣《きそう》本能のすごさを感じます。とても正確に城までの最短距離を行っていますよ」

「早くから嫌がっていたレグのためにも、最短で帰れるなら嬉しいです。まだ余裕がありますし、もっと飛ばしますか？」

リーンの台詞に反応したのは、レインティーナだ。最後の質問はサイラスに向けてしたものだと思われるが、それを聞いた聖獣達が暗黙の了解とばかりにグンッと脚を早める。

「早期帰宅が正解だと思います。山をおりれば暑さが残っていると思いましたが、ずいぶん冷えますから。僕も早く帰りたいです」

スジオを走らせるリュカエルも、問題なく隣に並ぶ。聖獣騎士になってまだ日が浅いのに、ケープのフードを丁寧にかぶり直す余裕があるようだ。しかもミュリエルと違い、皆と同じようになめらかに話している。

そういえば、駆ける速度があがったせいか、体にあたる風がさらに冷たくなったように感じる。そのため、弟を真似して落としていたフードをかぶった。ついでに襟ももう一度立てれば、ミュリエルが寒さを強く感じていると気づいたサイラスが、再びしっかりと抱き直してくれた。

「えっ、リュカエル君も寒いんですか？　嫌だなぁ、僕もなんですよ。何が嫌かって？　だっていくら夏の盛りを過ぎたからって、これだけ服を重ねていて寒いはずないじゃないですか」

話しかけられたのはリュカエルだが、ミュリエルも一緒になって驚いた。遠回しな言い方だが、今この状況で口にされればおのずと言葉の裏は見えてくる。

「……僕、今まで一回も霊的な存在に遭遇せず生きてきたので、違うと思います」

リーンの言外の含みをしっかり拾ったリュカエルの台詞は、どこかで聞いたことがあるものだ。それもそのはず、言い回しは硬いものの己が幽霊騒動で駆り出された時に口にした台詞と酷似《こくじ》している。だからこそミュリエルは、弟の発言に含まれる希望的観測に気がついた。

「姉上も寒いですか？　……、……、……寒いんですね？」

簡単な質問なのに、なかなか返事が返ってこなかったからだろう。重ねた質問は、疑問の形を取りながらも確信的だ。飛び火した問いかけには黙秘を行使したいところだが、スジオを幅寄せしてまで万全なケープの着用を視認されては言い訳のしようもない。

「レ、レイン、様はっ？　レイン様は、いかが、ですかっ？」

こうなってしまったら仲間を増やすべきだ。ミュリエルはリュカエルの視線をなんとか切って、まだ寒気の報告のないレインティーナに顔を向けた。

「実は、私もずいぶん涼しいなと思っていたんだ。ただ、幽霊による寒気かはわからなくて。前回と同じくらいゾクッとくれば、気づけたと思うんだが」

「そう！　レインさん、それですよ！　僕もそのせいで判断がつかなかったんです！」

力強く同意したリーンに、ミュリエルも加勢するように勢いよく頷いた。

「では、前回を体験していない僕では気づけるはずがないってことですね。ですが、この年になってこんな嘘みたいなことに遭遇するとは思っていませんでした。実は、ちょっと馬鹿にしていたんですよね」

辛辣《しんらつ》なリュカエルらしい感想だが、そのあと小声でスジオに大丈夫か確認してなでているあたり、優しさが垣間《かいま》見える。

「リュカエル君、僕だって以前は懐疑的な立場にいたんですよ。でも、身をもって体験してしまえば、認めるしかないじゃないですか。ね？　レインさんもそうでしょう？」

「ええ、鈍感《どんかん》な私ではどうせわからないと思っていたのに、今回で二回目ともなれば見方も変わります。意外と霊感はあるんだな、って」

「そもそも、お二人ともなぜそんなに冷静なんですか。僕、自覚してしまったら結構怖いんですけど。姉上も平気そうですよね？　とても意外です」

澄ました顔で怖いと言うリュカエルに、ミュリエルは慌てて首を振った。

「い、いえ！　全然平気では、ない、ですっ。ですが、そう感じているのが、一人でないと思えば、心強い、のでっ」

前回も思ったことだが、見えないものを一人で見て一人で怖がっているよりは、皆で怖がっている方が何倍もマシだ。一人ぼっちという立場は、どんな時もやはり心細い。とはいえ、現時点では前回ほどの恐怖は感じていないのだが。

『おい、ミュー。サイラスも会話に参加させてやれ……』

だからアトラから声をかけられて、まだ余裕のあるミュリエルはハッとした。振り返れば、サイラスはそこはかとなく寂しげな気配を漂わせている。少し前の己の発言をミュリエルは猛省した。立ち位置は真逆でも、ここに一人ぼっちになってしまっている者がいるではないか。

「サ、サイラス様は、いかがです、か？　や、やはり、何も感じません、か？」

「……、……、……まったく、感じないな」

慌てて仲間に引っ張り込もうとしたものの、失敗に終わる。再びじっくりと周囲を気にする素振りをしたサイラスだが、やはり何もわからないらしい。ミュリエルはヒクリと笑顔を一時停止させた。時同じくして、辺りに黒薔薇《くろばら》の香りが広がったからだ。

目より先に鼻で存在を確認してしまったため、思わず咲き零れているであろう黒薔薇を探してしまう。すると、黒い花弁はすっかり暗くなった景色に紛れていただけで、探すまでもなく目の前でハラハラと儚《はかな》く散っているではないか。夜に隠れてひっそりと、わずかな星明かりをその身に受けて。咲く盛りを過ぎ、あとは散るばかりの大輪の黒薔薇が。

あまりにあわれなその風情に、ミュリエルは二の句を継ぐことができなかった。しっとりと悲しげな紫の瞳から目が離せない。何か適切な言葉をと思えば思うほど、声は喉につまって出てこなかった。しかし、有り難いことに絶妙な間合いで助け舟がやって来る。

「団長殿、あの、霊感がまったくないのもまた、才能だと思うので」

ミュリエルでは思いつかない方向からの擁護だ。リーン独自の見解に妙に感心してしまったせいか、固まっていた体と頭が少々ほぐれる。そして、それにすかさず乗っかったのはレインティーナだ。

「あぁ！　なるほど！　さすが団長は違いますね！」

しかし、これはレインティーナだから許される合いの手だろう。機能を取り戻した頭のなかでミュリエルはそう思ったものの、もちろん声には出さなかった。それなのに、思ったことはより鋭さを増して別の方向から音になる。

「……いえ、さすがなのはレインティーナ先輩ですよ。その言い回しで、嫌味がいっさい含まれていないところがすごいです」

（リ、リュカエル！　独り言のつもりなら、もっと小声で言わないと……！）

ミュリエルの耳が拾ったのだから、サイラスの耳も拾っただろう。これでは結局、サイラスだけ一人ぼっちだということが際立ってしまったではないか。この場面で知らん顔など、ミュリエルはできない。しかし、何をどうすればいいのかもわからなかった。

そんななか、二艘《そう》目の助け舟を出したのはアトラだ。いや、厳密に言えばそうではないかもしれない。ただアトラは、駆けながら身震いをしただけだったから。

「っ⁉　ア、アトラ、さんっ、……きゃっ！」

　頭からお尻へと、順序よくブルブル震える。かなりの時差があったため、サイラスよりも前に座っているミュリエルの方が先に影響を受けた。しかもアトラは、合間に変なステップまで加えてくる。乗っている者をいっさい考慮しない変則的な動きだったため、当然ミュリエルがついていけるはずもない。

「アトラ？　どうした？」

　大きく動いてしまっているミュリエルと違い、サイラスはわずかも体勢を崩していない。それどころか手綱を握るのは片手のまま、変わらずミュリエルを支える余裕がある。

『わりぃ。なんだか耳に虫が入った時みてぇに、急にゾクッときた』

　言い振りを思うに、どうやら不意の身震いは助け舟などではなく不可抗力だったらしい。しかも言い終わる前に、アトラは再びブルブルブルッと震える。加えて、目つきは鋭く眉間に深いしわまでできていた。

「サイラス、様っ、アトラ、さんが、言うに、は……」

『だぁーっ‼　なんだコレ⁉　急に来たな⁉　駄目だ、我慢できねぇ‼』

　ダンッ、と激しく後ろ脚を踏み鳴らしたと思った瞬間、景色がブレて後方へ飛ぶ。急激に上がった速度を、ミュリエルの体は重さとして感じた。舌を噛まなかったのは幸いだ。軽い体は簡単に後ろへずれ、サイラスの広い胸で行き止まってもまだ後方へ向かう圧がかかり続ける。

「うっ。すっ、すみ ま、せんっ、体勢が、維持、できずっ」

「あぁ、私に任せてもらって大丈夫だ。力は抜いて構わない」

切れ切れにしか言葉を発せないミュリエルと違い、サイラスの対応力に不足はない。二人の背と胸はこれでもかというほどぎゅうぎゅうにくっついているにも関わらず、サイラスは座っている位置さえ少しも動いていなかった。姿勢を前に倒したものの、これは単にアトラの駆ける速度に合わせただけだろう。

片腕でしっかりと抱き込まれれば、ミュリエルの体が遊ぶ隙間が埋まり、自然と姿勢も安定する。となれば、早いうちに半端になっていた報告をすませておくのがいいだろう。

サイラスの胸のなかで、アトラの先の発言を伝える。しかし、サイラスから返事をもらうより、盛大な鼻息が噴射される方が先だった。

『ちょっとぉ！　アトラが急ぐなら、アタシもいいわよね？　ねっ⁉　やぁん、なんなのコレ。急に脚の先から頭の先、耳から背中からお尻まで、ぜぇんぶゾクゾクするぅ！』

『ぬおっ！　レグ君、気持ちはわかるが急に速度をあげるな！　こんなところで振り落とされて独りになったら、さすがのワタシも泣くかもしれん！』

何のために確認を求めたのか、誰の返事も待たずにレグもアトラに続く。土埃《つちぼこり》をあげる勢いで白ウサギに追従する巨大イノシシは迫力が違った。レグの背に乗せてもらっていたクロキリは、体勢を崩しかけたらしく大慌てで数度羽ばたいている。

『さっきまでは意外と平気だって思ったっスけど、急に来たっスよね⁉　めっちゃ尻尾が逆立つんスけど！　うっわぁ！　確かにこれはヤバイっス！　もっとぶっ飛ばして行くっスよ！』

　出遅れたものの、スジオもあっさり離されたぶんを取り戻してくる。しかもまだ全速力ではないようで、さらなる加速を要求した。

『ひょえー！　クロキリはん、羽ばたかんといて！　落ちてまう！　あっあー！　これはあかん！　知らんでよかったわ！　レグはん、かんにんっ！　爪立てとかんと色々もちませんー！』

　乗せてもらう者のマナーとして、ロロも一応は気を遣っていたらしい。しかし、ここに来てなり振り構っていられなくなったようだ。話しはじめに、ほんのり幽霊との遭遇を楽しみにしていた気配は欠片《かけら》もない。

「聖獣は、やはり人間より異変を強く感じているみたいですね！　ロロ、大丈夫ですか⁉」

「レグ、私がついているぞ！　あ、そうだ！　気を紛らわせるために歌でも歌おうかっ⁉」

　聖獣達の鳴き声で一気に騒がしくなったため、負けじと声を張ったのはリーンとレインティーナだ。

「サ、サイラス、様、どうしま、しょう！　皆さん、耐え難い、みたい、で……！」

「あぁ、この様子では速度を保てと言うのも難しいだろう。隊列を崩さないようにだけ気をつけて、このまま進む」

　聖獣達の好きに走らせることにしたため、動きの邪魔にならないように騎乗している全員がそろってさらに身を低くする。

「ア、アトラ、さん、大丈夫、ですか？　可哀想な、オバケでも、怖い、ものは、怖い……」

『怖くはねぇ！』

また一段と速度があがったので気遣いからの声かけだったのだが、言葉の途中で強く否定されてしまった。

『さっき、耳に虫が入ったみてぇだって説明しただろうが！　何度も言わせんな、怖くねぇ！』

「そ、そ、そうでしたっ、ねっ！　ま、まったく、全然、怖くっ、ないんでしたっ！」

ミュリエルはとりあえず全肯定した。そういえば、違う表現のところがあるものの、前回も怖くはないと主張されていたなと思い出す。

『幽霊の気配はずっと薄いから、アタシも前回ほど怖いわけじゃなくて！　でも、ね⁉』

『うむ！　なんと表現するべきかと思っていたが、アトラ君の表現が言い得て妙だな！』

『意思とは関係なく、耳が超絶パタパタしちゃうっスよ！　耳栓《みみせん》が欲しいっス！』

『ひぇってなって、ゾルブルッてなるぅ！　毛が逆立ってふくらむのが止まりませんっ！』

素直なミュリエルは言葉の通りに受け取り、耳に虫が入りそうになったところを想像する。すると、首もとに震えが走り思わず肩をすくめてしまった。サイラスに抱えてもらって落ちる心配がないのをいいことに、耳の隙間を埋めようとフードを両手で引っ張って押さえる。

真夜中の山野を、聖獣達が全力で駆け抜けていく。道しるべは星明かりではなく、身に備わる帰巣本能だ。上半身を完全に伏せた格好のミュリエルの背には、サイラスの広い胸が覆《おお》いかぶさっている。もはや恥ずかしさはない。眠気もない。ただただ邪魔にならないことだけを考えて、ミュリエルはきつく目をつぶり、激しい振動に耐えるために歯を食いしばった。

◇◇◇

夜通し爆速で駆け抜けた一行が王城付近に到着したのは、明け方であった。朝靄《あさもや》が立ち込めるのは、湖上ガゼボを提供していた湖だ。ロロの穴掘りが原因で水位がかなり低くなっているため、普段であれば水で隠れていたはずの土の部分が露出してしまい、眺めが悪い。ただ、聖獣達が少々水浴びをしたいのなら、脚が底についてちょうどいいだろう。

あと少し行けば庭なのだが、かなりの速度で駆け続けたアトラ達は見知った場所にたどり着いたことで、少々気が抜けたらしい。脚が止まってしまったため、いったん休憩とばかりにミュリエルはサイラスとそろって白ウサギの背からおりていた。

リーン達もそれぞれ地に足をつけると、体を伸ばしたり屈伸をしたりしている。ミュリエルもこれほど長く激しく揺られたことがなかったため、足はガクガクするし、腰どころかお尻まで痛い。ケープの陰でこっそり軽く握った拳でトントンと叩いてほぐしてみる。

アトラ達の背に積んである荷物はまだおろしてあげられないため、身軽とは言えない。だが、多少は違うのだろう。こちらから離れて湖の縁に陣取ると、後ろ脚でカカカッと首の毛を散らしたり、自由自在に身震いしたり、口でカジカジと肩をかいたり、ビビビッと尻尾を小刻みに動かしたりしている。陣取った際に聖獣同士もそれぞれ距離を置いたなと思っていたのだが、どうやら好き勝手できる隙間が欲しかったようだ。

「幽霊の気配は、すっかりなくなったのだろうか？」

聖獣達の動きを一通り見守ると、誰かに判断してもらわないとわからないサイラスから当然の質問が出た。しかし、前回とは違い気配がはっきりとしないため、その問いに明確に答えられる者がいない。アトラ達に聞いてしまうのがてっとり早いが、どことなくピリピリとしているし、落ち着くためにも念入りに毛づくろいをしているのだろう。ならば後回しにしてあげた方が親切だ。となれば、まずは人間達だけで情報の共有をするしかない。

「うーん。僕、今回は前回ほど感じないので、はっきりしなくて。どうでしょうか？」

「そうですね、私も同じです。何も感じないと思えば、何も感じないです」

リーンとレインティーナが所見を述べれば、二人の視線は続きを譲るようにリュカエルに向けられる。

「明け方だからなのか、霊的なものなのか、僕には判断できません」

何げなく言っているし遠回しなため聞き流してしまいそうになるが、リュカエルは言外に「まだ寒い」と告げている。先のリーンとレインティーナとは、はっきりと立場を異《こと》にする見解だ。となると、多数決ではないがミュリエルの意見が重要になってくるだろう。発言を促《うなが》すように弟から見つめられて、ミュリエルは視線を泳がせた。

「あ、あの、なんとなく、寒い気がします。原因は、絞れませんが……」

明け方ゆえか、霊的なものゆえか。その二択に加えて、ミュリエルが候補に入れたい原因がもう一つあった。サイラスとくっついていないから、というものだ。

位置的には隣に立っているが、二人の間には適切な空間がある。ここまでずっと、サイラスの両腕に囲われ、広い胸に抱かれるような体勢でいた。すっかり二人ぶんの体温に慣れてしまった体が、一人になることで肌寒く感じているのかもしれない。

しかし、そんな可能性を口にすることは憚られる。なんとなく頼りない気持ちになって、こちらに向けられていた紫の瞳を見上げた。その時、眉まで下がってしまったのは無意識だ。

「荷物からブランケットを出してこよう」

「えっ、いえ！　だ、大丈夫です！」

目が合った途端《とたん》、ハッとしたサイラスが踵《きびす》を返そうとする。それをミュリエルは慌てて止めた。すでに半分後ろを向いていたサイラスの袖を摘まむ。

「そ、そうではなくて……」

向き合う形に戻っても、袖が離せない。しかも言い淀んでしまったミュリエルに、サイラスは親切にも軽くかがむようにして、ミュリエルに耳を貸してくる。サイラスが首を傾げたことで黒髪が揺れる。フワリと柔らかく黒薔薇が香ったことで、ミュリエルは己の頬が熱を持ったことを自覚した。三つ目の可能性を伝えるつもりは、なかったのだ。しかし、身長差から中途半端にかがんだ状態になっているサイラスは、そのままの姿勢で待ち続けている。じりじりと頬の熱は上がり続け、今や寒さなどまったく感じない。

己の口もとによせられた耳を前に、ミュリエルはギュッと目をつぶった。気の長いサイラスならば、ミュリエルが口を割るまでいくらでも待つだろう。ならば言うしかない。言いにくいことに変わりはないが、周りに聞こえてしまわないならば多少難度も下がるというものだ。

「サ、サイラス様と、は、離れてしまったので、寒く感じるのかと、思ったんです……」

ミュリエルはとても小さな声で白状した。薄目をあけて、黒髪の隙間からのぞく耳を確認する。そして、ゆっくり姿勢を戻すサイラスを目だけで追いかけた。

しみじみと見下ろされてしまえば、ますます眉が下がる。サイラスは口もとに軽く握った拳をあてて、何やら考え込んでいた。

「確かに」

やや して拳をおろしたサイラスは、短く同意するとはにかむように微笑んだ。あまりに柔らかい微笑みだ。同じくらい柔らかい熱がミュリエルのなかでも生まれ、ふくらむ。

「それについて、何か要望はあるだろうか？」

まるで業務連絡のような言い振りだ。周りに配慮してのことだとミュリエルは気づけたが、それに対する返事としてよい言い回しが思いつかない。しかし、ミュリエルはそこまで考えて、急に恥ずかしくなった。くっつくことを当たり前のこととして、言葉を探していた自分に気づいたからだ。少し前であれば、この状況から逃げ出すことをまず真っ先に考えたはずなのに、今はこれっぽっちも思い浮かべてなどいない。

己の変化をここでも自覚して、ミュリエルはさらなる体温の上昇を感じた。相変わらずサイラスは、焦《じ》れることもなく待ってくれている。

「よ、要望は、ありません。そ、その、もう十分です、ので……」

しばらく口をむぐむぐとさせていたミュリエルがひねり出したのは、そんな答えだ。くっつかずとも目もとを緩めた綺麗《きれい》な顔に見つめられるだけで、こんなにも暑い。

「別にそんな場面でもないのに、見せつけられていると感じてしまうのは、僕の心がひねくれているからでしょうか」

「いえ、リーン殿。清く正しく生きているつもりの私の目にも、とても仲良しに見えますよ」

「では、誰の目から見てもイチャついて見えるってことですね。一応、勤務時間内なのに」

すっかり二人の世界に入ってしまっていたサイラスとミュリエルは、同時に目を見物人と化していた三人に向けた。こうした時に、知らん顔を決め込むことができれば傷は浅くすむ。

されどミュリエルは、恥ずかしさから小刻みに震えてしまった。一方がそんな反応をしてしまえば、いくらもう一方が涼しい顔をしていても効果は薄い。さすがのサイラスもとぼけきれなかったのだろう。そっと目を伏せ、わざとらしい咳払《せきばら》いをする。

「アトラ達は、多少は落ち着いただろうか」

そして大きく話題を変えると、くるりと三人に背を向け湖にいる聖獣達のもとへと向かう。ごくごく自然にミュリエルの背にも手を添えて、促してくれたのには感謝しかない。

いたたまれない場から逃げる口実にされたアトラ達は、気のすむまで毛づくろいをしてひと心地ついたのだろう。サイラスとミュリエルが近づけば、やっとこちらに意識を向けてくれた。

「どうだ、アトラ。ひと息つけたか?」

湖の縁ですぐ立てる形の伏せをしていたアトラは、ツイッと赤い目を動かした。

『おう。けどまぁ、本当にひと息だけ、な。まだ感じるもんがあって、落ち着かねぇし……』

鼻をヒクヒクさせながら歯ぎしりをしたアトラを確認すると、サイラスが視線だけでミュリエルに問うてくる。小声で通訳すれば、頷きだけが返された。感じるものがあると言えど道中のように慌てているわけではないので、急を要することはないのだろう。よってミュリエルは安心したのだが、アトラの説明には続きがある。

『この辺も幽霊の影響があるのか、帰り道から憑《つ》いてきちまってるのかはわかんねぇな。ずっと気配が希薄すぎて』

「つ、憑いて……っ⁉」

バッと後方を振り返ってしまったのは反射だ。そこには、ミュリエルの急激な動きに首を傾げたリーンとレインティーナ、やや眉をよせただけでほぼ無表情のリュカエルがいる。とりあえず異常は見受けられなかったので、ミュリエルは一歩サイラスに近よるとアトラに向き直った。背中に添えられたままの大きな掌《てのひら》が心強すぎる。

一連の反応で大方察してくれたであろうが、ミュリエルは念のためサイラスに通訳をした。その間に、レグがさめざめとした鼻息を吹き出す。アトラとは違い、毛づくろいを終えた時点で顔までをべったりと地面に伏せてしまっていた。

『はぁ、せっかく楽しく夏合宿終えたのに、なんでなの……』

『仕方あるまい。我々がそろって何もない、ということはない』

ずっとレグの背に乗せてもらっていたクロキリは、体力的には余裕があるのだろう。駄賃代わりとでも言うように、マッサージのつもりなのか、レグの傍に向かうと脚のつけ根あたりに嘴を突き刺している。

『でも、レグさん。湖の水は、帰ってきたら少し増えててよかったじゃないっスか』

『うわぁ〜。その節は、ほんまにすんません』

スジオが少しでも気分を持ち上げようと明るい話題を提供すれば、引き合いに出されたロロがあまり反省していない調子で謝った。

『ただ聞いてほしいんは、ボク、一応は計算して穴あけたってことです。せやから来年の夏までには、また泳げるくらいの水嵩《みずかさ》になってるんやないかなぁ、と、思うてるんやけども……』

疑わしい眼差しで湖を見てしまったのは、ロロの口振りに自信がなさそうだったからだけではない。多少水位が戻ったとは言え、現時点では水の深さより露出してしまった土の部分の方が、圧倒的に幅広だからだ。ただ、ミュリエルには少々懐疑的に聞こえても、レグには十分に希望が持てる内容だったらしい。

『えっ？　そうなの？　夏の暑さを乗り越えたところで次の夏っていうのも気が早いけど、それならよかったわ！』

巨大イノシシはべったりと伏せていた体勢から、スクッと元気に立ち上がった。クロキリがその勢いに驚いて、二、三度羽ばたいて距離を取る。その途端。

「ブフォッ⁉」

「っ⁉」

ドテッ、ズルルルル、ゴロンゴロン、ジャッボーン……、……、……。一瞬の出来事というよりは、むしろ緩慢《かんまん》なほどだった。巨大なイノシシの前脚からカクンと力が抜けたと思ったら、上半身が湖の縁より滑りはじめる。重いお尻が顔を追い越し横向きに二回転すると、最後は背中から大きく着水した。その間、誰にも止める手立てがなかった。そして、沈黙が挟まれる。

「レグー⁉　大丈夫かぁー⁉」

それでも、真っ先に反応したのはパートナーであるレインティーナだ。バッと走ってガッと湖の縁で踏み切ったかと思うと、バシャンとレグの顔の近くに着地する。肩まで水に浸《つ》かることも厭《いと》わず、その勢いのままぶつかるようにレグに抱き着いた。しかし、当のイノシシはまだ茫然自失《ぼうぜんじしつ》状態だ。ひと晩中駆けたことが、予想以上に脚にきていたらしい。元気に立ち上がろうとした動きに、萎《な》えた脚がついていけなかったのだろう。

『おい。現実逃避してねぇで、さっさとあがって来い』

あまりに反応がないので心配になりはじめたところで、アトラが声をかける。

『うっ、ぐすっ……。踏んだり蹴ったりだわ……。寒いし、冷たいし……。そもそも、そんな言い方ってないと思うの……』

こちらに顔が見えない向きで横倒しになったレグは、鼻をぐずつかせた。誰が聞いても涙声だ。

『しかも、起き上がるのが……、なんだかとってもしんどいのよぅ！　とにかく、もっと優しい言葉をちょうだいっ！』

なおも涙声だが、声量は元気といって差し支《つか》えのない勢いがある。うごうごと変な動きでのたうって、駄々《だだ》をこねているようだ。

『そんなことを言われてもな。レグ君の巨体では、自らであがるしか手がないではないか』

『ク、クロキリさん、現実問題はそうなんスけど、今はそういうんじゃなくって……』

『慰《なぐさ》めてもすることは変わらんけども、言い方が大事っちゅう話です。しばかれますよ？』

どうにも配慮に欠ける言葉だ。それを横倒しの腹にくらったレグは、のっそりとした動きでやっと起き上がった。自分であがってくるしかないというのは、重々承知しているらしい。しかし、濡《ぬ》れた茶色い毛以上にじっとりとした視線を向けてくる。にらむ相手は、アトラ、クロキリ、スジオにロロの四匹だ。

基本仲良しの聖獣達だが、喧嘩《けんか》をしないわけではない。夜通し駆けて疲れている時には、少々の火種でも大爆発を起こしかねなかった。ミュリエルは湖の縁に駆けよって膝をつくと、顔を上げたものの座ったままその場から動こうとしないレグに向かい、身を乗り出すようにして声をかけた。

「レ、レグさん！　とりあえず、あがりましょう！　あがれますか？　早くあがって、それで、えっと、は、早くお庭に帰りましょう！　そうしたら……、そうだ！　クッキー！　クッキーを一緒に食べませんか？　とっておきをお出しします！　い、いいですよね？　サイラス様？」

疲れた時もイライラした時も、必要なものは甘味だ。勢いよく隣を見上げれば、サイラスもすぐに頷いてくれる。

「あぁ、もちろんだ。レグ、その様子だと怪我はないな？　レインも濡れたままではよくない。あがって来れそうか？　難しければ……」

　サイラスの言葉の途中で、レグが億劫《おっくう》そうな動きながら立ち上がる。右に左に波立つ湖面に、イノシシの重量が感じられた。レインティーナはいつの間にか、レグの顔の横にあるベルトに片足をひっかけて励ますようにより添っている。

『レイン、好き。ミューちゃん、優しい。サイラスちゃんも、気にかけてくれてありがとう。それに比べて……、……、……』

　ズーンと顔面に影を落としたレグは、言うことを聞かない脚に鞭《むち》を打つように一歩、また一歩と着実に湖からあがってくる。しかし、ただあがるだけではない。なぜか方向がアトラ達に近づく向きだ。ポタポタと滴《したた》る雫《しずく》。ガクガクと覚束《おぼつか》ない足取り。それらが妙な迫力を醸し出している。

　レグが完全に湖からあがった時、珍しくアトラまでもが体を引いていた。そして、図らずも四匹が一か所に固まっている。ミュリエルはそっと立ち上がると、レグのもの言わずとも威圧感たっぷりのお尻を凝視《ぎょうし》した。

『レイン、ちょっとおりてちょうだい。そんでもって、アンタ達には、こうよっ!!』

『っ!?』

　ブルブルブルッ、とレグが体についた水滴を飛ばす。すごいのは、意図した場所にだけ水を飛ばすために、該当の部位でだけ身震いをしていることだ。勢いに方向、飛距離に至るまで抜かりがない。ミュリエル達に被害が及ばないように、アトラ達にだけ目がけて完璧なブルブルをお見舞いする。

それでも万全な状態のアトラであれば、逃げおおせただろう。しかし、夜通し駆けた脚では反応にわずかな遅れがでてしまったようだ。飛びすさったものの、同じく逃げを打ったクロキリ達と共に、ビシビシと大粒の水滴をくらっているのがミュリエルの目にもわかった。

聖獣達は間違いなく仲良しだ。そして、総じて互いに寛容でもある。だがしかし、一連の行動と結果に対してそのまま受け流せる余裕がある日と、そうではない日というものがある。

先に述べていた通り心も体も疲れている現在、はたしてどちらか。それは言うまでもないだろう。短気な者が爆発するまでの導火線は、限りなく短かった。

だから、ブチッと何か切れる音が聞こえたのは気のせいではないのだろう。綺麗好きな白ウサギは汚れることが嫌いだが、濡れることもかなり嫌いだ。

『……、……、……』

アトラの顔面が凶悪すぎる。飛び退《の》いた距離をゆっくりとした足取りで戻ってくるその姿は、鬼気迫る勢いだ。ミュリエルは頬を引きつらせた。白ウサギの背後に、怒りの陽炎《かげろう》が立ちのぼっている。一瞬たじろいだレグだが、体の向きを変えると同時に四本の脚を踏ん張ると、湖を背に迎え撃つ姿勢を取った。ミュリエルは白ウサギ対巨大イノシシの構図を、有り難くないことに真横からという絶好の位置より眺めることとなる。

あわや一触即発。アトラが極限まで歯を噛みしめたのは、盛大な歯ぎしりを響かせるまでの溜《た》めだ。ひっ、と喉に悲鳴を張りつかせたミュリエルは、体も硬直させた。目の端でサイラスとレインティーナが止めるために動くのが見える。

しかし、盛大な歯音が響くより、制止の声がかかるより、レグの場違いなほど気の抜けた声が先に響いた。

『あっ……、……、……』

ポカンとあいた口、半開きになった目、小刻みに震える長い睫《まつ》毛《げ》。微妙に上を向いた角度と、いつもより広がった鼻の穴。あまりにも間の抜けた顔に全員の視線が集まる。そして次の瞬間。

『ヘッ、ヘッ……、ハッ!!　ブッ、シューンッ!!　くあっ!!』

「っ!!」

なんの押さえもなく噴射したのは、暴風雨を思わせる盛大なくしゃみだった。出るに任せたために顔も大きく振り回し、その拍子にえぐれるほど強く地面に鼻をぶつけている。

盛大なくしゃみにより飛ばされたのは、鼻水や涎《よだれ》だけではない。背中にくくりつけていたはずの荷物まで、爆発する勢いで吹き飛んでいった。転がって湖に落ちた時に、もしかしたら紐《ひも》が緩んでいたのかもしれない。あまりにも綺麗に吹き飛んでいったので、おかしな笑いが込み上げてくる。それでも、一番に吹き出したのはミュリエルではなかった。

状況のわかっていないレグは、顔をくしゃっとさせた半目のまま、ズルズルッと鼻水をすすった。鼻には真っ黒に土がついてしまっている。そんな顔も可愛いと思ってしまうのは、ミュリエルだけではないだろう。毒気の抜かれる愛らしさだ。

『うぅー、寒っ。……あっ！　ヤ、ヤダ、ごめんなさい！　かからなかった⁉』

予備動作が長かったおかげで、レグの鼻水と涎の被害にあった者はいない。ミュリエル達はもともとレグの顔の前にいなかったし、直線上にいたアトラ達はいち早く射程圏内から外れる方向へ最短距離で逃げていた。とりあえず、風雨をしのげるケープがここ一番の活躍を見せずにすんでひと安心だ。

湖の水はかけても分泌物《ぶんぴつぶつ》をかけるのは違うと思っているらしく、レグもこれには素直に謝る。くしゃみと一緒に怒りも吹き飛んでしまったようで、イノシシの顔はすっきりとしていた。

『ったく、だから湖に浸かってねぇで早くあがって来いって言ったんだ。大丈夫か？』

相変わらず眉間のしわは深いが、アトラも怒りを収めたようだ。というよりは、笑ってしまいそうなのを眉間に力を入れて我慢しているらしい。

聖獣達の雰囲気が柔らかくなったのを見て取ったミュリエルは、安心して手近にある荷物に手を伸ばした。しかし、横に来たレインティーナから目にも留まらぬ鮮やかな早着替えを披露され、手が止まる。その隙に男装の麗人は身なりを整えると、乾いた布を手に素早くレグを拭《ふ》きに戻っていった。いったん見送ってしまったミュリエルも、乾いた布を手に慌てて続く。

『見たかね？　レグ君のくしゃみもすごかったが、荷物の吹き飛び方の芸術点は高かったぞ』

飛び上がっていたクロキリは着地すると、クックックッとあまり聞かない鳴き方をした。

『綺麗にぶっ飛んだっスね！　笑っちゃ駄目と思ったんスけど、めっちゃ面白かったっス！』

『笑かしてもらいました！　やっぱり笑うのが一番や！　疲れてると碌《ろく》なことになりません』

終わったこととして話しているスジオとロロだが、笑い自体はまだ収まらないようだ。いい笑顔を浮かべている。そんな明るい調子に、ミュリエルも一緒になってニコニコとした。これでこそ特務部隊のあるべき姿だ。

よってミュリエルは、一件落着だとすっかり体の力を抜いていた。そのため、突然あがった耳をつんざく悲鳴にびっくりする。

「あぁあぁあっ!!　荷物っ!!　僕の荷物がぁあぁあっ!!」

叫んだのはリーンで、駆けよった先は湖だ。

「あっあぁーっ!!」

かっぴらかれた糸目に映るのは、レグが乗せていた荷物のうちのいくつかが、湖面に散乱している様だ。そのなかにはリーンが後生大事に荷造りした、夏合宿の地で得た貴重な物品も含まれている。叫びだすまでに時間差があったように思うが、どうやら茫然自失していたらしい。気を取り戻した途端に大騒ぎだ。

他のことなど何も考えられなくなったようで、リーンは湖に向かって飛び降りようとしている。それを真っ先に羽交《はが》い絞《じ》めにして止めたのはリュカエルだ。湖の縁から水面までは、水位が下がっているため崖《がけ》のようになっている。レインティーナの身体能力をもってすれば問題なく飛び降りられても、リーンでは怪我の恐れがありそうだ。

『ご、ごめんなさいっ！　どうしましょう！　アタシ、急いで拾ってくるっ!?』

『やめとけ。拭いてもらってんのに、また濡れるのか？　それに、あそこまで水に浸かったらもう急ぐ意味もねぇだろ』

すっかりいつも通りのアトラは、深くため息をつく。そして、ガクガクと脚を笑わせるレグをそっけなく止めた。

「離してくださいぃ！　早く拾い集めなきゃ！　一つでもなくなったら僕は！　僕はぁっ!!」

糸目から滂沱《ぼうだ》の涙を流しながらリーンが暴れるため、飛び込ませまいと引き止めるリュカエルも必死だ。あまり見られない顔をしたリュカエルが、こちらに向かって叫ぶ。

「ちょっと！　なぜそろって傍観《ぼうかん》の構えなんですかっ⁉　早く手伝ってください!!」

目をつりあげたリュカエルから協力を懇願《こんがん》されたものの、サイラスとミュリエルの動きだしは遅い。

「あぁ、すまない。いつものことだから、止める必要性を強く感じなかった」

「す、すみません。そうなってしまったら、止める方法なんてないと思いました」

奇行を見慣れているせいか、サイラスとミュリエルに緊張感はない。レインティーナに至っては、どうやら眼中にないらしかった。

「レグ、あんなに大きなくしゃみをして、風邪でも引いたのか？　心配だ」

『あ、レイン。も、もう大丈夫だから、先にリーンちゃんを……』

「ほら、顔をこちらに向けて？　もう少し拭いてあげよう」

『ち、ちょっと、ちょっと待ってってばレイン。あのね……』

「君の長い睫毛に、水滴が光っている。とても……、綺麗だ」

『え？　そ、そう？　って、今はそうじゃなくてね？』

「あぁ、見惚《みほ》れている場合ではないな。さぁ、いい子だから。ふふっ、レグ、好きだよ？」

『……、……、……めぁん！　もう！　私だって好き好きっ！』

　毎度の噛み合わない会話が繰り広げられるが、今回はあえなくレグが陥落《かんらく》した。レインティーナはうっとりとした眼差しで愛《いと》しのレグを見つめつつ、布を力一杯絞っては一生懸命に雫を拭っている。

「っ、あぁーっ！　もーー！　なんなんですかっ⁉　そろってなんて悠長なっ！　とくに団長！　ここでリーン様が変に怪我をしたら、夏合宿の間に溜まっているであろう書類仕事、いったい誰と誰でさばくことになると思っているんですかっ⁉　休憩も休日もいらないんですねっ⁉　いらないってことは、どういうことかわかりますよねっ⁉」

　弟でもこんなふうに怒鳴るんだなぁ、などとまだ明後日なことを考えているミュリエルと違い、この時のサイラスの動きは早かった。

「リーン殿、私がおりよう」

　暴れるリーンの肩を優しく押さえてのぞき込むようにして見つめると、落ち着いた声で告げる。それまで暴れていたのが嘘《うそ》のように、それだけでリーンの糸目に理性が戻った。押さえつける必要がなくなって助かったはずのリュカエルが、面白くなさそうに唇を引き結ぶ。

「団長殿ぉ、ありがとうございますっ！　ですが、くれぐれも！　くれぐれも丁寧にお願いしますっ！　僕の大事な荷物には、目印に赤いリボンがくくってあるのでっ！」

「あぁ、わかった。任せてくれ」

「それと！　水を張った鍋に、根っこごと青い菱の花が入っているんです！　そちらも、絶対の絶対の絶対に傷つけないように優しく！　やぁさぁしぃぃぃくっ、お願いしますねっ！」

注文の多いリーンの絶叫を背に受けながら、サイラスはレインティーナのような派手な動きではなく堅実に水面近くまでおりていく。そしてまず、手近にあった荷物を手繰《たぐ》りよせた。ただそれには、赤いリボンがついていない。

「レイン、すまないが手を貸してくれ。受け取ってもらえるか」

「えっ？　あ！　了解です！　ドンと来てください！」

サイラスに呼びかけられたことで、レグにかまけていたレインティーナはやっと状況を理解したらしい。崖の際まで来ると、両手を広げる。それを見て、サイラスは手に持った荷物を一度逆方向に振って勢いをつけてから、思いっきりぶん投げた。荷物は絶妙なコントロールで、レインティーナを一歩も動かすことなく両手のなかに落ちる。

『どれ、ワタシも手伝ってやろう』

バサッと羽ばたいたクロキリが、サイラスの手が届かない場所に浮かぶ荷物を脚でつかむ。ついでに翼で風を送って、つかみきれないぶんを水際に向けて動かした。

クロキリにしてみれば、完全なる善意だったと思う。しかし、加減が少し強すぎた。波立った湖面で揺さぶられた荷物のいくつかが、分解していく。レグの動きにより、くくっていた紐だけではなく荷造りにも綻《ほころ》びが出てしまっていたようだ。

「あっ、あぁーっ!!　ソレ!!　ソコ!!　ソレっ!!　青い菱の花が流れ出ていますーっ!!」

両頬を両手で潰《つぶ》したかと思えば、リーンはせわしなく指さし行動をはじめる。しかし、リュカエルの羽交い絞めは発動しなかった。ただよく見ると、ケープの裾をスジオに渡してくわえさせている。ちなみにロロは己のパートナーが世話をかけているからか、リュカエルとスジオにお礼を言っていた。

『うむ、すまん。まぁ、最終的にはすべて拾ってやるから、そこで大人《おとな》しく見ていたまえ』

まったく慌てないクロキリは、つかんでいた荷物を上に置く。そして、再び湖面で別の荷物をつかむと、今度は多少加減をして羽ばたいた。

その後、とくに危なげなく荷物の回収はすむ。だが、流れ出てしまった青い菱の花を集めるのがなかなか手間であった。クロキリのかぎ爪では傷つけてしまいそうで拾うことができず、そもそも水に浮かぶのが当たり前の菱の花は、長い根でほどよく安定し、勝手気ままにゆらゆら漂ってしまう。そのためいくら羽ばたきで風を送っても、ひとところに集まってはくれない。

「うっ、ぐすっ……。あの、団長殿、もう、大丈夫です……。ううっ……。ここまで集めていただければ、十分ですよ……。もともと青い菱の花のいくつかは、下界の環境下でも育つのか近くの湖に浮かべて調べるつもりでいましたし……。えぇ、あの、はい……、ぐすっ」

濡れるだけで難を逃れた骨格標本を大事そうに抱っこしたリーンは、かなり本気で泣いていた。ケープの裾はいまだスジオにくわえられたままだ。

「では、これで最後にしよう。……、……、……ん？　なんだ？」

　最後の菱の花を持ち上げたサイラスの視線は、立派な根に絡まる白いものに留められていた。ミュリエルからは少し距離があるので形ははっきりとしないが、白っぽいそれは親指くらいの大きさがある。

『あ、そういえば、底に何かあったのよ。それでいつも以上に立ち上がりづらかったのよね。脚で踏んだんだわ。なんかカリカリするヤツ。前まではしなかった感触だと思うんだけど』

「カリカリ……？」

『えぇ、カリカリ。あ、思い出したらなんか寒いわね。ブルブルしたいかも。ゃぁだ、大丈夫よ。さすがに我慢するわ』

　控《ひか》えめに足踏みをするレグを見やってから、ミュリエルはすぐさまサイラスに声をかけた。

「あ、あの、サイラス様！　レグさんが脚を気にされていて……。も、もしかしたら、その白いものを、水のなかで踏んでいたのではないか、と……。馴染みのない、ご様子です！」

　リーンとレインティーナがいるため、曖昧な言い方になってしまった。しかし、サイラスには伝わったはずだ。レグがすでに触れているのなら、己が触れてもさしたる問題はないだろう。サイラスはそう思ったのだと思う。とくに気負うことなく、根に絡まる白いものを取り除こうとした。その瞬間。

「っ⁉」

　白いものを起点にブワリと黒い何かが広がり、サイラスを飲み込んだ。息を飲んだのは、サイラス以外の全員だ。のけぞったり体を硬直させたり目を見開いたりと、誰もが異常事態を全身で表す。ミュリエルは息まで止まっていた。目の不具合だと気を紛らわせたいところだが、他の者達も同様の反応をしているのだから疑いようもない。

「……どうか、したか？」

軽くこちらを見上げたサイラスは、目が合った途端に体を跳ねさせる面々に怪訝そうに眉をよせた。その仕草が、あまりにも普段通りすぎる。黒い何かにまとわりつかれているというのに、少しも異常を感じている様子がない。

「だ、だ、だだ、団長、殿っ！　そ、そ、それ、それっ！」

「ん？」

顔を引きつらせて指をさすリーンに、サイラスは自分がさされているとは思わずに振り返る。当然背後には何もない。それでも一向に指を下げないリーンに、サイラスはもう一度後ろを見た。何度見ても、そこには水位の減った湖があるだけだ。

サイラスは手もとに視線を落とした。そこには拾い上げた青い菱の花がある。目が覚めるほど鮮やかな青い色のせいか、根に絡まる白いものの色が際立つようだった。

病的なほど真白く見えるその色は、いつか見た死にゆく月と同じ色をしている。なぜか唐突に、そう思った。

2章　世の中見た目だけがすべてではないが

「落ち着いて説明してほしい。君達が何に驚いているのか、私にはさっぱりわからない」

とりあえず湖からあがることにしたのか、サイラスが崖に足をかけた。ミュリエル達がいる場所までまだ距離はあるが、誰からともなく無意識に一歩下がる。

「リーン殿？」

崖《がけ》を軽くのぼりきっても返事がないため、サイラスは常時であれば一番の適任者を名指しした。全員が尻込みしているため、崖の縁に立ったままそれ以上の距離をつめられずにいる。

「せ、せ、説明と言われましても！　えっ？　だって、えっ？　団長殿、見えていないんですかっ⁉」

今までにないほど混乱しているリーンの言葉を、レインティーナがひったくるように続ける。しかし、こちらも十分混乱していた。

「後ろです、後ろ！　後ろ？　あー、周りだ！　周りです、周り！」

そして、この男装の麗人はいつでも説明に向かない。

「リュカエル」

ここでミュリエルではなく、リュカエルを指名したのは英断だと言えよう。順番を飛ばされたことも、頼りにされなかったこともミュリエルは悲しむつもりがない。はっきり言って今、ミュリエルはなんの役にも立ちそうになかった。驚きで硬直している体は、力の入りすぎで小刻みに震えてしまっている。

「団長の、背後から……、団長よりひと回りほど大きい、黒い何かが、ベッタリと、のしかかるようにまとわりついています。その白いものに触った途端《とたん》、一気に広がったように……、僕からは見えました」

努《つと》めて冷静であろうとするリュカエルの説明により、ミュリエルは同じものを見ていることを知った。サイラスを覆《おお》うように一瞬のうちに現れた、黒い何か。見た目の不気味さが振り切っていて、ミュリエルは生唾《なまつば》を何度も飲み込む。

「先に断っておきますが……。これからする説明は、団長のことではありません。ですから、そこのところはお間違いなく」

少し引きつった顔をしたリュカエルは、一度大きく息をついた。それからややじっくりとサイラスを見る。

「正直、見た目がかなりまずいです。色は黒なのですが、半透明なので先の景色は透けて見えています。ですが、泥というか油というか動きは重くドロッとしていて……、うっ」

気持ちを切り替えて話しはじめたというのに、リュカエルが思わず言葉をつまらせる。サイラスの背後から伝うように流れ落ちた黒い何かが、説明通りの粘度と重さを感じる動きで、美しい顔の上をドロリと滴《したた》っていったからだ。サイラスの様子から何も感じていないのは明らかだが、視認してしまっている側からすれば感触を想像し、どうにも気持ち悪さを感じてしまう。

それでもリュカエルはふぅ、と息をつくと残りの説明をまくしたてた。

「うねるように波打ったかと思えば、ねばつく液体のように糸を引いたりもしています。時々ガスでも吹き出しているのか、ゴポリとあぶくもあがっていますね。あとからあとからボトボトベチャベチャと地面に滴り落ちていくのに、落ちたそこには跡形もなく、また全体の総量が減るわけでもないみたいです。……以上です」

余すことなく真実を伝えるリュカエルに、サイラスは綺麗《きれい》な顔をしかめた。その表情を見て、黒い何かに向かっていたミュリエルの気持ちがサイラスに向く。

（こ、こ、怖い……。それに、とても……、近より難《がた》い、見た目、だわ……。だ、だけれど、サイラス様が……！）

怖いと思うものに、大切なサイラスが包まれている。とても平常心ではいられなくて、ミュリエルの目は涙でいっぱいだ。すぐにでも駆けよって周りの黒い何かを引きはがし、サイラスの無事を確かめたい。強くそう思うのに、ガクガクと震える足が言うことを聞かなかった。思うように動かない足に気持ちばかりが先走り、ミュリエルは前かがみにガクンと転ぶ。

「ミュリエル！　大丈夫か⁉」

そんな状態だったからだろうか。サイラスの方が異常事態であるのに、ミュリエルの心配をしてくれる。その優しさに胸が苦しくなった。ミュリエルはぎこちない動きで首を縦に振る。

いつもなら真っ先に駆けよってくれるはずのサイラスが、その場から動かない。己の身に起きたことが、触れることでミュリエルに影響してしまう可能性を思ってのことだろう。そしてその間も伸ばしかけた腕を伝い、黒い何かは糸を引きながらボタボタと滴っている。

「サ、サイラス様こそ、大丈夫、ですか……？　だ、だって……」

震える足を叱咤《しった》して、ミュリエルはジリジリとサイラスに近づこうとした。涙目でサイラスを見つめたあと、周りを覆う黒いものに視線を巡らせる。

「大丈夫、だと思う。そもそも私には……、何も見えないのだが……」

サイラスはミュリエルの視線を追うように、自身の右手や腕を返す返す眺めると頭上に視線を移し、握ったり開いたりする左手の感覚を確かめてから、再びこちらに顔を向けた。しかし、間違いなく黒い何かは絶えず肩を飲み込み胸を伝っているし、指先から滴り顔を流れている。

「だ、団長殿、言うしかないので言いますが……。ゆ、幽霊の類《たぐい》ではありませんかね、ソレ」

皆に見えてサイラスには見えない、不確定な形の黒い何か。不可思議な事案を確固たる証拠もなく断定することに、本来であればリーンは慎重だ。しかし、そのリーンをもってしても認めざるを得ないのだろう。

黒い何かは、感覚的にこの世のものとは思えない。重そうに揺らめくが、うっすらと透けている。その先には見慣れた景色があるのだが、黒い色を重ねたそこは別次元の彩りだ。

「その白いものに触れたのが原因でしょうか？」

さすがにズカズカと近づくことはしないが、肝《きも》の据《す》わっているレインティーナはサイラスが手にしている白いものをまじまじと見ている。

「……、……、……どうやら、何かの骨のようだ」

ならば完全なる怪奇案件だ。ミュリエルはブルリと震えた。骨に触ったことで呪われ、幽霊に憑《つ》かれる。ありがちな怪談だが全然笑えない。

「団長、本当に少しも異変を感じないのですか？　そんなにベッタリまとわりつかれているのに？」

「……感じない、な」

リュカエルに聞かれたサイラスは、己のつま先を見つめ、右足から左足に重心を移動してから首を傾《かし》げた。綺麗な顔が心底困惑している。

最初に受けた衝撃が体に行き渡ったのか、強張《こわば》りを自覚したミュリエルは意識的に瞬《まばた》きをした。小さな動きではあったが涙で潤《うる》んだ視界が多少明瞭《めいりょう》になると、そこから徐々に体も頭も動き方を思い出す。そしてまず思ったのは、サイラスが困惑すると共に悲しそうにしていることだ。理由はわかっている。自分にはわからないことで、全員がサイラスを遠巻きにしているからだ。

（サイラス様に、悲しいお顔なんて、させてはいけない、わ……）

ミュリエルがいよいよ泣きそうになったからだろう。思わず手を伸ばそうとしたサイラスが、再び途中で思いとどまり拳を握る。唇を引き結んだサイラスに、ミュリエルはなんとか笑ってみせた。不格好な笑みにほんの少しだけサイラスが表情を緩めるが、まとわりつく黒い何かは、依然定まらない形でドロドロと重く流れる動きをしながら不穏な気配を漂わせている。

『見た目はわりぃが　前に見たヤツと似てる、よな？　けど、アイツよりずっと弱い、か？』

『うーん、そうね。見た目はヤバイけど、傍《そば》にいるのは我慢できなくもない、ような……』

ミュリエル同様、初見で受けた衝撃が徐々に収まってきたのだろう。アトラとレグの声に、完全に体の自由を取り戻《もど》したわけではないミュリエルは目だけでそちらを見た。聖獣達は近づく気はないようだが、逃げ出すこともない。ただ、耳がパタパタと絶えず動いている。

『現時点では、だいそれたことができるような存在には感じないな。見た目はかなり難だが』

『意思も薄そうっスよね。ほっといても成仏しちゃいそうっス。見た目はマズイっスけど』

『とか言うて、この見た目の悪さだと、途中で確変する可能性がなきにしもあらず……』

聖獣達が正直すぎる。見た目に対する忌避《きひ》感が抑えきれないようだ。そして、ロロの台詞《せりふ》だけは不穏なものの、現時点の緊急性は限りなく低く聞こえた。そんな聖獣達の共通認識を拾ったミュリエルは、少なからず安心したのだと思う。一拍遅れてドッと汗がわいてくる。

ガチブフッピィワンキュ、と聖獣同士の会話があったことで、サイラスに目で問われたミュリエルは、力の抜けた顔でヘラリと笑って頷《うなず》いた。サイラスの眉が下がったのを見てしまえば、張っていた気も抜ける。ペタンとその場に座り込んだ状態から、しばらく立てる気がしない。

「見た目はよくないようだが、アトラ達の様子から鑑《かんが》みるに、危険は少ないように思う。私も体調の変化は感じないし、しばらくは様子を見るしかなさそうだな」

サイラスは再び両手を握ったり開いたりしてから、まだ戸惑いの残る面々を見回した。ミュリエル達からだと、掌《てのひら》で黒い何かがネチャリと糸を引いて見えてしまうため、どうしても目がそちらに奪われてしまう。しかし、こんな場面でレインティーナが挙手をした。

「危険が少ないとのことで、では、ちょっといいですか？」

言うが早いか、レインティーナは気負いのない足取りでサイラスに近づくと、黒い何かに勢いよく手を突っ込んだ。「ひっ⁉」とサイラス以外の全員が呼吸を止める。当のサイラスは、顔の横で混ぜる動きをするレインティーナの手を黙って見つめていた。

「……、……、……なんともない、かな？」

引き抜いた手を握ったり開いたりしたレインティーナは、まじまじと掌を眺めた。その掌は綺麗なままだ。そして次に、ボトボトと滴る黒い何かを両手で受け止めようと試みる。手の上に滴り落ちたそれは、一度は掌の形に添って広がるも、すぐに跡形もなく消えていった。

「う、うわぁ、さすがの度胸にびっくりです。僕も好奇心強めですけど、それはできない、かなぁ……」

「レインティーナ先輩、とりあえず行動するの、止《や》めてもらえませんか。あまりにも心臓に悪いです……」

「む。だが、もう触れてしまったし」

ミュリエルからしたらリーンとリュカエルの二人だって、十分胆力がある。普段と変わらない会話の応酬《おうしゅう》ができる程度には、衝撃から回復しているのだから。

「レイン、本当になんともないか？」

「はい、まったくなんともありません。ちょっと冷たく感じる気がする、くらいでしょうか。

意外と……、臭いもありません。団長、失礼ついでにもう少しいいですか」

自分の掌を嗅《か》ぐような仕草をしたあと、あっけらかんと言い放ったレインティーナはもう一度黒い何かに手を伸ばした。しかし、それより早く別の声がかかる。

「おーい！　帰ってくるのが遅いから様子を見にきたよー！　こんなとこで何してるの？　やっぱり何か問題が……、……、……」

大きく手を振りながら駆けよってきたのは、ハーフアップにしたピンクの髪をたくさんのヘアピンで無造作に留めたレジーだ。ネコの聖獣ライカのパートナーでもあるレジーは、笑顔で手を振って走ってきたものの途中で急激に失速する。そして恐る恐るといった足取りで最後の距離をつめると、怪訝《けげん》そうに細めた目をサイラスに向けた。

「ひっ⁉　だ、だだん、だ、だんちょ、そ、そそれ、それそれっ！　っ⁉　っ‼」

腰が抜けてしまったのか、レジーはミュリエルのすぐ横で尻もちをつく。そして激しく上下に動かしながら指をさした。

「あー。レジーさん、いい驚きっぷりですねぇ。逆に冷静になれます」

ずれてしまっていたモノクルを直しながら、リーンは苦笑いを浮かべた。レインティーナとリュカエルも同じことを思ったようで、頷いている。

「そ、そそれ、それ、それっ、オバ、オバ、オバケ！　オバケ？　オバケなの、それっ⁉」

なぜか疑問を投げかけられたのはミュリエルで、反射で頷けばレジーはまたもや「ひっ」と短く悲鳴をあげた。

「だ、誰とでも、仲良くできる自信があるけど……、オ、オオ、オバケ、オバケ、だけは、ぜ、ぜったいにっ、無理ぃ!! し、しかも見た目がヤバイ。ヤバイよ団長! だ、だだ、大丈夫なんですか、それっ!? ぎゃーっ!! いやいや! ねぇ!? ヤバくない!? ヤバイよねっ!?」

弱い者同士で共感を得たいのか、レジーはやたらとミュリエルに同意を求めてくる。可哀想な幽霊であった場合、力になりたいとの思いはあるため絶対に無理とは言わないが、見た目に感じる恐怖は如何《いかん》ともし難い。よって気持ちがわからないでもないミュリエルは、また頷いてみせた。それに応えるように、涙目のレジーは四つん這《ば》いになるとカサカサとさらにミュリエルとの距離をつめる。そして拳を作って何度か頷いたあと、同志としてミュリエルに固い握手を求めた。その途端。

「っ!? ひぃいいいいいいっ!?」

それまでも顔色が悪かったが、レジーはさらに一段階青ざめた。しかしこの時ミュリエルは、体を大きく震わせたレジーだけで視界がいっぱいになっていた。だから、サイラスにまとわりついていた黒い何かが、広がりうねりながら細い触手を何本もレジーに向かって伸ばしたところも見えてはいなかった。

最高潮の恐怖と緊張にさらされたレジーは、正常な判断が何一つできない状態になったようだ。体さえ言うことを聞かないらしく、そうなると制限された動きのなかで取れる手段は少ない。この時は、手近にあるものに全力ですがりついた。要するに、ミュリエルに強く抱き着いたのだ。見通しが悪くなっていたミュリエルは、抱きしめられたことで完全に周りが見えなくなる。もがいてみても、藁《わら》をもつかむ思いのレジーが腕を緩めてくれるはずがない。

二人の前にブワリッと黒い触手の群れが襲いきたその時も、ミュリエルには何も見えていなかった。だから、その瞬間に無慈悲にも抱き着いているレジーを渾身《こんしん》の力で突き飛ばしたのは、まったくの偶然だ。

「レジーさん、痛いどすっ！」

図らずも、最大限の拒絶になってしまったかもしれない。ミュリエルの細腕のいったいどこに、これほどの力が隠されていたのだろう。一応騎士であるはずのレジーは、あっけなく吹っ飛んだ。かなりの距離を取ってパタリと倒れる。

すると、ミュリエルの与《あずか》り知らぬところで目の前まで迫っていた触手が、シュルシュルニュルニュルとサイラスの周りへと戻っていくではないか。のっぴきならない状態からいくらか脱したからか、レジーは地に伏したまままさめざめと泣いた。

「ミュリエルちゃん……、急に抱き着いて、ごめん……。でも、ちょっと、ひどい……」

シクシクと泣きながら涙を地面に染み込ませるレジーに、ミュリエルは慌《あわ》てた。

「すみません！　とっさのことで、あの、その、えっと……。レジー様のことが、嫌いなわけではなく……！　で、ですが、あ！　そ、そうですね！　私、殿方では、サイラス様にしか抱きしめられたくないのでっ!!　……、……、……あっ！」

何を口走っているのか。正当な理由だと思ったためにあっさりと口から出たが、衆目の前で声高に主張する内容でもない。ミュリエルは瞬時に赤く染まった頬を両手で押さえると、弱り切った顔で唇をすぼめた。迂闊《うかつ》なミュリエルの様子に、皆がしばし黒い何かの存在を忘れる。

その間も、黒い何かは相変わらずサイラスの周りで蠢《うごめ》いていた。しかし、目に見えて変化があった。それに真っ先に気づいて、試すようなことをはじめたのはリュカエルだ。

「姉上、突然ですが、僕のことどう思っていますか？」

「えっ？」

羞恥《しゅうち》に身もだえていたミュリエルは、思わぬ方から伸びてきた救いの手にきょとんとした。

「僕のこと、どう思っていますか？」

リュカエルが首を傾げる。なんとなくあざとく感じる仕草だ。しかし、応《こた》えを迫る強引さも感じる。もたもたと応えずにいるうちに傍に来たリュカエルは、手を引いて姉を立たせた。

「えっと、大事で大好きな自慢のおとう……、ひぃっ⁉」

最後まで言うことはできなかった。ブワッと広がった黒い触手の群れが、姉弟目がけて襲いかかってきたからだ。今度こそそれを目視してしまったミュリエルは、ザッと血の気を失った。

「僕のことは弟として好きということですよね⁉　では、男性で最愛な方は⁉」

こんな状況で、リュカエルは何を聞いてくるのか。しかし、それだけではない。自慢の弟であるはずのリュカエルは、この局面で驚くべき暴挙にでた。ミュリエルをサイラスに向かって押したのだ。そこそこ強く押されたミュリエルは、勢いよくサイラスの胸に突っ込んでいく。それは同時に、うねり荒ぶり糸を引く黒い触手に顔から突っ込むのと同義である。ミュリエルは死を覚悟した。

「姉上、最愛の方は⁉　早く言って‼　早く早くっ‼」

「サ、サイラス様ですっ！　サイラス様が好き！　一番好き、とても好き、大好きっ！」

突然の死に直面したミュリエルの口からほとばしったのは、今生《こんじょう》の別れに残すほどの思いの丈がつまった言葉だった。しかし、一瞬冷たく感じた気がしたものの死が訪れる気配はまったくなく、さらには気持ち悪い感触に肌がなでられることもない。それどころか触れてみれば、大好きなサイラスの香りがして、恥ずかしくも幸せな気持ちになれる広い胸の温かさと、頼りになるしっかりとした腕に包まれただけだった。

恐怖に心臓が凍りつきそうになったあとの安心感といったら、半端なものではない。ミュリエルは自らしっかり抱き着くと、ぐりぐりと顔を擦《こす》りつけた。きつく目をつぶってしまえば、肌に触れるものだけがすべてだ。生きていることへの感謝が止まらない。

「サイラス様！　サイラス様！」

幼子のように繰り返し名前を呼び、精一杯身をよせる。背中に回ったサイラスの腕に力がこもっていくごとに、好きな気持ちだってとめどなく溢《あふ》れた。

「思ったより緊急すぎて、思わず姉上を押してしまいました。すみません。ですが、僕の意図、わかってもらえましたか？　ただ、確証を得るには一回では弱いので、次はリーン様にお願いしてもいいでしょうか？」

「えっ⁉　僕ですかっ⁉　えぇー……、一回検証すれば十分じゃないですかね？　ねぇ？」

平常心の吹き飛んでいるミュリエルに、後方の会話は聞こえない。遠慮したい役を振られたリーンは、引きつった半笑いで糸目を男装の麗人に向けた。

「うーん。よくわからないのですが、大方理解できた気もしています。リュカエル、検証が必要なら私がやろうか？」

いまいち信用できないことを言うレインティーナに、目をむいたのはレジーだ。

「えっ⁉　レ、レイン、本気⁉　黒いやつブワッて来るのにっ⁉　マジで？　マジでやるの⁉」

「む？　レジーがやりたいのか？」

「い、いやいやいやいやっ！　俺は無理！　そもそも、腰も抜けたままだし！」

悲劇のヒロイン座りをしたレジーは、全力で手と首を振った。それにより、レインティーナはサイラスと抱き合って後頭部しか見えないミュリエルに向き直る。

「ミュリエル？」

抱きしめるサイラスの腕が先に反応したことで、レインティーナに呼ばれたと気づく。

「いつかの約束を覚えているか？　また一緒に買い物に行こう。二人で。君とすごす時間はとても楽しかった。君もそうだろう？」

「嫌だ」

「っ⁉」

かなり食い気味に答えたのは、ミュリエルではない。サイラスだ。そもそもミュリエルは現在、抜け出せる気のしない力加減で抱き込まれており、くぐもった声ぐらいしか出せないだろう。サイラスの背に回していた自分の腕は解いてみたが、体の自由どころか視界の自由さえ覚《おぼ》束《つか》ない。その状況が一向に変わる気配がなくて、ミュリエルは混乱した。

「あ、あの……、サ、サイラス、様……？」

なんとか声をかけるが、サイラスはうんともすんとも言ってくれない。ただ無言で抱きしめる腕にさらなる力が込められる。ミュリエルの混乱は深まる一方だ。まったく様子のわからない背後では、リュカエルとリーンの会話が続く。

「なんだか団長の様子も変ですね。念のためもう一回。ほら、リーン様の番ですよ」

「えぇー……」

渋ったリーンが長いため息をつく。しかしそのため息で、どうやら踏ん切りをつけたようだ。

「ミ、ミュリエルさん、今度僕の蔵書を見に遊びにきませんか？　ミュリエルさんなら、お好きに見てもらっても、手に取ってもらっても構いませんので」

かなり控《ひか》えめなお誘いだ。とはいえ、状況は依然としてわからないままながら、何かしらの意味のある行為なのだとミュリエルも察した。しかし。

「駄目だ」

「ふぐっ」

まったく同じ流れをもう一度受ける羽目になり、変な声が出る。

「君の時間は、すべて私で埋めてしまいたい」

「っ！」

「君の目に映り、この手に触れるのも、私だけにしてほしい」

「っ!!」

さすがにここまで来れば、いくらミュリエルでもサイラスの様子がおかしいと気づく。百歩譲って人前で嫉妬を口にしてしまったとしても、最初の台詞はまだ人に対してだが、二つ目などはもはや本という無機物に対してではないか。ミュリエルは抱きしめるためではなく正気に戻ってほしい気持ちを込めて、広い背中を掌でタップした。

「サ、サイラス様、あの……、あっ！」

今度は「嫌だ」という短い返事すらない。少しの隙間《すきま》も許さないとばかりに抱き込まれてしまった。広い胸に埋まっていた顔が、サイラスの肩に乗る位置へと移動する。黒髪が頰と唇に触れた。ということは、サイラスの顔もまた、ミュリエルの肩口にあることになる。

「えっ？　あ、待っ……、っ！」

サイラスの唇が触れた。ミュリエルの首筋に。かがむように顔をさらに伏せたからなのか、服の上からなのに黒髪が肩や背に触れるのがわかった。見開いた翠《みどり》の瞳にはなんとなく色の悪い、誰もいない景色だけが映る。それもだんだんと浮きはじめた涙でぼやけた。首筋に熱い吐息がかかれば、痺《しび》れるような甘い震えが全身に広がる。

「んっ……」

溜《た》まった熱の近さで予感した唇の距離は、躊躇《ためら》いもなくすぐにゼロになった。柔らかいだけではないサイラスの唇が、栗色《くりいろ》の髪に隠れてそっとミュリエルをたどる。

「……やっ。あ、んんっ！　……だ、駄目《だめ》ぇ！」

「っ!?　すまないっ！」

　あと一歩踏み込んでいたら、どうなっていただろう。ミュリエルの渾身の涙声に、ギリギリでサイラスは正気を取り戻したようだ。バッと顔を上げる。しかし、再びミュリエルを胸に抱きしめた姿勢に戻っただけで、手放す気はないようだ。

「あ、あの、団長殿？　よ、よかった、どこで止めればいいのかと……。えぇっと、意識は、はっきりしていますか……？」

　かなり戸惑った様子で、恐る恐る声をかけてきたのはリーンだ。

「あ、あぁ、はっきりしている」

　戸惑っているのはサイラス本人も同様で、声が少しかすれている。

「検証のために僕がけしかけたので、文句は言いません……。それで、どんな感じですか？」

　こちらはいつもより低い声のリュカエルだ。聞かれたサイラスは、居心地が悪そうに身じろぎをした。

「我慢が、利《き》かない……」

「っ!?」

　ギュッと腕にこもる力に、ミュリエルは息を飲んだ。自分の視界はずっと遮《さえぎ》られたままでも、後方から余すことなく全員に見られているのを今さらながら意識する。どんな顔をすればいいのかわからないミュリエルは、色っぽい理由ではなく、のっぴきならない心情から離さないでほしいと思った。いっそのこと、このまま消えてしまいたい。

『なんだ、コレ。サイラスのミューへの執着が強くなってんのか？　憑かれたせいで？』

黙って成り行きを見守っていたアトラが、ポツリと呟《つぶや》く。声は懐疑的だが、それ以外に説明はつかないだろう。

そして、ミュリエルは思った。このまま自分のことは忘れて真面目《まじめ》な会話を続けてもらい、ほとぼりが冷めた辺りで振り返りたい、と。しかし、そうは問屋が卸《おろ》さない。

『そう、みたいね。しかもミューちゃんが好意を伝えると、黒い何かも大人《おとな》しくなるみたいじゃない？　とりあえずミューちゃん、もう一回サイラスちゃんに好きって言ってみたら？』

「っ⁉」

あっさりと存在を思い出されてしまい、ビクリと体が跳ねる。それでもレグが言っただけであれば、とぼける道は残されていたのだ。聖獣の言葉がわかるのはミュリエルだけなのだから。

ところが、同じことを考えた者が人間側にもいる。自慢の弟、リュカエルだ。

「姉上、もう一つ確かめたいことがあります。団長に好意を示してみてもらえませんか？　黒いものの様子が見たいです。恥ずかしいなら、褒《ほ》めるだけでもいいので。……次があれば、責任をもって止めますから」

「ううぅ……」

ミュリエルは、はいともいいえとも言えずに唸《うな》った。

「姉上、一度にまとめて終わらせてしまいましょう」

最終的には姉想いの弟のことだ。一番負担が軽くてすむ方法を提案してくれているに違いない。ここまで来てはそう信じるしかないと、ミュリエルは歯を食いしばった。

「そ、そ、その……」

振り絞ったミュリエルの声に、サイラスの腕が緩む。物理的に肺が楽になったミュリエルは、深呼吸を挟んだ。視界はサイラスの胸で埋まっている。それでも後頭部には、サイラス含め五人と五匹の視線が集まっていた。その視線すべてが、ミュリエルの言葉を期待を持って待っている。

「す、すて、素敵だと、思っています。サ、サイラス様は、いつでもすべてが素敵、です」

誰かに好意を伝えるとて、これほど内容がない伝え方などあるだろうか。もし採点者がいれば、間違いなく最低点を叩《たた》きつけるだろう。

「そ、それで、あの……」

当然これで終わるはずがないと誰もが思っているようで、集まった視線も微動だにしない。ミュリエルはゴクリと唾を飲み込んだ。

(さ、さぁ、言うのよ、ミュリエル。言わなきゃ、終わらないわっ。そ、そもそも、こ、婚約者である私が、ちゃんといいところを挙げられなくて、どうするの？　い、いっぱいあるでしょう？　サイラス様の、素敵な、ところ……！)

ミュリエルは飲み込む唾もなくなった口をもごもご動かしてから、きつく目をつぶった。そして恐る恐る目をあけると、上目遣いでサイラスをうかがう。頭のなかは真っ白だ。

「……す、好き、です。とても」

　カーッ、と耳まで真っ赤にしたミュリエルは、翠の瞳を潤ませた。我慢すべきだと思ったが、耐えきれずにうつむく。誰からの反応もない。やはりもう、消えてしまいたい。

『ずいぶんと短く単純な言葉だったが……』

『これはあきらかっスよ……』

『効果が著《いちじる》しすぎて笑えます……』

　呆《あき》れを含んでいても肯定的な言葉だ。それを耳にしたミュリエルは、いつの間にか握りしめていた拳《こぶし》をゆっくりと開いた。

「どうやらリュカエル君の見立て通り、団長殿の気持ちと黒い何かの動きは連動しているようですね。憑いた者と憑かれた者の影響か……」

　リーンがまとめに入ったので、ミュリエルはそっと顔を上げた。気づけばサイラスの腕はずいぶん緩んでいて、振り返ろうと思えば皆の方を向けそうだ。己の役目は終わったようだし注目も移っているだろうと、ミュリエルはおずおずと顔だけで振り向いた。しかし、待っていましたとばかりにバチッと糸目と視線がかち合う。

「ということで、ミュリエルさんにはしばらく生贄《いけにえ》になっていただいて」

「えっ⁉」

　あんぐりと口をあけてしまったミュリエルは、意味が飲み込めなくて一時停止する。驚きの単語を聞かされて羞恥など吹き飛んだ。

「その幽霊と思わしき黒い何かは、団長殿に憑いた関係からか、ミュリエルさんの言動に最も反応するようです。ミュリエルさんに他の者がよると、団長殿の様子もおかしくなるうえに、黒い何かが荒ぶってしまうことも、今実証されました」

リーンはミュリエルに聞かせるためだけではなく、言葉にすることで自身の考えをまとめている雰囲気だ。あごをこすりながら視線は明後日《あさって》の方を見ている。

「そこで、現状を鑑みて安全策を講じるとなると『ミュリエルさんにお任せする』になるかな、と思った次第です。もちろん、原因の究明と除霊方法を探る必要はありますが。まぁ、見ている感じ、このままミュリエルさんが傍にいるだけでも、満足して浄化されそうな気もしますけど。だって『好き』のひと言で、ボコボコあがっていたあぶくが落ち着いて、粘度もさがったように思いませんか？　この程度の見た目であれば、僕も怖さより興味が勝ちますね」

長口上を聞き終わっても、あいた口がふさがらない。当のリーンは、本当に興味が勝《まさ》っているようだ。サイラスの足もとにしゃがみ込むと、落ちていた棒でわざとらしいほど様子を見たあと、人差し指を突っ込んでいる。

「団長、一つ質問です。我慢が利かない時って、理性にも頼れない感じでしょうか？　婚約者と言ってもまだ婚前なので、姉上の名誉は絶対に遵守《じゅんしゅ》していただきたいです」

よって、抗議は弟であるリュカエルの仕事となった。しかし、いささか言葉が実直すぎる。言った本人ではなくミュリエルの方が恥ずかしい。

「ミュリエルに、他の者が触れないなら大丈夫だと思う」

足もとにいるリーンからミュリエルを離す方向へ体をひねりながら、サイラスははっきりと言い切った。不確定要素が多いのにサイラスがこういう言い方をすると、とてつもない説得力がある。

「こういう時にこそ、普段の行いが生きてくるのですね……。勉強になりました。ちなみに姉上、ご体調とご気分はいかがですか？」

リュカエルも納得させられてしまったようで、次の質問に移ってしまう。しかし、目線はミュリエルにない。サイラスの足もとにいるリーン、そしていつの間にか加わったレインティーナに向けられていた。言うまでもなく、その目つきは冷たい。

「え……、えっと……。とくに問題ない、と思います。あ、少し肌寒い気はしますが……」

いまだ抱きしめられているので、己の全身を目視できるわけではない。だが普段との違いは感じられなかった。そして、ここでハッとする。不思議なことにサイラスに触れていると、ミュリエルにも黒い何かがはっきりと視認できなくなるらしい。

リーンとレインティーナの動きが少々大仰《おおぎょう》に見えるのは、そのせいだ。あれほどサイラスの背後からのしかかるように滴っていた黒い何かが、ごく薄暗く色づいて見えるだけになっている。本来であれば今現在も、広い胸をドロドロと流れ落ちているものにミュリエルだって巻き込まれているはずだ。

「あ、あの、サイラス様に触れていると、黒い何かが見えづらくなるみたいです……。リーン様は先程《さきほど》、ボコボコしなくなったとおっしゃいましたが……。か、変わらず、ドロドロはしているのですよね？　今も、ベッタリ滴っているのですよね？　ちなみに、その……、私は、皆様からどんな感じに見えていますか……？」

レインティーナが黒い何かに触れた時、跡が残ることはなかった。だが、肌の上を伝い流れる動きはしっかりとしていた。ということはサイラスと密着しているミュリエルも、傍《はた》から見れば黒い何かにネチャネチャドロドロと、全身を犯されて見えるのだろうか。高い位置にあるサイラスの顔は、時折ドロリと重さに耐えかねた黒い何かが滴っても、常時ではない。しかし、背の低いミュリエルならばどうだろう。

「……ご想像にお任せします」

「……」

答えを逃げたようで逃げていないリュカエルの返事に、ミュリエルは足もとから這いのぼってきた寒気にゾゾゾっと順に体を震わせた。己の顔を頬を首筋を、あの黒い何かがドロドロと伝っていく様を鮮明に想像してしまったからだ。

「おぉ、ということは、団長殿とミュリエルさんにセットでいていただくための諸問題は、これで万事解決ですね。素晴らしい！」

「っ⁉」

言葉もなく目をむいたミュリエルに、やっと立ち上がって数歩距離を置いたリーンがもっともらしく頷いた。しかし、続く言葉はひどい。

「わかりますよ。ボコボコとあぶくはあがらなくなりましたけど、このネチャネチャが自分の体を絶えず流れていくところを見ているのは、さすがに精神衛生上よくないですもんね。ですが、団長殿にくっついていれば視認しづらくなるなんて、素晴らしい仕組みじゃないですか！　なんて都合のいい！」

　確かに都合はいいが、同意はできない。さらに言えば、あぶくがあがらなくなった程度では、ミュリエルの恐怖の度合いにはあまり変化がない。それどころか、あの襲いくる触手を見てしまってから、さらなる恐怖が追加されたくらいだ。しかし、なんと言うべきか迷っていると、援護の声はすぐにあがった。ただし援護を受けたのは、ミュリエルではなくリーンだが。

「やはり愛の力は偉大だな！　団長とミュリエルの絆《きずな》の深さがうかがえる！」

「いいね！　俺らにとっても大事な二人が、そんなに仲良しだと思うと感無量だよ！」

「えぇっ⁉」

　いい面だけを全力で肯定しにかかったのは、同じく立ち上がって距離をとったレインティーナと、腰が抜けたままのレジーだ。

　それに対してミュリエルが素《す》っ頓狂《とんきょう》な声をあげれば、サイラスが眉を下げる。大好きなサイラスのこの表情に、ミュリエルはめっぽう弱い。この顔だけを見ていれば、すぐにでも快諾《かいだく》しただろう。しかし、どうやっても黒い何かが己の身を流れる様が脳裏をよぎる。

「で、で、ですが、ドロドロが、触手が……、こ、怖……、……、……」

　黒い何かに対して否定的な言葉を使おうとしたミュリエルだったが、すんでのところで飲み込んだ。好意を示すことが、黒い何かを落ち着かせる手段として有効なのだ。となれば、嫌悪を示せばその逆もまた然《しか》りなのではないか。そんな躊躇いから言葉をつまらせたミュリエルの耳に、歯音が聞こえた。

『正直、耳はパタパタしちまうし、見た目はやべぇけどよ。ひどい悪さができるほど、その黒い何かは強い幽霊じゃねぇし、まぁ、頑張れよ。この間のとは少し違う種類でも、同じようなもんだと思えば、少し可哀想《かわいそう》だしな』

可哀想だ。そう言われてしまっては、ミュリエルの胸もキュッと痛む。とはいえ、アトラは言葉通り耳をパタパタと動かしっぱなしだし、逃げずに踏みとどまっているものの、けっして近づいてきたりはしない。理性で可哀想だと思っても、獣の性《さが》として本能的な拒否反応が出てしまうのはどうしようもないのだろう。

『そうねぇ。ミューちゃんがべったりしているのが、一番いいみたいだし？』

『まさか嫌などとは言うまい。ミュリエル君の愛情深さは、我々もよく知っているつもりだ』

『お人好《よ》し、とも言うっスけどね。何より、大好きなダンチョーさんのためっスよ』

『まだようわからん部分もありますけど、こういう時はできるとこからしていかんと』

レグ達からのもっともな後押しに、ミュリエルは胸もとで両手を握り合わせた。何より、アトラの言葉で思い出す。あの、つらい悲しいと泣いていた合成獣の姿をしていた幽霊のことを。

（い、今、目の前にいるこの黒い何かは、あの時の可哀想なオバケとは違うけれど……。で、でも！　お約束、したから……。泣いていたあのオバケに、いつか巡り合った時、顔向けできないようなことは、したくない……、……、……）

ミュリエルは、ふぅっと長く息を吐き出した。

「わかり、ました……」

肺をしっかりと空気で満たしてから呟いた言葉は、決意表明だ。ミュリエルは顔を上げるとサイラスに視線を定める。

今は黒い何かがはっきり見えるわけではないが、一度見て目に焼きついてしまったものは、見えていなくてもそこにあると思えば怖い。しかし、可哀想だ、力になってあげたいと思う気持ちも本物だ。そして黒い何かが見えないサイラスにとって、ミュリエルが拒否する動きをすれば、わかっていても己が避けられていると感じてしまうだろう。だからミュリエルは、ますます両手をギュッと握り合わせると、潤む翠の瞳でサイラスを見上げた。

「サイラス様、わ、私をお傍に、置いてくださいます、か……？」

ほんの少し唇が震える。瞬きをしてしまえば涙が零《こぼ》れてしまいそうだ。無自覚に黒い何かに包まれているサイラスは、周りが反応して以降、自ら距離をつめることを躊躇っている。だからミュリエルは、握りしめていた手をほどくとそっと伸ばした。

広い胸に触れる間際、ピクリと指先が跳ねる。しかし意を決し、右手をサイラスの胸に添えた。言葉もなく見つめてから、添えていただけの手にわずかに力を込めて遠慮がちに握る。

涙を堪《こら》えて一心にサイラスを見つめていたミュリエルは、紫の瞳も同じように一度の瞬きもしないことに気づいていた。同時に、紫の色が濃くなったことにも。

「……もちろんだ」

ふわりと柔らかく微笑《ほほえ》んだサイラスに目を奪われる。そのひと時が、色々なことが起りすぎて頭でっかちになりかけたミュリエルを、具合よく呆《ほう》けさせる。どう考えても理論派ではなく感覚派のこの元引きこもり令嬢は、少々ぼんやりしているくらいがちょうどいい。

◇◇◇

いくらミュリエルが傍にいて幽霊を静めても、サイラスにまとわりつく黒い何かが一般人に見えてしまえば騒ぎが大きくなる。そこで取られたのは隔離、という措置だ。

水位の減ってしまった湖、そのほとりに建つ離宮は例年であれば誰かしらが使用しているのだが、現在は景観が損なわれているため無人だ。聖獣達が日々生活している庭からも遠くなく、となればサイラスとミュリエルが身を置くのに都合がよい。ということでしばしの間、二人はこの離宮で過ごすこととなった。

アトラ達特務部隊の面々も、残暑を体《てい》のよい言い訳に使って、一時的に離宮の傍に仮住まいを設営してもらうことが決まる。また、誰にも急を要する任務はない。よって、サイラスは書類仕事を執務室と定めた一室にてこなし、ミュリエルは幽霊の様子に注意しながら聖獣番の仕事に励む。そしてアトラ達は、多少場所が変わろうが幽霊の気配がしようが、思い思いに過ごすだろう。これが今後しばらくの離宮での身の振り方だ。

サイラスの傍を離れられないミュリエルに代わり、日常生活に困らないための用意はリーン達の手によって整えられていく。それどころか簡易の仮獣舎ができあがったと報告がきたのさえ、夏合宿から帰ってきた日のお昼時のことだった。おおがかりなことは、きっとクマのカプカが力業《ちからわざ》で解決してくれたに違いない。

しかし、体力のあるサイラス達と違い一睡もせずにこの場に立つミュリエルは、かなり早い段階で抗《あらが》い難い睡魔に襲われていた。離宮内の説明の一環で先に湯を使わせてもらい、埃《ほこり》を落としたのもいけなかったのかもしれない。のんびり入ってはいないはずだが、こざっぱりして温まったせいか体が就寝時間だと勘違いしてしまったようだ。

しっかり聞かなければならない説明は右の耳から左の耳へと素通りし、ひと欠片《かけら》も頭に残ってはくれない。ふぅっ……、と意識を持っていかれてはハッと目をかっぴらく。それを繰り返す合間に、強めに瞬きをしてみたり首を振ってみたり、はたまた頬をパシパシと叩くなどしてみたりしたが、どれも効果は薄かった。

「ミュリエル、君はもう休むといい」

見かねたサイラスに言われ、ミュリエルはしょぼしょぼする目を向けた。ちょっとした眠気であれば、恐怖の方が勝って目が冴《さ》えることだろう。しかし、強烈な睡魔に襲われている時は、目の前に幽霊がいても眠い以外考えられなくなるらしい。ミュリエルは、ぽけーっと手を繋《つな》いで隣にいるサイラスを眺める。目に映っている情報を脳がまったく処理しない。

「君の部屋まで送ろう。夏合宿の疲れもあるだろうから、明日の朝も遅くて構わない」

ありがとうございます、とお礼を述べなければならない場面だとの認識も、できなかったように思う。だからその後、どうやって仮の自室と定められた部屋のベッドに入ったのかも、定かではない。

そのため、ハッと目覚めた時、常に寝起きのよいミュリエルでも置かれた状況を理解するのに時間がかかった。引かれたカーテンの隙間から、月の光が差し込んでいる。覚えのない部屋、見慣れぬ天井、嗅ぎ慣れないリネンの香り。

ミュリエルはガバリと起き上がった。ただ、その時点で状況を思い出す。ここは離宮の二階にある、侍女用の個室だ。貴賓室《きひんしつ》の使用を勧められたのだが、そんなもったいないことはできないとこの部屋を自ら選んだ。最低限のこじんまりとした造りだが、慣れない場所のためかえってこの方が落ち着く。

ふと目に留まったサイドテーブルには手水《ちょうず》が用意されており、椅子とセットになっているもの書き用の机には、水差しと布のかかったバスケットが置かれていた。

ミュリエルはベッドから足をおろすと、有り難く手水を使いさっと身づくろいをする。立ち上がって机まで行き、軽く喉を潤《うるお》すとバスケットの布をめくってみた。そこには焼き菓子がつめられている。何も食べないままに寝てしまったため、気を利かせてくれたのだろう。

すっかり行儀の悪くなってしまったミュリエルは、そんな自覚もないままにクッキーを口に放り込んだ。ほどよく甘く、サクサクと咀嚼《そしゃく》するとバターの風味が広がり活力がわいてくる。

そのまま二つ、三つと数を重ねた。

（私ったら、大事なお話の途中で寝落ちしてしまったのね……。どうしましょう、結局どうなったのか、わからないわ……）

　これからのことを聞いておかなければならなかったのに、なんたる失態だ。しかし、リーン達がついていて今までお呼びがかからないということは、サイラスの身に差し迫ったことは起こっていないのだろう。そこまで考えて、ミュリエルはとりあえず納得した。

　体内時計では、早朝の聖獣番の業務に向かうのにちょうどよい頃合いだ。昨日、湯を浴びて以降に着たワンピースのままだと自分の体を見下ろしたミュリエルは、立ち上がると備え付けのクローゼットを開く。そこで見つけた聖獣番の制服に、素早く袖を通した。

　ここは勝手知ったる自室とは違う。だから用意が終わっても、与えられた部屋の扉をあけて廊下に出るにはかなりの勇気が必要だった。なんとなく音が鳴らないように慎重にドアノブを回し、まずは細くありた隙間から外をうかがう。

（こ、こ、これは……！。思っている以上に、暗いわ……）

　ミュリエルは、いったんドアを閉じた。昨日眠気と戦いながら回った離宮内は、年代を感じさせる重厚感のある佇《たたず》まいであった。古臭さはいっさい見当たらなかったが、それは置かれた華やかな家具が絶妙な加減で調和を取っていたからだろう。どこに目を向けても趣味のよい内装は、とても過ごしやすそうだった。しかし、今は暗いせいもあるだろうがまるで別の建物だ。

　ミュリエルはドアノブを握ったまま、しばし瞑想《めいそう》する。頭に思い浮かべるのは、アトラ達のいる場所までの最短経路だ。先にサイラスのもとへ、とも考えたが、そもそもどこで寝ているのか知らないし、万が一部屋がわかっても寝ているところに突入するのは憚《はばか》られる。そうなるとやはり、行き先はアトラ達のもと一択だろう。

(よ、よし。い、行くわよ、ミュリエル！　いっち、にぃーの……、さんっ！)

心で勢いをつけたミュリエルは、無駄《むだ》に堂々と部屋から出た。肩を怒《いか》らせて廊下を進む。しかし、いつもより大股《おおまた》な足運びは、歩数を稼ぐごとに速くなっていく。速足が駆け足に、そして城内で見つかれば注意を受けるほどの速度になるまで、たいして時間はかからなかった。

(や、やっぱり駄目だわっ！　怖いっ！)

しっかり寝て正常な感性が戻ってくれれば、今置かれている状況は心細さがすさまじい。一刻も早くアトラに抱き着かなければ、とミュリエルはすでに涙目だ。

月明かりが差し込む連続した窓が、風でカタカタと音を立てる。夜に黒く染まる木々が、ザザと揺れる。長い廊下のその先は、暗く暗くどこまでも続く。ミュリエルはもう振り返ることができない。何かに追いかけられているという強迫観念から、もう前しか見ていられなかった。やっと見えた階段を駆け下りて、ホールを横切り、裏口から飛び出す。そこからも一目散だ。

「アトラさんっ‼」

仮獣舎が見えた時には、スカートの裾が跳ね上がるほどの全速力になっていたと思う。いっさい速度を落とさず、白く柔らかな毛に体当たりする。

『朝から元気だな。一人でどうした？』

　ミュリエルが名を呼びながら騒がしくやって来て、気づかないアトラではない。きっと相当手前から、来るのを待っていてくれたのだろう。ミュリエルが抱き着きやすいように首をあげてくれたアトラは、しがみつけばあごで頭をなでてくれる。頭頂部がボサボサになることが予想されるが、今のミュリエルにはそんなことはどうでもよかった。

「な、慣れない場所で、独りだったもので、心細くて……」

　ひとしきり触れ合いを堪能《たんのう》したところで、ミュリエルはやっと顔を上げた。

『おはよ。ミューちゃん。昨日、早々に寝ちゃったって聞いたけど、疲れはどう？』

『帰りは強行軍だったからな。一睡もせずに付き合いきったのは、褒めるべき点だ』

『無事に帰ってきたと思ったところでの、アレだったっスからね。で、どうなったっスか？』

『そうそう、ずぅっとソワソワする気配がして、気になってしもうて！』

　ミュリエルはアトラが許してくれるのをいいことに、さわさわと白い毛にお触りしながら皆の話を順に聞く。仮獣舎は、いつも特務部隊がいる獣舎と同じ順番で馬房《ばぼう》が並んでいる。仮なので装飾はまったくなく、出入り口も扉のない開かれた仕様だ。なんなら各馬房の前には柵すらない。道具類をしまっておく納戸もないため、運んできた荷車がそのまま収納代わりだ。しかし、顔ぶれが同じだけで、ミュリエルの居場所もここだと思える。

「お、おはようございます。えっと、意外と疲れは引きずっておらず、元気です。ありがとうございます。それで、その、実は私も途中で寝てしまってから、サイラス様にはお会いしていなくて……」

柵がないのにお行儀よく定められた馬房から首を伸ばす面々を前にして、ミュリエルはやっと平常心を取り戻した。冷静に思い返して、説明と言うほどでもない説明をする。すると、自分からした説明なのにその内容に眉がよった。一人で考え、納得してこちらに来ることを選んだが、口にしてみればなんだかまずい状況な気がしたからだ。

『は？　それ、まずくねぇか？』

アトラからも同様の突っ込みを受けて、ミュリエルは焦《あせ》った。起き抜けにした配慮ゆえの選択を口早に伝えてみるが、アトラ達の反応は渋い。いつもどこか抜けてしまう己の特性をよく理解しているミュリエルは、一人でくだした判断をどんどん信用できなくなっていった。そのため、さわさわと白い毛を触る手が無意識にせわしなくなっていく。

「ど、どうしましょう？　今からでも急いで、サイラス様のお部屋を探して、突入してきた方がよいでしょうか？　ですが、離宮のなかが暗くて、一人でウロウロするのが大変怖く……」

『とりあえずハゲそうだから、なでるのやめろ』

ズン、と頭上にあごが落ちてきて、ミュリエルは強制的に腰から折れた。

『昨日の様子を思えば、急にどうこうってことはないと思うけど。でも、えぇと、確認なんだけど、ミューちゃんはもらった部屋に、一人で寝かせてもらっていたのよね？』

ほんの少しずれた質問をされた気がしたミュリエルは、直角になったまますんなりと「はい」と答えた。すると、クロキリ以下三匹の口振りが重くなる。

『……思うに、それが一番まずいのではないか。その部屋にミュリエル君が一人でいると思えばこそ、サイラス君も納得して、一時的に離れることを許したのだと思うぞ』

『そ、そうっスよね。じゃあ、迎えにいって、部屋にミュリエルさんがいなかったら……』

『そ、そんでもって、いの一番にここに来てるってバレたら……』

　お決まりの順番で口を開いていった聖獣達だが、それきり二巡目に突入する気配はない。誰もが口をつぐむ。アトラのあごも、ミュリエルの上よりそっと移動していった。

　緩慢《かんまん》な動きで姿勢を戻したミュリエルは、硬い表情で助けを求める視線を皆に向けた。しかし、聖獣達はミュリエルにではなく、勢いよく仮獣舎の扉へ視線をやる。見事にそろったその動きに、完全に挙動不審なミュリエルも言葉なく従った。

「ひっ⁉」

　拒否されたばかりだというのに、思わずアトラに抱き着く。だんだんと空が白みはじめているため、仮獣舎のなかより外の方が明るい。扉によって四角く切り取られて見える景色は、薄明かりに色を取り戻しつつあった。

　しかし、その明け方の景色に異変が起きている。何かを探すようにゆらゆらと、縁から異質な黒い何かが触手を伸ばしたり縮めたりしていたのだ。爽《さわ》やかな朝の色は、黒い色により徐々に浸食されていく。

「あぁ、おはよう。やはりこちらだったか。今日くらいは、ゆっくりしていても構わなかったのに。真面目な君らしくはあるが、くれぐれも無理はしないように」

　視覚と聴覚から得る情報に齟齬《そご》が出て、ミュリエルはなんとも形容し難い表情を浮かべた。優しい声音は大好きなサイラスのもので、聞こえれば笑顔を浮かべたくなる。しかし、柔らかく微笑んでいるであろうサイラスの顔より先に、のしかかるようにベッタリと背から滴る黒い何かに目がいってしまう。決心しても、ミュリエルだって怖いものは怖い。となると、浮かべかけた笑顔は自然と引きつったものになった。

「ミュリエル？　……やはり、幽霊の様子がおかしいか。かなり自制できていると、自分では思っているのだが」

　出会ったばかりの頃とは違い、顔を見せれば可愛《かわい》らしい笑顔で駆けよってきていたはずの婚約者が、引きつった顔でこちらを見ている。事情を鑑みれば仕方のないことだとわかっているのだろう、サイラスは遠慮がちに眉を下げた。その表情がいつも通りなので、黒い何かの様子は不気味でも、本人の申告通り自制心は保たれているようだ。

　サイラスのそんな顔を見てしまったら、ミュリエルの胸は切なさと申し訳なさに占められてキュッと痛む。しかし、どうにも黒い何かが不穏な動きをしているので、そちらにばかり目がいってしまい思いやる余裕がない。怖くはないがソワソワするらしいアトラ達も、ミュリエルほどではないが荒ぶる予兆を醸す黒い何かを目にして、耳を激しくパタパタさせている。

『お、おい、ミュー。行ってやれ。サイラスが可哀想だ』

「えっ⁉」

　グイグイと鼻で押し出されたミュリエルは、一歩も足を持ち上げていないのにズルズルと地面を移動した。柵がないばっかりに、その動きを邪魔するものは何もない。アトラは悲しい顔をしているサイラスに耐えられなくなったのだろう。しかし、いつも大抵《たいてい》のことは強気で突き通すくせに、今口から出た台詞からは他力本願な様子がうかがえる。そう思ったのだが、どうやら他の面々はミュリエルと同じ意味には受け取らなかったようだ。

『さ、さすがの行動力だわ、アトラ！　漢《おとこ》ね！』

『パートナーの鑑《かがみ》でもあるぞ！　心意気を見せてくれたまえ！』

『すごいっス！　ミュリエルさんだけで事足りるのに！』

『死地に自ら脚を運ぶその姿！　まさにボクらのリーダーや！』

及び腰な彼らは、そろってアトラの勇気をたたえている。

『ぐっ……、……、……。よ、よし、ミュー。進むぞ』

しかし、それにより引っ込みがつかなくなったのだろう。アトラは覚悟を決めたようだ。確かな足取りでサイラスのもとへと向かう。だが、額《ひたい》でミュリエルの背中を押して進むので、先頭はあくまでミュリエルだ。

「ち、ちょっと待ってください、アトラさん……！」

ズリズリと強制的にサイラスまでの距離をつめられて、ミュリエルは涙目になった。サイラスとの触れ合いにはそこそこ耐性がついているが、ドロドロと流れ滴る黒い何かへの耐性はまだまだ低い。しかも今は、うねる触手も荒ぶり気味だ。

せめてもう一度、決意を固め直す猶予《ゆうよ》が欲しい。そう訴えようとした口はきつく引き結ばれた。うねうねと触手が伸びてきたことで、悲鳴が出そうになったからだ。千歩譲って黒いドロドロは頑張れても、この触手がどうしても無理だ。それでもサイラスの手前、悲鳴は飲み込むべきだとなけなしの良心が仕事をした。

伸びてきた触手はミュリエルだけではなく、アトラの頬や耳にも届く。背中を押されているので白ウサギの様子はわからないのだが、ブルブルブルッと脚もとから身震いをした気配が伝わってきた。強面《こわもて》白ウサギをもってしても、生理的な震えは止めようがないらしい。

しかしさすがなのは、それでも歩みをやめないことだろう。困った顔をしたサイラスが間近に迫る。地面にべったりと足裏をつけてここまで進んできたミュリエルは、土の道にくっきりと二本の線を作りながら残りの距離と猶予を計った。接触までのわずかな時に、覚悟を決めるしかない。

ところが、簡易に造られた仮獣舎は地面のならしも粗《あら》い。ちょっとした出っ張りがあちこちにある。その一つに、つま先が引っかかってしまった。鈍《にぶ》いミュリエルは、とっさに足を上げるだけの素早さがない。足だけ残って背中は押される。となると、あとは転ぶしかなかった。

幸いと言っていいのか、一瞬完全に浮いたミュリエルの着地予定の地点には、黒い何か憑きのサイラスがいた。両手を広げたサイラスは、難なくミュリエルを受け止める。

すべては一瞬の出来事だったが、ミュリエルは確かに感じた。サイラスの胸に触れる前に通り抜けた、ほんのりとした冷気を。アトラに負けず劣らず、ブルブルブルッと黒い何かに触れたと思われる場所から順に震えが走る。体中、とくに首筋に強く鳥肌が立っていて、その感覚が耐え難い。

　一気に涙目になったミュリエルは、ギュッと目をつぶると首をすくめ、サイラスの広い胸にグリグリグリッと顔を擦りつけた。両手は大きな背に回して、遠慮なく抱きしめる。安心する腕のなかで、ドキドキするのに心地のよい香りを胸いっぱいに吸い込んだ。今は嗅ぐことでしか自分を保てそうにない。

「……やっと、触れられた」

　脳天にキスが落ちている。そう気づけた時には、すっぽりと抱きすくめられていた。

「アトラも、いいか？」

　胸に押しつけられているので、ミュリエルは何も見えない。しかし、背中にふわっと感じたのは、間違いなくアトラの極上の白い毛だ。どうやらサイラスが、ミュリエルを間に挟んだままアトラとも抱き合っているらしい。ギ、ギリリ……、と触れている部分から切れの悪い歯ぎしりが直接響いてくる。ごくごく小さく、己に言い聞かせるためだけに鳴らされた歯ぎしりだ。

　曰《いわ》く、『漢を見せろ。サイラスのためなら、震えくらい耐えられるだろ。大丈夫だ。このドロドロには実体がねぇ。だから絶対に、汚れもしねぇんだ』と。強く抱きしめられることで黒い何かの気配が紛《まぎ》れているミュリエルが、それまでの怖い気持ちを忘れてこっそり笑ってしまったのは言うまでもない。

『あ！　アタシ、わかったわ！』

　そんななか、成り行きを固唾《かたず》を飲んで見守っていたであろうレグが大きな声をあげる。

『これ、この子、この黒い幽霊みたいな何か、えーと、黒い、何か、幽霊のような、何か……、何か？　何か。あぁ、そうね！　ナニカ！　ナニカがなんとなく可哀想に思えるのは、寂しい気持ちが伝わってくるからだわ！　プーンっていうの、我慢して聞いてると、なんだか寂しい感じがしない？』

ひと晩たって改めて相対したことで、見えてきたものがあるらしい。

『ふむ。ナニカ君、か。やはりどうにも希薄だが……。「寂しい」で間違ってはいないかもしれん』

『寂しくて悲しい気持ちのまま死んじゃったんスかね、ナニカさん。あ、考えたら涙が出てくるっスよ』

『そんならリーンさんの言う通り、やっぱりナニカはんには、優しいお人と過ごす時間が必要なのかもしれません』

仮獣舎は各馬房に柵すらない簡単仕様だ。そのため聖獣達の出入りは自由なのだが、口ではそんなことを言いつつも、四匹はそこから動く気がない。視線だけで先を譲り合っている。ただ、ナニカが憑いているのがサイラスである以上、率先しなければならない者は決まっていた。だから互いに向けあっていた視線は、いっせいに白ウサギの背に刺さる。

『こ、こんな時はやっぱりアトラだわ！　痺れるぅ！』

『う、うむ。素晴らしい心意気を見せてもらっているぞ！』

『ジ、ジブンはまだまだっス！　超絶尊敬するっスよ！』

『こ、これはまさに、リーダーにしかできひんお仕事！』

背中に触れる白いノワフワが小刻みに震えているのは、ナニカに対する感情だけではないだろう。しかし、ミュリエルは賢くなったので余計なことは言わないし、顔に出てしまうため絶対に振り返ったりもしない。

『ほらぁ！　昨日もそうだったけど、ナニカ、ミューちゃんが傍に行っただけで、あっという間に穏やかになったわよね？　今日はそれに加えて嬉しそうな感じもしない？　ねぇ、どう思う？』

サイラスとアトラのサンドイッチによって身動きがとれなくとも、耳は自由だ。すっぽり包まれることで怖さを感じなくなったのかと思いきや、そもそもどうやらナニカの好ましくない気配も軽減しているらしい。

『誰かと共にいることに、飢えていたのだろうな。どうやら、昨日リーン君が言っていた通りのようだ。サイラス君に憑いて同調したことで、その執着の矢印がサイラス君の大事に想う者、とくに番《つがい》であるミュリエル君に強く向かってしまったのだろう』

『なるほど、クロキリさん！　わかりやすい解説をありがとうっス！　でも、ミューさんにアトラさんが触るのは大丈夫なんスかね？』

『アトラはんはダンナョーはんのパートナーやし、ミューさんと同じ枠なんと違いますか？　昨日はアトラはんがまったく近よらへんかったから、判明せんかっただけで』

外から見て、どの程度ナニカの状態が安定しているのかわからないが、レグ達は掌を返したように急に緊張感の欠片もない。内容的にはミュリエルも納得できるものだったので、できればサイラスにも伝えたいところだ。背に回していた手で合図を送るべく、軽く数度タップした。

「……もう少しだけ」

最後に一度力を込めてから、サイラスは腕を解く。ミュリエルの肘《ひじ》をなでるように前に戻ってきた両手は、その流れのままにどちらからともなく繋いだ。まだまだ二人の距離はかなり近いため、ミュリエルの目にナニカがはっきりくっきり映ることはない。

ナニカが出現して以来ここではじめて、ミュリエルは挙動不審になることなくサイラスを見つめ返した。綺麗な顔に疲れや具合の悪さなどが表れていないか、ひと通り確かめる。それから、クロキリによって導き出された結論を伝えた。するとサイラスは思案げだ。

「私自身に、何も変化が感じられないのが不便だが……。今は皆が傍にいられる程度には、ナニカは落ち着いていると考えて間違いないか？」

「あ、えっと。傍によりすぎると、わかりづらいので……」

サイラスに触れているとナニカがよく見えないため、ミュリエルは繋いでいた両手を放すと数歩下がった。この時のミュリエルは完全に油断していた。聖獣達の緊張感が緩んでいたために、それを信じすぎてしまったのだ。

「っ⁉」

その結果、なんの心積もりもなくナニカを視界に捉《とら》える。それでも、初顔合わせではない今日は、まだ耐えられたはずだった。ボコボコしていないし、粘りけも控えめで滴り方もベチャベチャしなくなってきている。

しかし、どうあっても触手が無理だ。認識できる距離を取った途端、ナニカの四方八方からたくさんの触手が生えてくる。くねる動きはまるで何かを探しているようだ。そして、その認識は正しい。触手の先端がクイッといっせいにミュリエルを向く。

「ひっ⁉」

サイラスが心配そうに名前を呼んだ気がしたが、構ってなどいられなかった。さらにはアトラからも短く制止の言葉をかけられるが、反応などできない。森で熊に出会ったら、背中を向けてはいけないのだ。そんな本から得た知識が頭をよぎったのは、ちょっとした現実逃避だ。加えてジリッとすり足で躊躇ったのは、時間で考えれば光の閃《ひらめ》きにも負けない一瞬だった。

うねる黒い触手を前に、すでに半べそのミュリエルはクルリと背を向けると逃げ出した。逃げ場は限られており、そのなかで選んだのはアトラのお尻の陰だ。しかし、周り込んで振り返れば、触手はミュリエルを見失うことなく追ってくる。

切羽《せっぱ》つまったミュリエルは、方向を変えることも忘れて逃げた。要するに、白ウサギの体を一周した。すぐにサイラスと対面することになるのは当然だ。すると、追っていた触手とは別に、最短距離でナニカの本体から新たな触手が伸びてくる。

慌てて踏みとどまろうとしたのだが、そのつま先が出っ張った地面に引っかかる。本日二度目となるが、ミュリエルはやはり盛大につまずいた。先程とまったく同じ流れで、サイラスの胸に抱き留められる。

「ミュリエル、大丈夫か？」

一人で大騒ぎしたミュリエルは、涙目でサイラスを見上げた。

「は、離れると、ナニカさんが、触手で迫ってきます！」

涙目のままフルフル震える。サイラスとくっついていると、寒気は感じてもナニカの不気味な動きは目に映らない。ミュリエルはここまで必死に訴えたつもりだったが、サイラスの表情がどこか変だ。

「あ、あの、サイラス様？」

ナニカに憑かれ続けて体調に変化でもあったのかと、にわかに心配になる。

「いや、君の慌てている姿が、可愛らしくて……」

横を向いて咳払《せきばら》いをしてから、サイラスはこちらに向き直る。しかし、表情を繕《つくろ》っているのがミュリエルでもわかった。言葉にならない抗議に、今度はミュリエルが変な顔をする番だ。

「いささか不謹慎だったな。その、すまない……」

恨みがましくむくれたミュリエルの頬を見て、口では謝罪を伝えながら、サイラスは再び横を向いて咳払いをした。不服を示すために、サイラスの腕のなかで身をよじる。逃げ出してしまっては触手の餌食《えじき》になるので、せめてもと肩でむずかるように抱き込もうとしてくるサイラスの邪魔をしてみる。すると、触れた肩から声を出さずにサイラスが笑っているのがわかり、なんだかますます悔しい。

『ミュー、むくれてもサイラスには効果ないぞ。まぁ、そのふくれっ面も悪くねぇけどな。ナニカの反応も上々だ』

　制限のあるなかでの攻防で、ミュリエルはサイラスに背中から抱きしめられる形になる。いつの間にかやや距離を取ったところでおすわりをしていたアトラが、サイラスの周りに細めた赤い目を向けていた。

　ミュリエルは眉間《みけん》にしわをよせたまま首を傾げた。むくれるという感情はどちらかと言えば負よりのはずだが、ナニカにはよい効果をもたらしているらしい。姿がはっきり見えないため確認のしようがないが、サイラスの反応が上々なのだけはよくわかる。くっついている部分から伝わる笑いの振動がいまだ収まっていない。ミュリエルはますますむくれた。

『最初はどうなるかと思ったけど、これなら平気そうね！　この少しのやり取りだけで、ナニカがこれだけ穏やかになるんだもの。それに、ミューちゃんのその顔！　ん、もう！　可愛いだけだわ！　思う存分サイラスちゃんとイチャついちゃって？　それで万事解決よ！』

　バチンと長い睫毛《まつげ》でウィンクしたレグに、ミュリエルは不服を伝えるために唇をムッと結んだ。可愛いと褒められても騙《だま》されるつもりはない。

『ミュリエル君がナニカ君の傍で、本能的な恐怖に耐えなければならないのなら、可哀想だと思ったが。まぁ、レグ君の言う通りその顔ができるのなら大丈夫だろう』

『ミュリエルさんの顔が固まってると、ジブン達も良心の呵責《かしゃく》がすごいっスからね！　でも、いい顔を見せてもらえて、超絶安心したっス！』

『ひひっ。ナニカはんの気配がわからんダンチョーはんにとっては、ただのご褒美やんか。もう、ごっそさん！　やっぱり愛は世界を救います！』

　ふくれっ面に賛辞を送られるなんて心外だ。ナニカの様子がよっぽど「上々」なのか、アトラも含めてノリが軽い。ミュリエルは今までサイラスに見せていた不服顔を、楽しそうにガッチンブブフピィワンキュウと鳴いている面々に向けた。

　言葉はわからずとも雰囲気で察するものがあったのだろう。サイラスが機嫌をうかがうように、ミュリエルの脳天にあごを乗せて真上からのぞき込む。それに気づかず、ミュリエルはうつむいた。

（し、深刻になりすぎるのも、違うとは思うけれど。こんなのって、ないと思うの。ふくれっ面を褒められた挙《あ》げ句《く》、その顔で、イ、イチャつけ、だなんて……。そ、そんなの……）

　ふくれっ面は断じて可愛い顔ではない。だから好きな人に見せるのも、勧められたものではないはずだ。しかも、皆そろってイチャつけと言う。こんな煮え切らない想いを抱《いだ》いている時に、どうやって好きな人と触れ合えというのか。

　サイラスと二人きりでする触れ合いは、甘い雰囲気がまずあって、流されるように酔うようにしてミュリエルは受け入れる。では、それ以外の触れ合い方はどうだっただろうか。真面目に考えはじめてしまったせいか、イチャつくという定義がミュリエルのなかで難解なものへと変化してしていく。

（そ、そもそも、イチャつくって何かしら？　ど、どこまでしたら、イチャつくに分類されるの？　い、今は……、今はっ!?　今気づいたけれど、この体勢も十分恥ずかしい……！）

アトラ達の前で、サイラスに背後から抱きしめられている。しかもナニカが穏やかになったということは、むくれた顔でも十分に規定値を超えるイチャつきを披露していたことになる。

そう気づいたら、もう無理だ。ミュリエルはうつむいたまま、両手で顔を覆った。思い出した羞恥が一気に全身へと回り、体温の上昇で湯気が出てしまいそうだ。

「ミュリエル、その……、怒ってしまったか？」

あごを脳天に刺したまま、サイラスが聞いてくる。ミュリエルは顔を隠したまま、首を横に振った。

「こうしているのが、不快だったか？」

もう一度同じように首を振る。

「……」

「……」

無言が続き、サイラスが少しだけ腕の力を緩める。

『お、おいっ、ミュー！　意地張るなって！　そんなことして……、うっ』

思わずといったようにアトラがうめき、ミュリエルは指の隙間から白ウサギをうかがった。先程おすわりをしていた位置よりずっと遠い位置に飛び退《すさ》っている。何事かと辺りを見れば、レグにクロキリ、スジオにロロは馬房の奥にへばりついていた。

「すまない……」

アトラ達の様子に目を丸くしていたミュリエルは、背後から響いたしょんぼりした声によってさらに目を丸くした。振り向けば、視線を下に落としたサイラスがいる。はらはらと散る黒薔薇《ばら》の花弁が、黒髪の縁をなぞり、肩をなで、切なげな顔に移ろいゆく小さな影を映しては舞い落ちていく。泣いてなどいないのに、露《つゆ》に潤んで見えた。それは色を深めた紫の瞳に、長い睫毛の先に、黒髪の触れる首筋に、そこかしこに色香が灯《とも》っているからか。

「うっ……」

アトラの次にうめくことになったのはミュリエルだ。助けを求めて白ウサギを見たのだが、あちらはあちらでのっぴきならない状況にあるらしい。サイラスに近づきすぎたミュリエルに今のナニカの様子はわからないが、聖獣達の反応から察するに、触手を荒ぶらせているのかもしれない。耳のパタパタがせわしない。そういえば、ミュリエルも急激な寒気を感じる。

アトラは拒絶するとよりナニカの状態が悪化することを理解しているので、その場からさらに離れることは我慢しているようだ。おすわりした下半身でなんとか踏みとどまりながら、上半身だけでのけぞっている。ミュリエルと目が合った瞬間、ギンッと赤い目が鋭くなった。食いしばった口もとから歯ぎしりは聞こえないが、後ろ脚がいつもの三倍速でタップを刻んでいる。ミュリエルは慌ててサイラスに向き直った。

「は、恥ずかしくて！　ど、どうしていいか、わからなかっただけ、なんです……」

勢いよく声をあげたものの、尻すぼみになる。

「サ、サイラス様のお傍にいられるのは、う、嬉《うれ》しいです……。ですが……。ナニカさんをお空に還《かえ》してあげるために、そ、その……、み、見せつけるように、くっつくのは、なんと言いますか……」

　どうにもミュリエルは、頭のなかでモヤモヤする気持ちを言葉にするのが上手《うま》くない。もどかしさに頼りなく視線を彷徨《さまよ》わせるミュリエルの手を、サイラスがそっと取った。こんな時はいつだって穏やかな紫の瞳が、慌てなくていいのだと教えてくれる。

「ナニカさんのお力になれるのなら、幸いです……。ですが、他の誰かのために、サイラス様に触れるのではなく……。えっと、その……。わ、私が、サイラス様に触れたいのは……。た、ただ、す、すす、す……、……、……」

　まとまらなくても上手に汲《く》み取ってくれるサイラスに甘えて、言葉の並びは要領を得ない。それでもそのまま口にすれば、ミュリエルは意外にもあっさり確信の言葉にたどり着いた。しかし、音にするには勇気と勢いが必要だ。

「ただ、好きだから、触れたいんです！」

　躊躇う時間が長くなれば余計に言いづらい。これまでの経験上それを学んだミュリエルは、繋いだ手をギュッと握って声を張った。血がのぼってしまったように、頭がクラクラする。それでもここまで言ったのなら、ちゃんと最後まで言葉にしたい。だからミュリエルは、自分にだけ注がれる紫の瞳を一心に見つめ返した。

「ま、まず、最初に、サイラス様への気持ちがあるんです……。誰かのためになれるのは嬉しいですが、順番が変わってしまうのは、嫌、です……。好きじゃなきゃ、嫌……」

　ナニカを心穏やかにしてあげる方法が、サイラスとミュリエルがくっつくことだとしても、まず先に好きだから触れたいと思う気持ちがある。義務のように、仕事のように。そんなふうに触れるのは、触れられるのは、ミュリエルは嫌だ。

「そんなこと、考えてもいなかった」

ため息のように静かな呟きが落ちる。自分の気持ちを伝えきったミュリエルは、今度はサイラスの言葉を待った。そっと微笑む綺麗な顔を、息をつめるようにして見上げ続ける。

「今までも、これからも。私はただ、私の意思で、君に触れたい」

サイラスはミュリエルと視線を結んだまま、繋いだ手を緩やかに振る。見つめ合う紫と翠は離れぬままに、ほんの少しの意識が手に向かう。誰の目にも触れていないミュリエルの掌を、サイラスは親指で優しくなでた。なでるごとに目もとを緩め、紫の色が深くなる。指でなでられただけの掌は、柔らかく熱い唇の感触を鮮明に思い出す。

「二人が、そうしたいと思った時に。それで構わないか？」

低く心地よく響く声に、誘われるままにミュリエルは頷く。掌をなでられただけで、体にはすっかり力が入らない。サイラスが手を持ち上げる動きをしても、されるがままだ。ミュリエルの顔より高い位置に導かれた手は、ゆっくりとサイラスの頬にあてられた。

サイラスが顔を横に向けると、唇が掌を滑る。熱く感じる吐息が手のなかで広がり、熱を閉じ込めるように唇が押し当てられた。忘れることなどできない感触を、さらに深く刻むように。

唇に唇で触れることを覚えたなら、掌への口づけなど軽い戯《たわむ》れだ。そんなふうに思うことは、とてもではないがミュリエルにはできない。顔にかかる黒髪も、その黒髪越しに向けられる流し目も、何より掌で感じてしまう微笑みが、いつだって溢れてしまうほど甘くミュリエルを満たす。

『おい、コレ、なんて言ったらいいんだ？』

『えぇ、からかったアタシ達も悪かったけど』

『うむ、深く墓穴を掘ったな』

『でも、ミュリエルさん自覚ないっスよ？』

二人の世界に入ってしまったサイラスとミュリエルの耳には、アトラ達の声など届かない。

『あの、皆さん。ボクも率先して煽《あお》っておいて、なんなんやけども……』

だからロロも、遠慮なく思ったことを口にしたのだろう。

『リュカエルはんが心配していた件って、ほんまに大丈夫ですか？　ほら、な？　夜？　とか。ミューさんが承諾《しょうだく》してしまった今、いくらダンチョーはんが鉄の意思を持つ男でも、きわどいんやないかと……』

二人が仲良くすることにより、ナニカは穏やかだ。それなのにアトラは耳をパタパタさせてからピンッと立てる。その様子に、ロロの言葉に一瞬だけ慌てたレグにクロキリ、スジオは、すぐにニヤニヤとした生暖かい目を白ウサギの背中に向けた。なぜ背中なのかと言えば、それはアトラがすでにサイラスとミュリエルの傍へ向かったからだ。

『なぁ、夜はオレと一緒に寝ようぜ』

「えっ？」

どこかぼんやりとしてしまっていたミュリエルは、背後から声をかけられて一瞬呆けた。

「あ、はい！　ぜひ！」

しかし、すぐに意味を理解して喜ぶ。

「アトラはなんと？」

ミュリエルの掌から唇は離したものの、握ったままでサイラスが聞く。

「一緒に寝ようと、お誘いをいただきました！」

『馬鹿か！　言い方がわりぃ！』

間髪《かんはつ》入れずに大きな声で怒られて、ミュリエルはビクッと肩をすくませた。しかし、向こうでレグから『誘い方が悪いのよね？』と擁護《ようご》のような突っ込みが入り、アトラがギリリと歯ぎしりをする。

『夜はオレとサイラスとミューで寝よう、って言ってんだ！』

「あっ。な、なるほど……？」

アトラ達の危機感も気遣いもいまいち理解できていないミュリエルは、返事が疑問系になってしまった。そのせいか、アトラから半眼でにらまれる。

なぜにらまれているかわからないため曖昧《あいまい》な笑顔を浮かべれば、その呑気《のんき》な様子に苛立《いらだ》ったのか、アトラが雑にサイラスに向けてあごを振った。どうやら早く通訳しろとのことらしい。

お達し通りサイラスに伝えれば、予想通り快諾をもらえる。しかし、どうやらサイラスは続けて話がありそうだ。

「昨日、君が寝てからのことなのだが……」

そう言ってサイラスから説明されたことには、昨晩は一睡もしなかったという事実だ。ナニカが憑いている異常事態で、サイラス一人きりになってしまうのは不安だと意見が一致したかららしい。しかし、ナニカがゆらゆらしている横では、リーンもリュカエルも寝ようとは思えないし、眠れない。

よって三人は時間を無駄にしないために、ひと晩中書類仕事をこなしていたという。ところが明け方を待たずしてリュカエルが撃沈してしまい、リーンが客間に運んでいる隙にサイラスはここへミュリエルを探しに来てしまったとのこと。

「書置きをしてから来たから、あちらは問題ない。今はきっと城の方へ戻っていると思う。そういう予定を昨日のうちに話しておいたから。だが……」

そこでサイラスが意識的にだろうか、数度瞬きをした。一睡もしていないと聞いたら、その瞬きは眠気覚ましの動きのようにも思える。

「憑かれることによる体調の変化もないし、無理をするような状況でもない。だから私も夜まで我慢せず、君の目がある昼間のうちに軽く睡眠を取ろうかと……」

サイラスに言われたことは別段難しいことではないが、ミュリエルは逡巡《しゅんじゅん》してしまった。

「えっと、私は、お役に立てるのであれば、嬉しいのですが……。あの、サイラス様は私に見られていても、眠れますか？」

ミュリエルだったら無理だ。究極に眠いのなら寝てしまうかもしれないが、それでも誰かに観察されながらでは寝た気がしないと思う。それに起きた瞬間大変気まずいだろう。聞かれたサイラスは、少し首を傾げた。

「大丈夫だと、思う」

「そ、そうですか」

首を傾げたまま言われ、ミュリエルの方が照れてしまう。眠るサイラスを観察する自分を想像してしまったからだ。恥ずかしくなってうつむけば、紫の瞳が穏やかに見つめる。

常であれば、このなんとも言えない空気をからかい半分に味わう聖獣達である。しかしこの時は、なぜかアトラが深刻な顔で歯ぎしりを響かせた。

『いいか、ミュー。今夜寝る前まで、絶対にサイラスから離れるなよ?』

イチャつきを推奨する台詞ながら、白ウサギの声はどこまでも真剣だ。

『サイラスの傍にオマエがいればいるほど、ナニカは大人しくなる。なら……、わかるだろ?』

気づけ、とばかりに赤い目がすがめられる。短気なアトラが痺れを切らす前に、ミュリエルは理解した。要するにこの白ウサギは、ひと晩中一緒にいるのが耐えられる程度まで、ナニカの状態を改善しておけと言っているのだ。はっきり言ってくれればいいものの、弱気発言をするのは癪《しゃく》らしい。

「あ、あの、本当に私がくっついていれば、夜までにアトラさんが怖……、じゃなかった！　ええと、その、なんと言うか……、あっ！　お望みになっているくらい！　ナニカさんのご様子は、穏やかになるでしょうか？」

ギンッとにらまれて言い直したミュリエルに、アトラは尊大に言い放った。

『穏やかになるんじゃねぇ。オマエが、穏やかに、するんだ』

短く言葉を切ることで圧が増す。ミュリエルは肩に、重い責任を背負わされたと感じた。

「し、承知、いたしました……！」

もちろん、アトラからのご下知《げじ》に逆らう選択肢《し》など、ミュリエルは持たない。そして請け負ってしまった以上、絶対に遂行しなければならないのだ。

ミュリエルはゴクリと唾を飲み込む。今この時だけは、黒いナニカよりも白いウサギの方が格段に怖い。


その後まず行われたのは、ミュリエルがどの状態になるとナニカの触手に襲われるのか、という検証だ。しかし、その検証に立ち合った過半数が聖獣だったため、条件を細分化して把握しておく熱意が持続するはずもない。途中から適当になった結果、とりあえず肩が触れる距離で手を繋ぐ、困ったら好意を叫ぶ、というなんとも大雑把《おおざっぱ》なところでまとまった。

ミュリエルとしては身を挺《てい》して検証に尽力したため、もう少し実入りのある提案がほしかった。一応ミュリエルのことを考えて検証の場を持ってくれたため口にはしないが、これでは昨日の時点でリーンから提案された対策とたいして変わらない。

効率を考えればサイラスは執務室で書類仕事を、ミュリエルは仮獣舎で聖獣番業務をするのがいいのはわかっている。しかし、検証により設けられた制限とアトラからのご下命があるため、サイラスとミュリエルはまず手を繋いだまま聖獣達のお世話に取りかかった。

早々に片手作業に慣れたサイラスと違い、ミュリエルは普段との勝手の違いに四苦八苦することになる。何かの競技のようだ、と聖獣達が楽しんでくれたのが救いだ。最近ではあまりしなくなっていたお世話中の粗相もそうだが、終始耳をパタつかせているところを見てもアトラ達が我慢してくれているのがわかっていたから。

そうこうしていても、サイラスの高い対応力のおかげで遅れなく午前中の業務を終える。昼食は誰かが届けてくれるだろうからと、それまでの隙間時間をサイラスの仮眠にあてることにした。場所は寝室ではなく、仮獣舎から少し離れた湖の見える木陰だ。

木漏れ日《こもび》がキラキラとして時折秋めいた風が吹く木陰は、とても居心地のよい場所だ。ただ、サイラスとくっついているためナニカと終始触れているミュリエルは、ずっと寒い。少しだけ秋を含んだ風でも、動かない状態で浴び続ければ凍えそうだ。よって、冬の入り口にするような格好をしている。

通常の聖獣番業務でも、昼前後は休憩《きゅうけい》時間である。ぼんやり一緒にいるのは申し訳ないとサイラスに読書を勧められたミュリエルは、手に開いた本を持ちながら木陰に座っていた。緊張感を持ちながら。両手で本を持っていても、ナニカの触手が伸びてくる心配はない。なぜなら目を閉じたサイラスの頭が、ミュリエルの膝《ひざ》に乗っているからだ。緊張の原因はここにある。

（だ、駄目だわ……。読書に、集中できない……）

当初はミュリエルの隣に転がったサイラスだったが、それだと色々都合が悪かった。ほぼ寄り添った状態で手を繋ぐと、サイラスは寝づらくミュリエルは読みづらい。不意に離れてしまいそうな不安にも駆られる。触手に襲われるのは避けたいし、絶対に離れるなとも厳命を受けているミュリエルは、こうなってくると恥ずかしさよりも離れてしまうかもしれない不安の方が強かった。そのため、おのずと選ばれたのが膝枕だ。しかし、膝にサイラスの頭を乗せてみれば、なかなかに難度が高い。

（サ、サイラス様、もうお休みになったかしら……。足が痺れる前に、起こしてほしいと言われているけれど……）

規則正しい呼吸を繰り返すサイラスは、一度体勢を定めてからは身動きもしない。サイラスの顔を上手い具合に隠してくれている本を、ミュリエルはわずかに持ち上げた。仰向《あおむ》けに寝ているサイラスの綺麗な顔がお目見えして、慌てて本の位置を戻す。

（ほ、本があって、よかったわ……！　サイラス様のお顔を隠すのもそうだけれど、私の顔が隠せることの方が、より大事だったもの……！）

いつもと違う位置関係のせいで、普段とは違う角度から己の顔を見られる。なんだかそれが、無性に恥ずかしい。

（あ、あご、とか！　下を向いたら、しわがよってしまいそうだし……。何より、は、は、鼻の穴、がっ！　下から見られるのは、絶対の、絶対に！　嫌、だわ……っ！）

一ページも進んでいない本を持つ手に力が入る。ふと考えてしまうのは、過去に読んだ本で恋人達が膝枕をしていた場面だ。一人としてミュリエルと同じ悩みを持った者などいなかったが、こんなにも恥ずかしい膝枕という行為に、まさか世の恋人達は何も感じないのだろうか。自意識過剰、そんな言葉がにわかに思い浮かんでしまい、ミュリエルは勢いよく首を振った。

「痺れてしまったか？」

「っ!?」

スッと本の下に指がかかり、軽く持ち上げられたと思えば紫の瞳と視線がぶつかる。

「体に力が入ったようだったから」

「い、いえ！　痺れていませんっ！　ま、まだ！　まだまだ寝ていてくださって平気です！」

軽く持ち上げているようで意外と力が入っているのか、ミュリエルが本の位置をおろそうとしても動かない。サイラスがミュリエルの膝に頭を乗せたまま、首を傾げた。微《かす》かな動きを太腿《ふともも》が過敏に拾う。何が恥ずかしいのかもよくわからないほどすべてが恥ずかしくなったミュリエルは、サイラスの手があることを忘れてバタンと本を閉じた。サッと引いてくれたためサイラスの手を挟まずにすんだが、それにも気づかず自由になった本で顔を隠す。本の陰でひと息ついて、今度は上から目だけをのぞかせた。

「す、すみません……。目が、覚めてしまいましたよね……？」

まどろんでいたなら、そのまま眠ることもできただろう。しかし、ミュリエルが個人的な理由から大騒ぎしたせいで、紫の瞳はぱっちりとあいている。

「いや、目をつぶっていただけだから」

「えっ⁉　では、ずっと起きて……⁉」

さらっとされた寝ていない宣言に、ミュリエルは思わず本をさげてしまい慌てて顔の前に戻す。気配に聡《さと》いサイラスなら、目をつぶっていてもミュリエルの落ち着きのない行動を把握していた可能性が高い。

「ね、寝て、ください。そ、その、体調が、心配なので……」

「そう、だな。そうしなければ、と思ってはいるのだが……」

ほんのり涙目で訴えると、なぜか照れたようにサイラスが微笑む。はにかんで伏せた長い睫毛の先に、木漏れ日が落ちていた。その奥にある紫の瞳も、煌《きら》いて艶《つや》めく。それらすべてを、ミュリエルは余すことなく見下ろしていた。本により防御力が上がっていると、どこかで過信していたばかりに。

柔らかい風が黒髪を揺らす、服の上からであれば感触などわからないはずだ。しかし、そっと太腿をなでるように流れた黒髪を視覚で捉えてしまったら、もう駄目だった。瞬時に立ち上がって距離を取りたい衝動に駆られる。

「おっと！　これはとってもお邪魔ですね！　あとにします！」

混乱状態に陥《おちい》っていたミュリエルは、不意に聞こえた声で息が止まっていたことに気づく。木の陰からひょっこり現れたリーンは、即座に回れ右をした。

「いや、構わない。昼食を届けにきてくれたのだろう？」

　声をかけるのと同時に起き上がったサイラスは、ミュリエルと肩の触れる距離で座り直す。少しだけ体重を預けられたため、ミュリエルも体が傾かないようについより添ってしまった。

「えぇと、では、昼食だけ置いて行きましょうか？」

「わざわざ届けてくれた者に、そんなことはできない。それに、話もあるのではないか？」

　サイラスの問いかけにリーンが行きかけた体を戻す。それを確認してから、いつもの角度でミュリエルを見下ろすサイラスは、己の膝の上でポンポンと手を動かした。視線を落とせば掌が上に向けて置かれており、繋ぐことを誘っているようだ。指と指を離すように開かれた手は、仲良し繋ぎではなく恋人繋ぎをご所望らしい。

「あ、どうぞどうぞ。僕、少々お時間いただきたいので、できれば万全の態勢でお願いしたいです。ドロドロは見慣れてきた気もしますが、ブワッて触手が広がるの、結構怖いので」

　繋ぐことを躊躇《ちゅうちょ》すれば、リーンが身振りを添えて勧めてくる。ミュリエルは観念した。ミュリエルとて、触手の脅威《きょうい》は断固として避けたい。

「いやはや、ミュリエルさんの頑張りに頼るばっかりで申し訳ないです。昨日と比べると雲泥の差ですよ！　すごいですねぇ。本当にミュリエルさんが傍にいるだけで、このまま除霊できてしまいそうです」

　さっと昼食の入ったバスケットだけをサイラスとミュリエルの近くに置いたリーンは、会話をするにはやや遠い位置に腰をおろす。

「ほ、本当ですか？　本当にそんなに違いますか？」

聞く声につい力が入ってしまったのは、夜までに成果を求められているからに他ならない。

「ミュリエルさんはくっついていると、よく見えなくなるんでしたね。えぇ、とてもいい感じですよ。感触とか温度とかはどうなんでしょうか。あ、いや、いいです。あとで直接自分で試させてください。粘度がどんどん下がってきたせいか、なんとなく透明感？　のようなものも出てきましたしね」

「透明感……」

きっとリーンのことだから、間違っていないはずだ。だが、どうにも想像が追いつかない。ただ、学者として悪い癖が顔を出すほど、許容範囲の見た目ではあるようだ。

「それで、団長殿。ご体調に変化はありませんか？」

「あぁ。少々眠いが、変わりはない」

ミュリエルはとっさに虚偽報告ではないかと思ったが、口を挟む隙はなく会話が流れていく。

「本当はもっと頻繁《ひんぱん》にこちらに来たいとは思っているのですが、団長殿の姿が見えずに僕達までバタついているとなると、周りに何かあったのだと悟られてしまいますからね。このくらいが精一杯で。あぁ、どうぞ食事をはじめてください。僕は勝手にしゃべりますから」

リーン相手に遠慮をする仲でもないので、サイラスとミュリエルはバスケットに手を伸ばした。互いに右利きの二人だが、今はサイラスは右手をミュリエルは左手を繋いでいる。左手で難なくすべてをこなすサイラスの横で、利き手を使えるはずのミュリエルの動きの方が覚束ない。やはりここでも何かの競技のような動きで、共同作業となる。

「では、まずご報告から。本来であれば、夜の執務室向きの話なのですが……」

食べるために口は動かしても聞く体勢は整ったところで、胡坐《あぐら》をかいたリーンが口を開いた。

切り口が重めだったため、ミュリエルは心持ち居住まいを正す。

「竜の復活を目論《もくろ》む秘密結社、その重要人物と思われる者と接触しました」

「えっ⁉」

驚きの内容に意識を引っ張られ、サンドイッチを摘《つ》まんでいた手が疎《おろそ》かになる。落としそうになったミュリエルは慌ててつかみ直した。サイラスは木製の皿をミュリエルの膝の上に乗せてから、リーンに話を促《うなが》すように視線を向ける。

「名前はブレアック・シュナーベル。小豆《あずき》色の髪に鉄色の瞳、痩身《そうしん》で神経質そうな見た目の男です。ですが、口数はかなり多いですね。表向きは地質学者として、この周辺で起きた地盤沈下や湖の枯渇《こかつ》、または逆に新たに水のわいた地域について調べて回っています。個人的なものではなく、一応上からの許可は取っているようですが」

急に情報が過多なため、ミュリエルは整理するためにシュナーベルなる人物を言われるままに想像した。言葉で考えているより映像にしてしまった方が、ミュリエルは理解が捗《はかど》る。

「なぜ、気づいた？」

「タレコミがあったんですよ。九官鳥殿から。尻拭《しりぬぐ》いを投げつけられた、とも言いますが」

あえて名前を呼ばず「九官鳥」と称されたのは、隣国ティークロート贔屓《びいき》の侯爵、ジュスト・ボートリエなる男のことだ。何かと聖獣騎士団にちょっかいをかけてきていたが、ティークロートの五妃殿下であるヘルトラウダが、ミュリエルに「構うのはやめる」と発言したことで、侯爵とも不戦状態となったはずだった。

リーンによると、ボートリエ侯爵は聖獣騎士団に嫌がらせをするために手を貸していたシュナーベルとも、これを機に手を切ったらしい。実質は、権力者による一方的な尻尾切りだ。自らのまいた種に興味を失ったボートリエ侯爵は、白々しくリーンに情報を流してきたと言う。パトロンを失いあとのなくなったシュナーベルに、不穏な動きがあるようだ、と。

「ということで、僕、シュナーベル殿と日中一緒に行動することにしました。種類は違えど、同じ学者の立場でゴリ押しして」

「っ!?」

あんまりな状況報告に、味のしないサンドイッチをそれでも頑張って咀嚼していたミュリエルは、まだ嚥下《えんか》するには大きな塊《かたまり》を思わず飲み込んでしまった。トントンと胸を叩いていると、すかさずサイラスからお茶を渡される。

「ちなみに、シュナーベル殿も僕に大変興味があるそうですよ。会話のほとんどがあからさまなほど、竜や聖獣、花嫁に関することなんです。後ろ暗いところを隠す気がないのかな、と誰でも感じるほどに」

リーンから伝え聞く人物像が固まるにつれ、ミュリエルの抱く不安は大きくなる。サイラスも眉をよせていた。

「そうなると、危険だな。並べられた所見を思うに、開き直ると何をするのかわからない者の典型だ」

「ええ。ですので、僕が傍にいられない時も、ラテル殿とニコ君が陰から見張ってくれることになっています」

身軽で神出鬼没《しんしゅつきぼつ》な老人と少年のコンビは、秘密裏に物事を遂行するにはうってつけだ。要注意人物から目を離す時間が短ければ短いほど、こちらの安全は高まるだろう。

「それで、団長殿に憑いている幽霊のことですが……。ええと、そろそろ触らせてもらっても大丈夫でしょうか？　様子を見ようと離れて座ったのですが、落ち着いているようなので」

ここでサイラスとミュリエルは顔を見合わせた。大丈夫かどうかの判断が互いに曖昧だ。しかし、サイラスはミュリエルと見つめ合ったあと、勧めるように掌をリーンに見せる。

許可をもらったリーンはいそいそと近より、ミュリエルとは反対側に陣取るとナニカを遠慮なくかき混ぜた。糸目学者の好きにさせながらも、その間にサイラスがアトラ達を交えて話したことを遠回しに伝える。

「ナニカ君、ですか……。それは……」

急に理性を取り戻したモノクルの向こうの糸目が、思考に沈むように横に流された。しばし挟まれた沈黙の間で、確信に触れない言葉の欠片をまとめるだけの冷静さを、ミュリエル以外の二人は持っている。

「聖獣の仮の名のようだ、と言いたいのだろう？」

「ええ。広い視野を保とうとはしていたのですが、アトラ君達の反応から見ても、やはり以前の継ぎはぎされた聖獣の幽霊と関連があるのでしょうね。となると……」

余韻《よいん》を持たせた言葉のあとは、きっとミュリエルでは追いきれない速さで情報と状況を組み合わせているのだろう。散らばる欠片を拾って集め、筋道を立てて答えに至る。奇行は多いしわざと明るく振る舞ったりすることも多く忘れがちだが、やはりリーンは根っからの学者なのだ。こんな時だからこそ、改めてそれに気づく。

「団長殿が触れてしまった白いもの、その後見識のある方のところに持っていったのですが、動物の骨で確定のようです」

リーンはポケットから白いものを取り出す。今見せてきたのだから、当然湖でサイラスの拾った骨なのだろう。

「さ、触って、平気ですかっ⁉」

「え？　えぇ。中身は団長殿に憑いてしまいましたから、からっぽかな、と思いまして」

人指し指と親指で摘まんだ骨を、リーンは返す返す眺める。そのあと糸目がサイラスの周りを巡ったので、ナニカの様子も見たのだろう。

理屈としては納得できるが、それでも直接触るのはミュリエルだったらかなり躊躇う。しかしリーンは、直接触らないように注意したと前置きしつつ、湖の底に骨がもっとないかもこっそり調べたらしい。そして見つかったのは、なんの動物のどこの部分かもわからない無数の骨。

水位が低くなったとはいえ、もともと大きな湖だ。すべてを拾いきることはできていない。ならばまだまだ多くの骨が沈んでいることになる。

思い返せばあの時、湖に落ちて立ち上がったレグは、今までにない感触がしたと言っていた。ということは、聖獣騎士団が夏合宿に行っている間に何者かが湖に骨をまいたことになる。その何者か、とは。

「それで僕、夏合宿から帰ってくる道中を、口の固い方々に調べてもらえるようにお願いしてみました」

視線を落として自分の世界に沈もうとしていたミュリエルは、話を進めるリーンの声によって現実に引き戻された。

「ある、だろうな」

「ですよねぇ」

二人の関係の深さがうかがい知れる、いくつも言葉を省いた会話だった。一から説明の欲しいミュリエルだが、リーンが前置きした「夜の執務室向き」のひと言に、遠慮する気持ちがわく。サイラスとミュリエルが離れられない状況になければ、この会話を聞かせずともよいと判断していたのだと思ったからだ。そのため、二人から水を向けられるまで口は挟むまいと大人しくしている。しかし、しおらしいミュリエルにサイラスがすぐに気づいた。

「すまない。いつもの癖で、言葉足らずになってしまった。湖にあった骨と同じようなものが、道中でも見つかるだろう、という話だ」

ミュリエルは小さく頷いた。ぐんぐん進んでいた話の流れを緩やかにしてしまったことが申し訳なくて、視線でリーンに先を譲る。

「それで今後のことなのですが、団長殿に憑いている幽霊が竜や聖獣に関係するものだとすると、シュナーベル殿に気づかれれば悪影響を働きかけてくるかもしれません。彼が骨をばらまいた確証はありませんが……。どちらにしろ団長殿は、まだしばらくこちらで隠れて生活していただくのがいいと思います」

あらかた話し終えたリーンの興味は、またナニカに戻ってきたらしい。摘まんだ骨にナニカをまとわせるように、突っ込んではクルクルと絡《から》めとるような動きをしている。

「そうそう、もちろん、できるだけお二人はくっついて過ごしてくださいね。おわかりかと思いますが、推奨と公認がつきましたので加減はお任せです。ただ、そこはリュカエル君からの認定が外されない程度で、ですよ？」

引っこ抜いた骨に異変がないことに少しガッカリしてみせてから、リーンは含みのない顔で笑った。人間側と聖獣側、これで両方からサイラスとの触れ合いを推奨並びに認定されてしまったことになる。ミュリエルは恋人繋ぎをした手に視線を落とす。きっと今やこの程度の触れ合いで、とやかく言う者はいないのだろう。ミュリエル本人を除いては。

翠の瞳が繋いだ手を映していることに気づいたサイラスが、膝の上でポンポンと弾ませる。別段深くもない触れ合いだし、仕草としても可愛らしいものだ。

だが、それを眺めているリーンの目が優しいと気づいてしまえば、やはりどうにも恥ずかしい。

３章　信頼の成分の八割はたぶん日頃の行い

慣れない状況に身を置いているせいか一日が長い。リーンの置き土産《みやげ》である書類を手にやって来たのは、サイラスが執務室と定めた一室だ。簡素な造りの部屋を選んだようだが、ミュリエルが自室とした部屋よりはもちろん広い。椅子も一脚しかないわけでもなく、それどころか応接セットとしてローテーブルとそろいのソファだってある。

だというのにサイラスとミュリエルは、背もたれのないベンチを持ち込んでぺったりくっついて座っていた。もちろん、ナニカ対策のためだ。

「ミュリエル」

「は、はい、なんでしょうか？」

机にあう高さのベンチが上手《うま》い具合に見つかったため、サイラスが首や腰を痛めることはないだろう。だが、仕事をはじめてわりとすぐ、書類から目をあげたサイラスに呼ばれる。

「……膝《ひざ》に、来てくれないだろうか？」

「えっ!?」

「少し動いただけで　こうして離れてしまうだろう？」

「あっ！」

終わった書類を脇《わき》に重ねようと、サイラスが手を伸ばす。人の体というものは、手だけ伸ばしても意外と全身が動くものだ。信頼する者達から言われたことは素直に実行してしまうミュリエルは、暇《ひま》つぶしのために開いていた本を手放すと、離れるサイラスの体を追いかけてくっつき直した。しかし、ミュリエルが前かがみに突撃したため、サイラスは手を伸ばすのにあわせた斜めの体勢のまま受け止めることとなった。

「ミュリエル、膝に来ないか？」

どさくさに紛《まぎ》れて聞き逃したつもりになっていたが、二度目のご用命を受けてしまえばその手は通じない。他に方法はないだろうかと、ミュリエルは言葉もなく体勢をゆっくりと戻《もど》したサイラスを上目遣いで見つめた。

「目と手は忙しいが、膝は暇だから」

ナニカがついている影響だと思いたい。言うが早いか、サイラスはミュリエルの返事を待たずしてあっさりと抱え上げてしまう。横向きに膝に乗せられたミュリエルは、流れるようにうつむき顔を両手で覆《おお》った。ナニカの存在が盾となり、慌《あわ》てたり暴れたり、ましてや拒否したりなんてとてもではないができない。

（サ、サイラス様の距離のつめ方が、いつも以上に、急すぎると思うの……！）

ミュリエルがよそ見をしていたり気を散らしていると、少々過激な手段にでることのあるサイラスだが、それでも前置きのような言葉だったり行動だったりが必ずある。奥手なミュリエルに合わせてくれてのことだろう。しかし、昨日からの言動を考えると、サイラス独自の

「間」の取り方がどうにも少ないように思う。

（サ、サイラス様の、ゆっくりとした言葉や仕草に、いつも、い、色気を感じていたけれど……。その艶《つや》っぽさに、とても、あてられていたけれど……。そういう「間」を取らずに、唐突にこられたら、それはそれで、やっぱり、無理……、……、……）

「ひょえっ⁉」

考え事の最中に、ミュリエルは突如《とつじょ》奇声をあげた。うつむいて露《あら》わになっていた首筋に、サイラスがそっと触れてきたからだ。

「な、なな、何を……⁉」

首を庇《かば》うために顔を上げたミュリエルは、至近距離で見下ろしてくる紫の瞳とかちあった。

「君の首に、ネックレスの鎖が見えたから」

人の首筋に触れる理由としての妥当《だとう》性が、どこにも見当たらない。しかし、ミュリエルは言葉を返す余裕がなかった。艶めく紫の瞳が、甘い。そして、間近にその色があるということは、当然唇もとても近い。

（め、め、目を、つ、つぶっては……、駄《だ》、目《め》……、……、……）

ミュリエルは降り注ぐ甘い紫の色を、眼力を込めて見つめ返した。その間に、仰向《あおむ》いた首の角度を保ったまま両手をそっと持ち上げる。そして、視線を外さないように気をつけつつ、ゆっくりと顔を覆った。それが今ミュリエルが考え得る、最大の防御方法だった。

「サ、サ、サイラス、様、お、お仕事、頑張って、ください……」

勤務時間中の逢瀬《おうせ》は不謹慎だ。ナニカのことがあって触れ合っているものの、今まさにこの時もお給料が支払われている。などというのは建て前で、こんなやり取りばかりしていては、ミュリエルの身が持たない。

しかし、サイラスから返事がない。両手の指の隙間《すきま》から様子をうかがえば、何かを考え込んでいた。もの思いにふける綺麗《きれい》な顔を見て、ミュリエルもしばし考える。

「あっ！　イヤーカフもチャームも、預かったままでしたね。お返しします」

夏合宿の間、ミュリエルはエメラルドのイヤーカフとネックレスに通してある青林檎《あおりんご》のチャームをサイラスから預かっていた。帰ってきたら返すつもりだったのに、ナニカ騒ぎですっかり返しそびれてしまっている。そのためいそいそと、首の後ろにあるネックレスの留め金に両手を伸ばした。

「ひゃんっ⁉」

防御の緩くなった隙をついてサイラスがイヤーカフごと耳に触れたせいで、ミュリエルは再び奇声をあげた。

「まだ、預かっていてくれないか」

反射で肩をすくめても、サイラスの手が耳から離れることはない。それどころか指先は、弄《もてあそ》ぶように動き続けている。

「ちゃんと帰ってから、返してほしい。ここはまだ、仮宿だから」

サイラスとしては、あくまで触れているのはミュリエルの耳ではなくイヤーカフだ、という体裁《ていさい》を取っているらしい。確かに人指し指と中指は、イヤーカフから離れない。しかし、それを補って余りある悪戯《いたずら》を親指がしていた。ミュリエルの耳の縁をなでおろしては、整った爪先でうなじをかすめる。さらには焦《じ》らすようにゆっくりと、飽《あ》きることなくその動きを繰り返す。

指とは違った感触をもたらす爪先に、熱を煽《あお》るようにくすぐられて肌が粟立《あわだ》つ。それはまだ知ってはならない疼《うず》きに思えて、ミュリエルは体をひねって感覚を逃した。

「サ、サイラス様っ、や、やめて……」

「何を？」

とうとう我慢できずに制止の言葉がでれば、かぶせるように聞き返されてしまった。その性急さがとても意地悪だ。

「く、くすぐったい、ので、ゆ、指を……！　あっ……、んんっ！」

ミュリエルの必死の訴えに、ふぅん、と気のない返事をしたサイラスはのぞき込むように顔を近づけると、耳もとで囁《ささや》いた。

「くすぐったい、から？　くすぐったい、だけ？」

「っ⁉」

ゾクゾクゾクッ、と体の中心に向かって震えが沈んでいくような感覚だった。伸びあがるように背をしならせたミュリエルに、サイラスが目を細めて笑う。

自然と上向いたあごにつられて唇が薄く開けば、吐息が零《こぼ》れた。その吐息を食《は》むように、うっすら開いたサイラスの唇から白い歯がのぞく。そして、本当に吐息を味わったのだと錯覚させるように、サイラスの舌先がゆっくりと小さくなめとる動きをした。ありえないほど艶《なま》めかしいその動きに、ミュリエルは釘《くぎ》づけになる。

「私の手で染まっていく君は……、……、……、たまらなく、魅力的だな」

こんな時ばっかり艶っぽい間をおいて、サイラスが囁く。低くかすれたその声も、緩く微笑《ほほえ》んだその顔も、真昼にあるまじき壮絶な色香を帯びていた。色を濃くした紫の瞳に射すくめられ、もう瞬《まばた》きもできない。何よりミュリエルは、この妖《あや》しい色をたたえた紫の瞳を前にも見たことがあった。

(ま、まま、魔王……！　光、臨……！)

涙で潤《うる》んだ翠《みどり》の瞳が揺れる。どこに引き金があったのか謎だ。もしかしたらナニカによって引き金がかなり緩んでいるのかもしれない。どちらにしろミュリエルが、突如として窮地に陥《おちい》ってしまったことは確かだ。いつの間にか濃厚な香りで辺りを満たす黒薔薇《ばら》は、溶けるような光に花弁を艶めかせながら、とめどなく二人の周りに降り積もっていく。

「口づけても？」

誘うように緩く弧を描く唇は、ミュリエルの返事を待って動かない。だが、けっしてお行儀がいいわけではないのだ。この魔王は、真っ赤に染まる頬を、限界まで潤んだ翠の瞳を、迷い震える唇を、ただ愛《め》でているだけだから。

細くなった呼吸で、なんとか空気を取り込む。すると、あえぐように零れた吐息を今度こそ本当に飲み込もうと、顔を傾けたサイラスがゆっくり唇を開きながら影を落としてくる。わざと焦らすように近づく唇に、心臓は爆発しそうだ。猶予《ゆうよ》があるせいで、温度を知る体が先走るように熱をあげる。まだ触れてもいないのに、サイラスの体温に侵食されていくのを深く感じてしまうことが、たまらなく恥ずかしい。そして、ここでミュリエルの限界が訪れた。

（もう、無理、です……、……、……）

久方ぶりに思える台詞《せりふ》を心で唱えれば、涙で潤み切った瞳も力なく閉じていく。しかし。

「っ!!　ま、まぶしい……!!」

チカチカチカッ、と強烈な白い光が差して、一気に覚醒したミュリエルはギュッと目を閉じた。何かに反射させた光が、狙ったように窓から差し込んだらしい。

「リーン殿からの、合図だな」

急に何かが切り替わったように、魔王の気配を霧散《むさん》させたサイラスは、ミュリエルを膝から腕に乗せ換えると何事もなかったように立ち上がった。幼子のように抱っこされたミュリエルは、慌ててサイラスの首に腕を回す。引き出しからオペラグラスを取り出す動きでやや前かがみになった際に、落ちてしまいそうに感じたからだ。

ところが、姿勢を戻したサイラスに、ふっと笑われてしまった。その様子から見るに、どうやら今の行動になると見越しての動きだったらしい。気がついたミュリエルが腕を解こうとすれば、今度はいきなりの方向転換に見舞われ、よりしっかり抱き着く羽目になる。

サイラスは窓辺によると、カーテンに隠れるようにして外をうかがった。片腕でミュリエルを抱っこしたままオペラグラスをのぞく。

光は強く感じたが、リーンのいる場所まではかなりの距離があるようだ。オペラグラスが向いている方へ目をやっても、一向に糸目学者の姿を見つけることができない。方向を確かめるために何度も、オペラグラスをのぞくサイラスと外とを交互に見比べる。

「リーン殿の隣に、ブレアック・シュナーベルと思わしき人物がいるな」

「えっ⁉」

呟《つぶや》いたサイラスがオペラグラスを貸してくれたので、ミュリエルは有り難《がた》く受け取った。しかし、のぞいても木しか見えない。人物どころか湖も見つけられずに、ミュリエルはいったんオペラグラスから目を離した。裸眼で当たりをつけてから、もう一度オペラグラスをのぞく。今度は葉しか見えない。

「貸してごらん」

不器用さを察したサイラスに声をかけられて、ミュリエルは大人《おとな》しくオペラグラスを渡した。すると、ずっと抱っこされていたというのにストンと床におろされる。ミュリエルの顔と同じ高さにかがんだサイラスは、左手で持ったオペラグラスの左側のレンズに、右目をあてた。

「右側からのぞいてみてくれ」

ミュリエルは右手をオペラグラスに添えると、左目を近づけた。

「み、見えました！」

画板とペンを持ったリーンの横に、ローブを着た男が見慣れぬ計器を手にして立っている。小豆《あずき》色の髪で鉄色の瞳をした痩身《そうしん》の人物は、先に聞いていた特徴と照らし合わせて考えてもシュナーベルその人だろう。気づかれるはずもないのに、ミュリエルは息を潜《ひそ》めてオペラグラスをのぞき続ける。

「……真っ昼間から仲良しですね。一応有事なので文句は言えませんが」

「っ⁉」

シュナーベルから見つからないように隠れん坊をしていた気分だったミュリエルは、突然背後からかけられた声にドッキリと心臓を跳ねさせた。

「扉をあけ放っている時点で、ノックなく僕がやって来ることを絶対に忘れずにいてほしいです」

婚約者と言えども節度を重んじて、離宮のどの部屋にいる時も二人きりであれば扉は閉めない。そんな暗黙の了解のもとあけ放たれた扉の前に、リュカエルが立っている。顔だけで振り返っていたミュリエルは、弟に向き直ろうとした。しかし、そこで気づく。

サイラスの左手はオペラグラスを持つことで埋まっているが、右手はミュリエルのおなかに回すことで埋まっている。いったい、いつからこの状態だったのだろうか。しかも、今でこそ真《ま》っ直《す》ぐ立っているサイラスだが、一緒に外を見ていた時は頬が触れるほどに近かったはずだ。

（そ、それを、リュカエルに、見られた……？）

ミュリエルごとリュカエルに向き直ったサイラスは、なおも腕をおなかから動かさない。

ミュリエルはガッチリと回る腕を外そうと思わず手をかけた。

「有事、だからな」

「っ⁉」

急に真面目《まじめ》さを帯びた声が聞こえて、押しやることができなくなる。しかし、これは完全なる前振りだ。

「……少し前を思えば、この程度は軽い触れ合いだ。そう思えば、恥ずかしくなどないだろう?」

「っ!!」

少し前、を思い出させるように耳もとで低く囁かれ、ミュリエルはカッチーンと固まった。ただ、いっぱいいっぱいでそこまで頭が回らなかったが、言葉の前半ばかりは本当にその通りだ。ミュリエルはギギギッと壊れた玩具《おもちゃ》のような動きで、リュカエルを見た。弟は感情の読めない顔をしてこちらを見ている。

「団長のソレ、憑かれている影響ですか?」

リュカエルに聞かれたサイラスは、首を傾《かし》げた。よってミュリエルが代わりに答える。

「ぜ、絶対にそうだと思います! だ、だって、い、いつもより……、……、……。い、いえ、なんでもありません」

意地悪だ、そう続けようとしたがすんでのところで言葉を飲み込む。弟のいなかった間の触れ合い方について精査が入り、認定を取り消されてしまってはアトラとの約束を果たせなくなってしまう。

「リ、リュカエル! い、今、ナニカさんは、どんな感じでしょうか?」

そのためミュリエルは、かなり強引に話題を変えた。確実に何事かを見抜いたリュカエルの

目が、疑り深く細くなる。

「うねうねしていますね」

「う、うねうね……」

それでも答えてくれたのは、猶予措置だろうか。

「で、では、透明感はどうですか？」

しかし、ここはこれ幸いと質問を重ねさせてもらった。すると、眉がよせられる。

「透明感、ですか？　……粘度が下がって、動きがなめらかになった感じはありますが。そのせいか、うねうねとした動きが不気味というよりは、嬉《うれ》しそうに見えなくもないです」

「う、嬉しそう……」

リーンとリュカエルとでは、若干《じゃっかん》見解に差がある。しかし、ナニカの様子がよくなっているのは確実だろう。ミュリエルは夜までに達成しなければならない、急を要する任務のことを考えた。進捗《しんちょく》が悪くないと思えば、安心もできる。隣にいるサイラスはナニカの様子が気になったのか、自らの肩口を見下ろすと空間をなでるように手でかき混ぜていた。変化がまったくわからないからか、リュカエルに向かって首を傾げる。

「思いの外《ほか》チョロイ幽霊だった、という認識でよろしいですか？」

「……」

もっと他の言い方はなかったのだろうか。そう思ったが、弟の雰囲気がミュリエルの口をつぐませる。含むものがありそうなリュカエルの様子からして、今何かを言えば墓穴を掘ることになりそうだ。

「君より先に、リーン殿にも釘を刺されたからな。踏み込んでしまえば、すぐに引いているつもりだ」

代わりに答えたサイラスの台詞に、ミュリエルの頭には疑問符が浮かんだ。リュカエルには通じているらしく、二人は互いに視線だけで会話している。先に折れたのは弟だ。軽いため息をつく。

「目を通していただきたい書類をお持ちしただけなので、ここに置いたらもう退散します。信頼していますよ、未来の、義兄上《あにうえ》？」

リュカエルの呼びかけに、ミュリエルはパッと目を開いた。弟がデレたと思ったのだ。しかし、傍《かたわ》らのサイラスを見上げると嬉しいだけではない笑みを浮かべている。先程《さきほど》からに引き続き、二人はミュリエルでは図れないところで会話をしているらしい。

藪蛇《やぶへび》だとわかっていても、己を挟んで応酬《おうしゅう》が続けば気になるものだ。しかし、好奇心が猫をも殺す前にリュカエルが話題を変えた。

「あと、こちらは姉上に。リーン様が選《え》り抜いた、『竜と花嫁』の幾編かをまとめたものだそうです」

「わぁ！」

あっさりつられたミュリエルは、弟が机に置いたものに目が釘づけになる。本と呼ぶには簡易装丁で厚みもないため、冊子と言われた方がしっくりくる。ただどちらにしろ、興味がそそられるものであることには変わりないだろう。

「目を通したらぜひご意見をください、とのことです」

「はい！　それはもう、すぐにでも！」

喜び勇んで返事をすると、肩を軽く叩《たた》かれてサイラスに呼ばれる。ミュリエルは振り返った。ところが何も言ってくれないので、首を傾げる。なんとなく見つめ合っていると、サイラスが目もとをやわらげた。

「君の興味を、こちらに引きたかっただけだ」

ミュリエルは頬を染めつつゆっくりと前を向き、うつむいた。おなかに回るのが片腕となって若干拘束が緩くなった気がしていたが、それはわずかな間だけだった。

「……では、僕はこれで。ですが、誰かしらまた来ますので、その時のことを考えてくれぐれもよろしくお願いしますね」

まだいてほしいような、いてほしくないような。どちらを選んでもいたたまれない。よってミュリエルは、去り行く背中に挨拶《あいさつ》もできなかった。しかし、扉はあいたままなれど、遠ざかる歩幅に容赦《ようしゃ》はない。

◇◇◇

時刻は平均的な就寝時間を迎えた頃。場所は仮獣舎からは見えない湖の畔《ほとり》、大きな木の根もとだ。今夜のねぐらをここに定めた二人と一匹は、同衾《どうきん》を前に気合を入れていた。

「ア、アトラさん、用意はよいでしょうか？」

『任せろ。オレが何のために昼寝をしまくったと思ってんだ。徹夜でも、イケる』

「こ、心強いです……！」

少々間の抜けたやり取りに思えるが、アトラとミュリエルは大真面目だ。これから約束を果たすため、アトラとミュリエルはサイラスと寝る。ナニカ憑きのサイラスと。ちなみに、ナニカの状態についてはすでに査定を受けており、なんとか頷《うなず》きを一つもらっている。

「その、すまない。我慢を強《し》いてしまって……」

聞こえてきた謝罪に、アトラとミュリエルは同時に振り返った。そこには眉を下げ、睫毛《まつげ》を伏せたサイラスがいる。翠と赤の瞳を見開いて、一人と一匹は泡を食った。

『何言ってんだ！　サイラスのためならなんてことねぇ！　知ってんだろ、言わせんな！』

「そ、そんなこと言わないでください！　私はお手伝いができて、とても嬉しいですっ！」

そこには一点の迷いもないのだと、アトラとミュリエルは力説した。疑う余地すらないことを証明するため、瞬きもせずに見つめる。しっとりとしているのは夜風か、はたまたサイラスの憂いを含んだ色気か。しかし、ほのかに微笑んだ紫の瞳に、確かな嬉しさが滲《にじ》み出る。それを見逃すアトラとミュリエルではない。

言葉で伝えたのならあとは行動だろう。一人と一匹はいそいそと寝床を整えた。と言っても、ミュリエルはアトラが場をここだと決めぬうちはできることがないので、少し離れてサイラスと手を繋《つな》いだまま待機だ。

アトラはまず、前脚をそろえて地面をえぐるようにググーッと前方へ伸ばす。すると、湿って濃い色をした土が現れた。その土の部分を広げるように、今度は穴を掘る。この時、白ウサギの後方にいてはいけない。前脚を使って穴を掘る時、アトラは後ろ脚の間からかき出した土を盛大にまき散らすからだ。

一心不乱に穴を掘ったあと、我に返ったようにいったん顔を上げて辺りを見回したアトラは、再びそろえた前脚をググーッと伸ばす。限界まで伸ばして一時停止してから、ドカリと伏せた。キリリとした顔で綺麗な伏せ状態を保ってから、ひげをそよがせる。そして、少し間をあけてお尻を横に向けると、後ろ脚を外へ投げ出した。どうやら落ち着いたようだ。チラリと赤い目がこちらに向けられる。

ここからはミュリエルの番だ。と言っても、すべての動作はサイラスと共同なので、ここでも何かの競技のような様相を呈《てい》する。

まずはアトラの横っ腹付近に、騎士団ご用達《ようたし》の高性能な防水布を広げる。絨毯《じゅうたん》とクッションも一緒に丸められていたため、広げただけである程度寝床ができあがった。今晩のために、最適化した状態でリーンが手配してくれたおかげでもある。

そこに、夜の寒さだけではなくナニカによる寒気対策として、毛布を何重にも置く。アトラに抱っこしてもらって寝るのなら、必要のない分厚さだ。極上の兎《うさぎ》布団の感触は、頬で感じるだけになるだろう。

「ミュリエル、毛布の置き方はこちらの方がいい」

「あ、すみません、って、えっ!? そ、それは……、……、……」

慣れない自分では不手際があったのかと、ミュリエルはまず見もせずに謝ってしまい、今後のためによりよい方法を学ぼうと目を向けた。そして二度見する。二人で別々にくるまるように設置されていた毛布が、サイラスの手により二人で一緒にくるまる形に直されているではないか。片手だというのに本当に器用なものだ。

「だ、だって、あの、それでは……、うぅっ、で、ですが……」

心情と状況の狭間《はざま》に立って、ミュリエルは意味のある言葉を発することができなくなった。色々なことを加味すると、何が最善なのか選ぶことができない。そうこうしているうちにサイラスは、収まりよくアトラの腹によりかかった。

「おいで？」

「うっ、く……」

繋いだ手をクイッと引くが、倒れ込んでしまうような強引さは欠片《かけら》もない。あくまでミュリエルの自主性に任せた力加減だ。

『ミュー』

白ウサギは横目を向け、名前を呼んだだけだった。しかし、その赤い色には長々と語らなくてはいけないあれやこれやがこもっている。ミュリエルはガックリと膝をついた。サイラスの足の間でうつむく。

毛布などいらないくらいに体が熱い。サイラスに繋いだ手をやわやわと握られて、ミュリエルは膝でにじりよるようにして受け入れ態勢が万全の腕のなかに収まった。

「あまりに無防備なのも、考えものだな」

サイラスが困ったように笑う。寝るには不向きの体勢をしているミュリエルを、互いに無理のない形になるように誘導してからのお言葉だ。行動の是非を遠回しに問われた気がして、選択権のないミュリエルはなんとなく遺憾《いかん》に思った。

「制服でも平服でもなく、着飾ってもいない。そんな君は……」

それでも言葉に続きがあったため、大人しく聞いてしまう。結果から言えば、それは間違いだった。

「いつもより柔らかく、温かい」

「あっ……」

横向きに抱きよせられて、頬が広い胸にくっつく。サイラスがいつもより柔らかく温かいと感じている時、ミュリエルもまた、いつもよりたくましく熱いと感じていた。そこでやっと、無防備だと指摘されたのが行動ではなく服装だったのだと気づく。

寝る前の身を包むのは、寝衣まではいかないが肌触りのいい楽なワンピースだ。締めつけもなく体の線は拾わないが、触れれば肌までの距離が他の服より近いとわかる。寒さ対策にガウンや毛布をかぶっていても、別々ではなく一緒にくるまってしまえばそれらが境界線の用をなすはずもない。

しかし、言うまでもなくそれはサイラスも同じことなのだ。飾りけのないシャツにズボン姿は、夏合宿の間に多少の耐性ができてはいるものの、感触までには及ばない。薄い生地越しの広い胸は熱く、また厚かった。

「私以外に、許してはいけないよ？」

とどめの囁きは、低く甘くミュリエルの耳に触れる。体が熱ければ、吐息にのせた言葉だって熱い。互いの温度が混ざるごとに熱は高まり、包む空気の密度さえしっとりと濃くなっていくようだった。浅くしかできない呼吸でも、深い黒薔薇の香りがわかるほどに。サイラスが洗いざらしの栗色《くりいろ》の髪に顔を埋める。

（か、か、かが、かが……、……、……）

嗅《か》がれている。それも深呼吸するほど深く。これだけ濃く黒薔薇が香るのなら、自覚できない己の香りもまたそうなのだろう。とてつもない恥ずかしさに、頭のなかでさえミュリエルは言葉を失った。秋の夜空に湯気があがる。

『ムズムズする』

鳴らされた歯は、はたして何に対してか。ナニカに憑かれ多少の誤差は生じていても、見極める力には定評のあるサイラスだ。アトラの歯音にも頃合いをみて、顔を上げると腕をわずかに緩ませた。そして、背を白ウサギの脇腹に預ける。抱かれているミュリエルも、つられてより寝やすい体勢となった。

寝つくには程遠い状態にあったミュリエルだが、サイラスの手にポンポンと背中を叩かれ続けられるとそれも長くは続かない。そもそも、今や一番安心できる腕のなかだ。広い胸に頬をよせれば、心地よい心音が聞こえてくる。早鐘を打っていた己の鼓動が徐々に重なれば、まぶたもゆっくりおりていった。

どれだけ一緒の時間を過ごそうが、どれだけ色んなことを学び成長しようが、結局どこまでいってもサイラスの方がずっと上手なのだ。突飛《とっぴ》ささえも把握されてしまった今、ミュリエルの行動予測など簡単すぎるに違いない。

というわけでミュリエルは、あっさりサイラスに寝かしつけられる。今宵《こよい》の就寝レースに追随を許さぬ快勝を収めたのは、言うまでもない。

◇◇◇

ミュリエルは夢を見ていると知っていた。目覚める間際のほんのひと時。ままならないはずの夢の流れに細い竿《さお》をさすように、ほんのわずかだけ自分の思考を介在させる。今はそれが許される貴重な時間だ。

夢だと気づいた時には、眼前に大きな竜がいた。そして己の視点は花嫁だ。昼の隙間時間に『竜と花嫁』を読んだからだろうか。間近に見聞きしたことを夢に見るのは、ミュリエルにとってよくあることだった。

『言葉が通じないというのは、不便だが便利だな』

竜の台詞に、ふふっと花嫁の唇から思い出し笑いが零れる。勘違い甚《はなは》だしい男を唸《うな》り声で追い払ってくれた竜が、実はずいぶんな言い草で罵《ののし》っていたと自分だけが知っていた。もちろん、もとを正せば、己が吐き出して聞かせた文句に行きついてしまうのだが。

「言えなかったことを代わりに言ってくださって、ありがとうございます。私はとてもすっきりしました。同じ言葉を話していても、通じないこともあるらしくって。便利なようで不便ですね」

くくっ、と今度は竜が喉を鳴らす。笑ってもらえたことが嬉しくて、自然と頬が緩んだ。同じことを面白いと思えるこの時が、今日も明日もこの先もずっと続けばいい。しかし、そう思ってしまうからこそ、瞳の奥は陰ってしまう。

大きく種族が違うというのに、この竜は心の機微に妙に聡《さと》い。だからこそ受け入れてもらうのも早かったが、こんな時は考えものだ。

竜の堅い口先が、花嫁の顔にかかる髪を優しくわける。耳の横を飾る青い菱《ひし》の花が、気を遣って細く吐かれた鼻息に揺れた。それだけでまた楽しい気持ちになって、だからこそなんだかとても切ない。

「この、菱の花が……」

離れていこうとする鼻先に両手を添えて引き止め、顔をよせる。

「何度も繰り返し咲くうちに、色を忘れてしまったように……」

つぶった眼裏《まなうら》には、忘れていた色を思い出し、白から青に染まりゆく菱の花が浮かぶ。そして、それを竜に贈ってもらった時のことも。

「今の私も水に還《かえ》れば、再び降り注いだ時にはまた、……せっかく貴方《あなた》が思い出させてくれた、心のかわし方も、忘れてしまっているでしょうか」

竜に教えられたこの世の理《ことわり》は、人の世では曖昧《あいまい》な解釈でしか伝わっていない。それでも、教えられたものを信じ受け入れてしまえば、その次に気になるのは先のことだ。

『理性が遠く連なる記憶に蓋《ふた》をするとしても、人を人たらしめるものが理性だと言うのなら、あるがままに生きればよい。オマエが損なわれることを、ワタシは望まぬ。だが……』

竜の語る言葉は簡単なようで深く、上辺だけの理解ですませてしまいたくはない。それが己の欲した応えと違ったがゆえに、優しい拒絶に聞こえてしまったとしても。

『あるがままに生きたうえで、思い出してくれると、その……、嬉しい』

ほんのり切ない気持ちにさせられたのに、ふふっと再び笑い声が漏《も》れてしまった。最後の最後で照れた竜が、あまりにも可愛《かわい》らしく愛《いと》しい。硬い鱗《うろこ》は色を変えるわけではないが、赤く染まっているように見えてしまうのだから不思議だ。

過ごした時間は、長さよりも深さだ。心を傾け、想いをかわす。冗談を言って笑いあったり。拗《す》ねたのをからかってみたり。慌てて、怒って、仲直りしたり。それを、忘れたくない。

「必ず、思い出しますね。魂が溶けて、混ざって、降り注いで……。それでも、ひと雫《しずく》でも次の体に宿ることがあったなら……、私は……、……、……」

「ん……、……、……、ん？　あら？」

ふと目が覚めて、ミュリエルはすぐに辺りを見回した。目と鼻の先ではあるが、寝床を抜け出したサイラスが、湖の畔に立っている。そのサイラスの周りを、季節外れの蛍《ほたる》の光が一つ二つと舞っていた。秋の蛍は、何やらもの悲しい雰囲気がある。ぼんやりと明滅する光は頼りなく、闇に溶けてしまいそうなほど儚《はかな》い。

背にしたアトラは、徹夜でもいけるなどと豪語していたにも関わらず、安らかな寝息を立てていた。少し笑ってしまったミュリエルだが、白ウサギを起こさないようにそっと立ち上がると、サイラスの傍《そば》へと向かった。

「……あ。す、すみません。私のせいで、蛍が逃げてしまいました……」

闇にふわりと飲み込まれるように、光が消える。驚かせないように、だが慌《あわ》ただしくならないように。わずかに芝が鳴る程度の足音を心がけて近づいたつもりだったが、蛍には今一つ足りない配慮だったらしい。ミュリエルは、湖を静かに眺め続けるサイラスに並んだ。

「あの、眠れませんか？」

サイラスの普段の睡眠事情は知らないが、いくらなんでも寝足りていないと思う。眉を下げつつ見上げれば、妙に凪《な》いだ紫の瞳がこちらを向いた。ドキリ、と心臓が跳ねたミュリエルは、とっさにサイラスの手を握る。

「い、一緒に、寝ましょう？　結局、お昼寝もあまりできませんでしたし……」

力の抜けた大きな手は、ずいぶんと冷えている。ミュリエルは慌てて体温をわけるようにギュッと握り直した。ついで軽く引けば、なんの抵抗もなくすんなりと体をよせられる。

蛍の光もなく、暗く沈むだけの湖に背を向ける。夜に染まった世界で、真っ白なアトラは月や星よりもずっと明るい。体温の高い白ウサギに触れれば、サイラスもすぐに温かさを取り戻すだろう。それまでのわずかな時間、ミュリエルは手だけではなく腕に巻きつくようにくっついて、自らの熱をサイラスにわけた。

◇◇◇

『よし、朝だ』

「っ!?」

なんの遠慮もなくスクッと立ち上がったアトラにより、ミュリエルは目覚めと共に腹筋運動を強いられた。貧弱な筋肉でも持ち堪《こら》えられたのは、サイラスの片腕が腰に巻きついていたからだ。夜中に一度起きた関係で、今は隣により添う形で座っている。

「お、おは、おはようございます。あの、サイラス様も、おはようございます」

「ん……」

アトラの朝判定がやや勇み足気味のため、辺りはまだ暗い。しかし、空気が朝日の気配を含んでいるのを感じるため、間もなく明るくなってくるだろう。すっかり起きたミュリエルは動き出そうとしたのだが、サイラスの頭がコテンと肩に落ちてくる。

「えっ……、あ、あの、サイラス、様？」

「……、……、……」

なんということだろうか。サイラスはまだ寝ているらしい。どう対処するのが正しいかわからないミュリエルは、頬に触れる黒髪にくすぐったさを感じながらアトラに視線で助けを求めた。しかし、そっぽを向いた白ウサギは可愛らしい仕草で顔を洗い、耳をなでつけるのに忙しい。

「サイラス、様？」

ごくごく小さく名前を呼ぶ。返ってくる反応は、規則正しい寝息だけだ。

（ど、どうしましょう。だけれど、そうよね。まだ眠いわよね。だって、なぜだか夜中も起きていらしたし……。もう少し寝かせてさしあげた方が、いいわよね……？）

ミュリエルの細い肩は、枕としての具合はいまいちだ。ずり落ちそうになったサイラスの頭をとっさに手で受け止める。こんな時でなければ、サイラスの額《ひたい》にこんな触れ方などしないだろう。慌てたために少々雑に押さえてしまった。

そして、その動きでサイラスの眠りが浅くなったらしい。身じろぎをすると何事か呟いた。聞き取りにくかったミュリエルは、頬をサイラスの頭によせて耳をすませる。

「あぁ、大丈夫だ……。私は、起きている……」

本人はそう申告しているが、たぶんまだ寝ている。ミュリエルは、なんとも形容し難い感情がわいてくるのを感じた。どうすればいいのだろうか。なんでもそつなくこなすサイラスが、いつでも大人の余裕を持つあのサイラスが、完全に気を抜いて寝ぼけている。その事実に、ミュリエルは翠の目を見開いた。体には変な力が入ってしまい、小刻みな震えさえおこる。

しかし、まだ寝かせてあげたいとも思う。そのため、込み上げる感情ごと体の震えをなんとか抑え込もうとした。ところが、サイラスは突然むくりと頭を上げたかと思えば胡坐《あぐら》をかき、両肘《ひじ》を両膝につく。そして億劫《おっくう》そうに背中を丸めると、項垂《うなだ》れた額を両手で支えた。

「……、……、……すまない。私は今、何か言っただろうか……?」

どうやら起きたらしい。ただ、質問については返答に悩むところだ。普段から恥ずかしい行いの多いミュリエルは、こうした場合馬鹿正直に真実を伝えない方が、相手を助けることになると知っている。そのため、膝が触れ合う距離でまごまごとした。

「い、いえ、あの……、えっと、ま、まだ、寝ていても大丈夫、ですよ?」

はぐらかすのが上手くないミュリエルでは、この程度の返事が精一杯だ。サイラスは顔を上げたものの、今度は手の甲にあごを乗せていた。ちなみに目はつぶっている。それはまだ、眠い者がする何気ない格好だ。しかし、ミュリエルの胸に先程とは違った感情が吹き荒れた。

サイラスはどこまでいってもサイラスなのだ。寝ぼけて、起きてもすぐに起動できず、目さえあけられなかったとしても、そこはかとない品がある。艶がある。色気がある。

「緊急時と必要時であれば、起きられるのだが……。普段となると、実は朝が得意ではない。だが、今朝は君がいるから、ちゃんと起きるつもりでは、いたんだ……」

後半に行くにつれて声音が落ちる、後悔の感じられる告白だ。ミュリエルは見惚《みほ》れていたところから慌てて現実に帰ってくる。そして思ったのは、ほんの一瞬寝ぼけた程度、ミュリエルに比べたら失態にも含まれない些細《ささい》なことだということだ。だが、普段から完璧で隙などない我らが団長は、気にしてしまったらしい。

「よ、夜中に起きて湖を見ていらしたから、きっとまだ、寝足りていないのだと思います」

「起きていた？　私が？」

「えっ？　は、はい……」

やっと目をあけたリイラスにゆったりとした横目で見つめられて、ミュリエルはぎこちなく頷いた。空が明けてきたためまぶしいのか、長い睫毛はやや伏せ気味だ。その億劫さが、これまた強烈に色っぽい。

『寝ぼけてたんじゃねぇか。ミューが』

「えっ⁉　ち、違いますよ！　ちゃんと起きていました！　起きて、立って、歩いて、サイラス様に声をかけました！」

朝の毛づくろいを終えたアトラが、のっそりとこちらを向きつつ歯ぎしりをした。寝起きと寝つきに自信のあるミュリエルは、この時ばかりは間髪《かんはつ》入れずに反論する。

「覚えていないのは、アトラさんも寝ていたからだと思います！」

『あ？　オレはずっと起きてただろ』

ミュリエルはかなりの自信を持って言っているのだが、アトラの声がわずかでも低くなれば腰が引ける。それでも、嘘《うそ》をついてまで阿《おもね》ることはない。

「い、いいえ、アトラさんは寝ていました。私が目を覚ました時には。ね？　サイラス様？」

「いや、覚えていないな」

「えっ!?」

また目をつぶってしまったサイラスが、あごを手の甲に乗せたまま首を傾げた。

「ほ、本当に覚えていないのですか？　私のことを、からかっているのでは、なく？」

サイラスが頷きで肯定すると、アトラがひげをそよがせ目を細める。

「そ、そんな……」

ミュリエルが愕然《がくぜん》としていると、いかにも寝不足だといった感じでアトラがあくびをした。

『オマエの話からすると、サイラスだけ離れた場所にいて、オレとオマエだけがくっついて寝てたんだよな？　じゃあ、そん時ナニカのこと見えただろ？　どうしてた？』

「えっ……」

アトラから冷静に突っ込まれたミュリエルは、答えに窮した。両手で両頬を押さえて考え込む。

「あ、あれ……？　えっと……、……、……、わ、わかりません」

夜の闇に溶け込んでいたのか、目に入らなかったのか。わからない理由となるとそれくらいしかないが、どちらも説得力に欠ける。

『やっぱり、夢でも見てたんじゃねぇの？』

「は、はい、夢も見ていたのですが、それとは別で……」

絶対の自信があるミュリエルは、戸惑いが隠せない。しかし、よくない多数決のお手本を前に、己の意見の正当性を主張する手段を持ち合わせていなかった。しかも傍《はた》から見たら、アトラの言い分にこそ理がある。

『顔でも洗ってシャッキリしろよ』

「っ⁉　お目汚しでしたか⁉」

どうやって説明をすればいいのかと悩んでいたのに、アトラの別方向からきた台詞でハッとする。肩にかけていた毛布を頭からかぶると、手でよせるように握って顔を半分隠した。寝ぼけるサイラスという劇物を目撃してしまった衝撃ですっかり失念していたが、乙女として妙齢《みょうれい》の令嬢として婚約者に見せてはいけない顔というものがあったはずだ。

『いや、いつもと同じ顔だ』

どんな時もアトラのことを信じているミュリエルだが、これぱっかりは鏡を見るまで安心できない。いつもと同じというその範疇《はんちゅう》が、アトラは絶対にミュリエルより広い。

「さ、先に、身だしなみを、整えて参ります……！　っ⁉　きゃっ！」

バッと立ち上がったミュリエルだが、すぐに地面から両足が浮いた。

「一緒に行こう」

同じく立ち上がったサイラスに、横抱きにされたのだ。毛布をかぶって半分だけ顔を出しているミュリエルは、紫の瞳を見上げた。しっかり起きたらしいサイラスは、ほんのり照れた様子だがいつもの穏やかさで微笑んでいる。

『いや、ちょっと待て。その前にナニカのこと見てけよ。言う隙間がなくて今になっちまったが、なんつーか、形が変わってる』

「えっ⁉」

ミュリエルはすぐにサイラスを見たが、もちろんぴったりとくっついているためナニカの様子はよくわからない。そのため理由を説明し、されたばかりの抱っこからおろしてもらう。

『ミュー、サイラスから離れてこっち来てみろ』

離れると決めたら全力だ。中途半端に距離を取って、ナニカの触手の餌食《えじき》になりたくない。ミュリエルは深呼吸を挟んでから一気にアトラ側へと五歩の距離を駆け、勢いよく振り返った。確認した瞬間に、とんぼ返りでサイラスに抱き着く心積もりも同時につけておく。

『な？』

「……は、はい」

アトラと並んでナニカを目にしたミュリエルは、ぽかんとした。前日の時点でリーンやリュカエルから改善の兆《きざ》しを聞いていたため、多少の変化には驚かないはずだった。しかし、想像以上に様変わりしている。

「どうなっている？」

「な、なんと言いますか、生き物っぽいです」

まず言及しなければならないことは、サイラスから離れても触手が襲ってこないことだろう。

ナニカの本体から、うねうねにゅるにゅると生えてくる気配もまったくない。それだけでもミュリエルには大きな安心材料だ。しっかり眺める余裕ができる。

「黒かった色が、少し淡くなって灰色っぽくなったでしょうか……。相変わらず流れ落ちる動きをしているのですが、ドロドロと言うよりはトロトロと緩やかで……。何より、先程お伝えした通り、生き物っぽい形をしているんです。ゆらゆらポタポタしながら、イヌっぽくなったり、ネコっぽくなったり……。そう思っているうちに……、今はトリっぽいです」

昨日、糸目学者と自慢の弟は言っていた。透明感がでてなめらかになった、と。自分の目で見てみれば、言われていたことがわかる。しかもそれに加えて前言通り、馴染《なじ》みのある生き物の形をとろうとしているのだ。

「アトラ、ナニカの変化に気づいたのはいつだ？」

『夜の間は視界に入らなかったからな。気づいたのは「寝ぼけてんじゃねぇか」って、ミューに突っ込んだ時だ。だから、「起きた時にナニカはどうしてたんだ」って聞いたのもある』

起きていたミュリエルより、寝ていたアトラの方がよっぽど話に整合性がある。訴えたい気持ちはあるものの肝心の発言内容がないミュリエルは、煮え切らない思いを持ちながらも通訳に徹することにした。

『あと、雰囲気がずいぶん丸くなった気がする。耳に優しい』

「虫の羽音のような音を、感じなくなったということか？」

サイラスが聞くと、アトラは首を振るようにして長い耳をブルブルッとさせた。それから音を拾うためか、ピンッと立てて正面に向ける。

『いや、音はずっとしてる。けど、嫌じゃねぇ』

「なるほど……」

考えるために目を伏せたサイラスは、ひと呼吸置いてからこちらを見つめ直した。その視線を、アトラがしげしげと眺め返す。

『何かを訴えてるような気がすんだけどよ……』

ミュリエルはアトラと一緒に、移りゆくナニカの姿を興味深く観察する。幽霊の言葉がわかった前例があるため、ミュリエルも口と思われる部分を注視しながら耳をすませてみた。しかし、ナニカの声は聞こえない。

『……駄目だ、わかんねぇ』

そして、白ウサギの耳をもってしても何も聞こえないようだ。

「あの、サイラス様は？　サイラス様にお変わりはありませんか？」

「ない、ように思う」

どうあってもナニカの見えないサイラスは、何度目になるか手を開いたり閉じたり、足を踏み替えたりしてみてから首を振った。それから少し離れて立つミュリエルに歩みよると、手を繋いで自身の傍によせる。ミュリエルとしてはナニカの変化が興味深く、まだ見ていたかったのだが、やはりこの距離になるとはっきりと見ることができない。

『おはよ！　離れたら離れたで気になっちゃって、様子見にきちゃったわ！　って、何⁉』

朝から元気いっぱいなのは、仮獣舎のあってないような扉から勝手に出てきたレグ達だ。

『ナニカ君が様変わりしているな。これはまた面妖《めんよう》な』

『わぁ！　進化したっスね？　七変化⁉　イカすっス！』

『おぉ、なんや意思の疎通《そつう》ができそうなフォルムです！』

ひと通り驚いた四匹は、ナニカ憑きのサイラスと手を繋ぐミュリエルを囲むように立つと、やはり音の変化に注目した。アトラと同様、何かを訴えているようだとの見解だ。しかし、誰の耳をもってしても何を言っているのか聞き取れない。白ウサギの聴力でそれが叶《かな》わないのだから、当然な話ではある。

『うーん。動物っぽく見えるようになったから、かしら？』

『うむ。嫌悪感と言っては身も蓋もないが、それがなくなったな』

『ジブン、今のナニカさんなら一緒に遊べるっスよ』

『遊べるし寝られるし、なんならボク、ミミズもわけられそうな気がします』

相変わらず形が定まらないが、その振り幅はどの部分を切り取っても生き物だ。不思議なもので二つの目と耳、一つの鼻と口が現れただけでグッと親近感がわく。

「思ったのだが……」

ミュリエルが逐一《ちくいち》通訳をしていたので、サイラスも会話の内容は把握している。声は別段大きくなかったが、それまでナニカに注目していた全員がサイラスに意識を向けた。

「忌避《きひ》感が減ったのなら、ナニカと触れ合うことも可能だろうか？」

状況の把握が自らの目でできないからだろう。どんな時でも思いやりを忘れぬサイラスだが、いつにも増して気遣わしげだ。

「ミュリエルを独り占めにできる時間を、他の者に譲りたくはないのだが……。ナニカを個として尊重することで、もっといい変化が起こるのではないか、と思う」

声音は引き続き神妙なのに、枕詞《まくらことば》が少々おかしい。しかし、基本の内容が真面目だったため、この時は誰もそこには触れずに話は進んだ。

『サイラスの言いたいことは、わかった。もともと寂しいと思ってんのは、ナニカだしな。寂しいと思ってるヤツを、直接構ってやらねぇのはどうなんだ、ってのはオレも思う』

サイラスの意図をすぐに汲《く》んで、まず返したのはアトラだ。しかし、独断専行をしない白ウサギは、意見を求めるようについいっと視線を流す。

『そうよね。同調してるから、今のところサイラスちゃんが喜べば一緒に喜んでいるけど』

『うむ。あくまで間接的であることを考えると、効果は減少しているに違いないからな』

アトラが向けた視線をレグとクロキリが受け取れば、次に流す先はスジオにロロだ。

『さっきも言ったっスけど、ジブン、ナニカさんと諸々《もろもろ》をご一緒するの、問題ないっスよ？』

『遊んで、食べて、寝る。それ全部一緒にするんなら、もうナニカはんはボク達のアレやな』

繋がっていく視線の流れは、ここでいっせいにミュリエルへと集まった。任せられたものに気づいて、サイラスと繋いだ手にも自然と力が入る。ミュリエルは息を吸って背筋を伸ばした。締めの言葉を譲ってもらったのだから、か細い声では格好が悪いだろう。

「仲間、です！」

はっきりと言葉にしたことで、今までただそこにいただけのナニカに光があたった気がした。

ミュリエルの内側にもナニカの場所ができたと感じる。パッと翠の瞳の色を明るくすれば、全員から笑みが返った。

「わ、私……」

仲間だと受け入れたのなら、するべきことはなんなのか。頭に浮かんだのは、泣いていた幽霊との約束だ。

「せ、聖獣番として、ナニカさんのお世話を、させていただこうと思います！　ブ、ブラッシングとかも、ちゃんと……！」

口をついたのは、聖獣番の仕事として最も得意とすることだ。それなりの自信があるため勢い込んだのだが、ミュリエル以外の全員が首を傾げた。代表して疑問を口にしたのは、アトラだ。

『悪くねぇが、どうやって？』

「えっ……」

ミュリエルは握っていたサイラスの手をそっと離すと、後方に向かってじりじりと計るように大きく一歩距離を取る。目がナニカの姿をはっきりと視認したところで、それ以上歩幅を広げるのをやめた。そこは、肘を軽く曲げてもサイラスに届く位置だ。

今のナニカはヤギっぽい。ならば毛の質はイノシシに近いだろうか。そんなことを考えながら、ミュリエルは中途半端に開いた手を彷徨《さまよ》わせるように持ち上げた。

「こ、こう……?」

右手は硬めの毛をすく用のブラシを握る形に、左手はサイラスの肩に滴《したた》るナニカの部分に。ミュリエルは身振り手振りだけでブラッシングをしてみせた。ややへっぴり腰なのは、なんの感触もなくて加減がよくわからないからだ。瞬きもせずに何往復かブラシをかけたところで、サイラスが軽く握った拳《こぶし》を口もとにあててこちらを凝視《ぎょうし》していることに気づく。ミュリエルはそこでピタリと動きを止めた。

『うふっ、うふふふふ……。意外と正解なのが笑えるわ』

堪《こら》えきれない笑いの鼻息を背中に受けて、ミュリエルの金縛りがとける。サイラスの顔より上にあるナニカの顔を見れば、目が心なしか笑っているように細くなっている気がした。そして、いつの間にかヒツジっぽい。ミュリエルは瞬時に右手にある架空のブラシを、柔らかい毛をすくものに持ち替えた。

芸が細かすぎる。とはいえこれは、身に染みるほど実直に日々聖獣番の仕事と向き合っている証《あかし》でもあるだろう。そして何よりすごいのは、サイラスやアトラ達がブラシを持ち替えたことにそろって気がついたことだ。

サイラスは微笑んだだけだが、アトラは目をすがめてニヤリと笑う。仲がよく息の合った聖獣達は、白ウサギの悪い顔にすべてを察した。心得たとばかりに、愛ある茶々をまず入れたのはレグだ。それにクロキリ、スジオ、ロロも続く。

『ミューちゃぁん？　聖獣番として、大事なことを一つ忘れてなぁい？』

『うむ。我々と共にいるならば、筋を通さねばならないことがあったはずだ』

『そうっスよ！　ブラッシングの順番は、いつだって決まってるっス』

『そやな！　ここで言うんなら、ナニカはんは最後っちゅうことです』

　それはすべて、ナニカを仲間に受け入れたからこその台詞だ。すぐに気づいたミュリエルは笑顔になったが、同時にハッとした。

「す、すみません！　私ったら、聖獣番としてあるまじき行為を……！」

　聖獣達の序列については、仕事についた初日に言い含められた基本中の基本だ。慣れてきた今だからこそ、初心を忘れてはいけない。反省と共に目を向けたのは、聖獣騎士団に所属する聖獣達のトップに座す白ウサギだ。お叱《しか》りを受ける覚悟でキュッと唇を結ぶ。

『今回だけな』

「っ！　は、はいっ！」

　悪い顔のアトラに芝居がかった寛大さで許されて、ミュリエルは大きく頷いた。不意のことであっても、次があれば絶対に間違えないと心に刻む。そして、ここでもう一つ大事なことを思い出した。

「ナ、ナニカさん、ご挨拶が遅れて申し訳ありません！　私、ミュリエル・ノルトと申します。改めまして、よろしくお願いいたします！」

　スカートを摘《つ》まんで軽く膝を折る。聖獣番の制服でないことをこの時点でやっと思い出したが、仕切り直すのも間が悪い。そのためミュリエルは、せめてもと初日には見せることのできなかった笑顔も添えた。すると、もう大丈夫だと思ったはずの触手がナニカの本体より生えだした。瞬間的に悲鳴をあげて逃げ出したい衝動に駆られたミュリエルだったが、なんとか持ち堪える。

ナニカの透明感が増したおかげかもしれない。うねうねと動く触手に苦手意識は消えないが、泥や汚れきった油に近い印象だったものが、樹液か蜂蜜手前の人体に無害そうなものへと変わることで我慢が利《き》くようになる。

しかし、ウマとシカの間っぽい姿をしたナニカから伸びた触手は、ミュリエルを触る手前で止まる。そして、迷うような動きをしたあとシュルシュルと帰っていってしまった。

「ま、待ってください！」

触手の襲来に固唾《かたず》を飲んで様子をうかがっていた聖獣達が、引き止める声に目をむく。それに気づかないまま、ミュリエルは恐る恐る一番近くの触手に人差し指で触れた。未知との遭遇。触手の先端とミュリエルの人差し指が、たぶん触れた。幽霊であるがゆえに感触はない。

「よ、よろしく、お願いします、ね？」

再度ミュリエルが挨拶をすれば、触手は根本より波がよせるようにトプンと波打った。ナニカの顔を見れば、視線が合った途端《とたん》に目を細めたように思う。言葉も考えていることもわからないが、それだけで何かが通じたように感じた。ミュリエルは俄然《がぜん》前向きな気持ちになる。シュルシュルと帰っていく触手を、今度はそのまま見送った。

ナニカの姿など見えないサイラスだが、ミュリエルの目の動きでおおよそのことは把握しているのだろう。口を挟むことをせずに見守ってくれていた紫の瞳は、今は空中にとどまっているミュリエルの人差し指を見つめている。なんの変哲もない人差し指だが、空中で一本立てたままでいると止まりたくなるのはトンボだけではないらしい。この時は、チュッとサイラスの唇が止まった。

「っ⁉」

唇は簡単に離れたのだが、人差し指の引っ込みがつかない。悪戯っぽい笑みを浮かべた顔はどこか少年ぽくて、珍しいものを見てしまったミュリエルは一瞬呆《ほう》けた。

「では、さすがにそろそろ着替えに戻ろうか」

瞬く間にサイラスはいつもの穏やかな微笑に戻り、ミュリエルはコクコクと頷いた。頭からかぶっていたはずの毛布が肩に引っかかるだけになっていたので、慌ててかぶり直す。聖獣達からからかいの声がかかり、それがますます恥ずかしい。

「君は、どんな時でも可愛らしいな」

どんな時でも、とは身支度をしていないことも含まれるのだろうか。サイラスにだらしないと思われなかったのだから、ただ安心しておけばいいのかもしれない。だが、こんな姿を褒《ほ》められてしまうとなんだか釈然としなかった。

やはり、そこは複雑な乙女心が主張するのだ。好きな人には、できるだけ可愛い顔だけ見てもらいたい、と。

身支度を終えたサイラスとミュリエルは一日の予定を順にこなすべく、仮獣舎へと戻ってきた。秋晴れの空がすっきりとしていて、気持ちのいい風が吹く。

「おはようございます。驚きました。すごい変わりようですね」

そんななか、見計らったように登場したのはリュカエルだ。アトラの馬房《ばぼう》で仲良くブラシをかけるサイラスとミュリエルを横目に、スジオの馬房に向かう。

「おはよう。私は相変わらずわからないのだが、そうらしいな」

「おはようございます。そうなんです！　しかも、これからは仲良くできる気がしています！」

リュカエルは朝ご飯の入ったバスケットを荷物置き場になっている荷台に乗せると、あいた両手でスジオの耳の付け根やらあごの下やらをなでた。

「手を繋がなくても、平気になったようですね」

並んで立ってはいるが、両手を自由にしている二人が目に入ったのだろう。ミュリエルは説明するために。サイラスから五歩ほど遠ざかった。

「離れても、ナニカさんが荒ぶって襲いかかってくることがなくなりました。ただ……」

「あぁ、うねうねと姉上の後追いはしていますね」

ミュリエルが説明する前に、実物を見たリュカエルが実況する。だいぶ見た目の不気味さが軽減したため、こういうものだと自分に言い聞かせてからであれば、ミュリエルは触手の存在に悲鳴をあげずにすむようになった。

「は、はい、そうなんです」

平気だぞ、との心意気を皆に見せるため、五歩の距離で両足を踏ん張ってみる。褒めてもらいたくてリュカエルを見れば、弟は早く義兄とくっつけと目線で示した。

（大丈夫、なのに……）

同意を得ようとサイラスをうかがうと、すでに両手を広げて待っている。ミュリエルは今さら照れても仕方ないのにしっかり恥ずかしがってから、ナニカを見るために離れていた五歩をつめて身をよせた。手を繋がずにいれば、サイラスの手は腰に回る。びっくりして見上げても、こちらに意識は向けてもらえずに、リュカエルとの会話がはじまってしまった。

「それで、何があったのですか？」

「いや、別段大きな出来事があったわけではない」

リーンとの連絡係もしてくれているリュカエルに、詳《くわ》しい状況説明は必須だ。手分けをしながら業務をこなしつつ、これまでのことを話して聞かせる。説明役はサイラスに一任だ。

「なるほど……、などと納得してみても、僕ではたいした考察もできません。リーン様が来てくだされればよかったのですが、なかなかこちらに顔を出すのは難しそうです」

学者であるリーンは物事の繋げ方に独特の回路を持っていて、何がヒントになるかわからない。そのため、かいつまんだ話を聞かせるより、できればこの場に立ち合ってほしいところだ。

「そ、その、例の方のお相手が、そんなに大変なのでしょうか？」

例の方とは、もちろんブレアック・シュナーベルのことだ。ミュリエルの心配などなんの役にも立たないが、だからといって無関心でいることもできない。

「かなり話し込んでいるようです。議論がつきない、と。団長や姉上に意識が向く隙を与えないようにしているのだと思うのですが、リーン様自身が釣られてしまっている気もします。僕が間に入ってお伝えすると、齟齬《そご》が出る場合もあるので、本当は避けたいのですが……」

躊躇《ためら》いがちにもリュカエルが話しはじめたのは、サイラスの目で見た判断を即座にもらえない状況にあるからだろう。万が一何かが起こった際、己だけで判断を下すには、リュカエル自身がその域に達していないと思っているのかもしれない。

パートナーの気持ちの揺れを敏感に察したのか、スジオが励まそうとペロペロと顔をなめようとした。しかし、リュカエルは顔を守って右手を与える。

「終末論者で、破滅思想の持ち主のように見受けられます。そしてそれの根底には、『竜と花嫁』があるように感じました。すべて、リーン様に又聞きした僕の主観ですが。正直、不安があります。団長、万が一リーン様が……」

ミュリエルと目が合ったリュカエルは、そこでグッと言葉をつまらせた。少し話しただけで自分よりよっぽど心配になってしまっている姉に、これ以上聞かせることを躊躇ったのだろう。誤魔化《ごまか》すためか、目を細めてまで右手をなめ続けているスジオに左手も与える。よっぽどリュカエルの手が美味《おい》しいのか、スジオは耳を倒し尻尾も振りはじめた。そんな仲良し具合を目にしたミュリエルは、ほどよくなごむ。弟による姉のあしらいは一級だ。

「リーン殿は、大丈夫だ」

　しかもここで、安心するのに一番効果の高いひと言が紡がれる。サイラスは、ミュリエルの腰に回した手にわずかに力を込めて目を合わせてから、リュカエルに向かっても頷いた。至って普通の声に仕草だ。過剰な力強さも、わかりやすい優しさもない。だからこそ本当に大丈夫なのだと、ミュリエルもリュカエルもストンと納得することができた。

「リーン殿なりの考えがあるのだろうから、任せていて構わない」

　ゆっくりと話すサイラスの声には、どんなことも問題ないと思わせてくれる不思議な力がある。騒いでいる皆のなかに入れなくても、黙って聞いているだけでも、そこにいてくれるだけで大きな意味があり、いつだって皆が頼もしく感じる。

「約束もしただろう？　だから、心配するな。大丈夫だ」

　繰り返される「大丈夫」に、すっかり心が軽くなったのを感じる。そのためミュリエルは、気になったことをスルッと聞き返した。

「約束、ですか？」

　サイラスからリーンへの厚い信頼に疑問はないが、いつの間にかリュカエルも共有していて興味が引かれる。年長者二人の間に挟まった弟は、普段どのように身を置いているのか。今の言葉はそれを垣間見《かいまみ》ているようで、姉としてはもっと詳しく聞いてみたくなってしまった。

「ええ、夏合宿の時に。夜中に三人で、ちょっと」

　リュカエルのもの足りない説明に、ミュリエルは言葉を重ねようとした。しかし、それを勢いよく鼻息が吹き飛ばす。

『やぁん！　なんだかちょっと、秘密の、か・お・り！』

過剰にウキウキとした鼻息に、言葉のわからないサイラスとリュカエルは何事かと目を向けた。対して他の四匹は、しらっとした視線を向ける。

『緊張感ねぇな。まぁ、サイラスが大丈夫ってんなら、難しいこと考えるだけ無駄《むだ》だけどよ』

カカカッと耳の後ろをアトラがかくので、ミュリエルはサイラスと一緒に後ろにさがる。

「もし、少し二人を離したいと思うのなら、ロロを引き合いに出すといい」

「あぁ、そうか。いい案ですね。寂しがっていた、と伝えればいいでしょうか」

三人でロロを振り返る。リーンが知識欲に負けて我を忘れている時など、ロロが寂しそうにしていることがあった。しかし、現時点ではこのモグラ、まったく寂しそうにしていない。

『ロロ君、ダシに使われそうだぞ。いいのか？』

『これ、絶対にすごい勢いで飛んでくるヤツっスよ？』

クロキリとスジオに目を向けられたロロは、ぐでっと馬房のなかで伸びていく。やや遠い目をしているのは、リーンから全力で突進されたあと、グリグリと激しい頬ずりを受けるところを想像しているのかもしれない。

『せやなぁ。来てもろうてもえぇし、会えばもちろん嬉しいんやけど。ボク、まだいい子でいられます。たぶん、普通のお迎えしかできません。そうなると……』

言われない続きを、皆が想像する。確実に全員が同じ光景に行きついた。

『おい、ミュー。リュカエルに控《ひか》えめな表現で伝えろ、って言っとけ』

『えぇ、そうしてあげて。じゃないと温度差で泣くわよ、リーンちゃん』

ミュリエルは半笑いで頷いた。寂しがっていると聞いて飛んできたのに薄い反応しか返ってこなかったら、リーンは号泣するだろう。そして何が悪かったのかと謝りながら、すがる。

『リーン君の愛情表現はしつこいからな。まぁ、相手がロロ君だからいいのだろうが』

『ロロさん、押され気味に受け入れるのが好きっスからね。上手く成り立ってるっス』

ミュリエルも、よくできているなと思う。サイラスとアトラ、リュカエルとスジオ、この二組だけを見たとて、組み合わせの妙を強く感じる。互いが互いでないと駄目だという繋がりを思うと、いつも頬が緩んで温かい気持ちになるのだ。それを間近で目にする機会の多い聖獣番は、とても幸せな仕事だ。

ミュリエルはふと思い立って、力の緩んだサイラスの手から一歩離れた。ウシっぽい形をしているナニカを見上げる。

（ナニカさんにも、そんな方がいたのかしら……？）

寂しい気持ちを抱えているこの幽霊は、どのように生きていたのだろう。今はサイラスに引っ張られてミュリエルを望んでいるが、生前は誰を求めていたのだろうか。そんなことを考えていれば、離れた一歩をサイラスにつめられてナニカが見えなくなる。

そこでちょうどスジオとの触れ合いに満足したのか、散らばる藁《わら》を出しっぱなしになっている箒《ほうき》で掃きながらリュカエルが話しかけてきた。

「あぁ、そうでした。姉上、お渡しした『竜と花嫁』に目は通しましたか？　リーン様が気にしているので、言伝《ことづて》があれば持って帰りたいです」

昨日の昼に書類を届けにきた際、リュカエルから幾編かがまとめられた『竜と花嫁』の冊子を渡されていた。一遍ごとの長さは子供向けの絵本ほどだったため、読むだけならばもうすべて終わっている。

「えぇと、そうですね……。私、ずいぶん色んな地方だったり解釈だったりする『竜と花嫁』を、読んだ気がするのですが、お借りしたものは目新しくて……」

どういう意図で選ばれたものであったのか、渡された冊子にまとめられた話はすべて、つらかったり悲しかったり、後味の悪いものだった。思うところがないわけではないが、感想として考えをまとめていたわけではないため、上手く言葉が出てこない。

「すみません、なんとお伝えすればいいのか、まだ……。ただ、結末が悲しいものであることに、とても違和感がありました」

ミュリエルは視線を落として考え込む。頭のなかのほとんどを『竜と花嫁』に占められているせいで、独り言じみた発言はいつもよりなめらかだ。

「リーン様はなぜ、このようなお話ばかりを私に勧めたのでしょうか」

意味を計りかねた呟きもまた、自分に向けたものだった。しかし、これには答えが返る。

「例の方が、不穏な結末の『竜と花嫁』の話に固執《こしつ》しているそうですよ。なかでも、短編集に載った、認知度の低いものなどに」

意識を引き上げられたミュリエルは、思い出すことがあったため隣のサイラスを見上げた。サイラスもどうやら同じことを考えたらしく、軽く頷いている。

「それは、以前聞いたことがある話かもしれない。確か『竜も花嫁も惨殺《ざんさつ》されて、恨んだ竜が幻影となって人の精神を蝕《むしば》み、恨む相手をどんどん殺していく』、だったか」

それは以前の幽霊騒ぎの際、現地に赴《おもむ》く途中で世間話のように出たものだ。ミュリエルは今になって通して読んだが、要約してしまえば今サイラスが言った通りだ。

「不思議だが、ミュリエル同様、今さらながら私も違和感がある」

たぶんサイラスがこの物語を思い出したのは、あれ以来今日がはじめてだろう。当時と今で受け取る感覚が違うのは、ただ単に時間が経《た》ったからなのか、それとももっと他に理由があるのか。ミュリエルと違って言葉にすることに長《た》けているサイラスが、あえて「不思議だ」と言うのだ。後者と考えるのが自然な流れのようにも思う。となると、きっとその部分をはっきりさせるのが重要だ。

「リーン様も違和感があるそうですよ。それで、その正体がつかめないから、感覚派の姉上にも読んでもらいたかったそうです」

思わず巡ってきたお役目に、ミュリエルはパチリと瞬いた。理論派のリーンでまったく駄目ならば、同じくくりにいるサイラスもおそらく駄目だろう。そうなってくると、大きく見方を変える必要が出てくる。その時、おあつらえ向きなのはミュリエルだ。

「何か気になる点があれば、なんでも聞きたいとおっしゃっていました。姉上の脈絡もない話がリーン様にとっては大きな閃《ひらめ》きになるらしく、今回の物語以外のところでもいいから、と」

感覚派のミュリエルも、現状「違和感」の正体に行きついていない。しかし、リュカエルに質問をずらされて、すぐに頭に浮かんできたことがあった。

「そ、それでしたら、あります。菱の花について、です」

菱の花は、『竜と花嫁』の物語を読めば必ず出てくる。それが、幸せな終わりでも悲しい終わりでも、だ。場面は決まって竜が花嫁に菱の花を贈り、そこから心を通わすようになるくだりとなる。

「夢を、見たんです……」

しかし、切り出し方の悪さをすぐに自覚して、ミュリエルの顔は一気に自信のないものになった。興味を引かれて聞く体勢に入った二人に、これはかなり申し訳がない。他人の夢の話は得てして、話題のない時にする天気の話くらい重要度が低い。

「聞こう」

葛藤《かっとう》を察したのだろう。サイラスが短く静かに促《うなが》してくれる。今目の前にいる二人は、ミュリエルの理解者としての練度が高い。わかりやすく話すために停止してしまうより、まとまらずとも声にしてしまった方が得策だ。ミュリエルはたどたどしい口振りで、竜と花嫁、そして菱の花のことを二人に聞かせはじめた。

「わ、私が見た夢では、竜と花嫁がおしゃべりをしていました……」

その会話のなかで印象的だったのが、菱の花についてだ。何度も繰り返し咲くうちに、色を忘れてしまった菱の花。色を思い出し、白から青に染まりゆく菱の花。それを知ってしまえば、今までのように菱の花をただの小道具として見続けることはできない。

「えっと……、菱の花の存在は、物語の雰囲気を出すための、単なる舞台装置ではなく……。連なる記憶の……、象徴、として受け取るべきなのではないかと、思ったんです……」

そして花嫁は、青く染まった菱の花を竜に贈られ、心のかわし方を思い出した。教えられたのではない、思い出すのだ。魂が溶けて、混ざって、降り注いで、菱の花が繰り返し咲くうちに忘れてしまったように、人もまた忘れてしまっただけだったから。

「竜は……、理性が、遠く連なる記憶に蓋をしてしまう、と言いました。それでも花嫁は、ひと雫でも次の体に宿ることがあったのなら、思い出す、と返したんです……」

長く話している途中で不安になって、頼りない視線を二人に向けた。するとサイラスもリュカエルも、頷いただけで気長に待つ姿勢を崩《くず》さないでいてくれる。やはりミュリエルをよく知る二人の対応は、これ以上もなく親切で親身だ。

「も、もしかしたら、私達も……。もっと色々なことを知っているのに、忘れているだけなのかも、しれません……」

黙って聞き続けてくれる二人のおかげで、ミュリエルは朧《おぼろ》げだった考えの部分までだんだんと形がはっきりしていくのを感じた。もっと深く、そう集中していたため、精査もなく音にしてしまってからハッとする。

「ですから、たびたび、不思議な出来事に触れることがあったのは……。宿る、ひと雫に引かわ、私達の身に……、竜と花嫁のた、たっ、たまっ、たまし……、……、……」

あまりにも夢見がちすぎる。気づけた時には手遅れだ。ミュリエルはかなり不自然に口をつぐんだ。目も盛大に泳ぐ。

「君には、いつも驚かされる」

「本当、そういうところですよ」

それなのに、理解者二人の反応は悪いものではない。全面的な信用を向けられると、小心者のミュリエルは逆に不安になる。そのため、自ら否定的なことを言い添えてしまった。

「で、ですが！　全部、夢の話なんです……。何も、根拠がなくて……」

しかし、ただの夢だと思えないことも事実だ。それは、リュカエルから気になることを、と聞かれて真っ先に頭に思い浮かぶ程度には。

「そ、それに、自分に、空想癖があることも、自覚しているんです。ただ……、何もないところから、こんな難しい夢を見るかしら？　という点が、気にかかってしまって……」

自分でも肯定してほしいのか否定してほしいのかわからないせいで、言っていることに一貫性がない。するとますます何が言いたいのかわからなくなってきて、ミュリエルは項垂れた。

「何もないわけではないだろう」

しかし、さらりとサイラスに救われる。すっかり落ちてしまっていた視線を上げれば、紫の瞳は疑いなくミュリエルを見つめていた。

「何もないわけではないはずだ。私やリーン殿が求めなかったから、今まで君はわかりやすい形にしてしまうことを、自分のなかでしてこなかっただけだと思う。繋げれば意味を成す欠片が、君のなかにはそろっていたはずだ」

　確信している口振りのサイラスは、そのまま同意を求めるようにリュカエルへ顔を向けた。

「姉上はぼんやりしていますが、その辺についての頭の回転は悪くないですからね。起こったことを見ていたのなら、感覚的に答えをつかんでいたとしてもおかしくないと思いますよ。それが夢という形ではっきりしただけかもしれません」

　リュカエルも、きっちり納得した様子だ。そうなると信頼できるのは、一人の空想癖持ちの意見より、二人の理解者の意見だろう。ミュリエルはコックリと頷いた。それにいったん微笑んでから、サイラスが自らの肩に触れる。

「ただ、なぜ今だったのか。そのきっかけとなったのは、ナニカ、なのだろうな……」

　それから、肩に触れた手をゆっくりと戻しつつ掌《てのひら》を見た。ついで、サイラスは姉弟に向けて首を傾げた。二人の目には、肩から掌にかけて滴ったナニカのトロトロが見えている。

「姉上、他にもありませんか？　ナニカさんをきっかけにして、まだ気になっていること。聞けばまだポロポロ出てきそうな気がしています。この際なので、小出しにしないで全部言ってください。姉上ほどではなくても、リーン様の思考もぶっ飛んでいて、何がヒントになるか凡人の僕には判断できないので」

　凡人だなんてそんなはずはない優秀だ、と主旨とは関係のないところに引っかかってしまったミュリエルだが、ここは脇道に突入せずに踏みとどまった。即座に言いたいことが浮かんだからでもある。

「あ、あの、ではやはり、夜の出来事、でしょうか……」

ただ、少しの躊躇いがあった。一度、サイラスにもアトラにも軽くいなされてしまった話題だからだ。そのためしばし様子をうかがえば、サイラスに止める気配はなく、リュカエルは先を待つ姿勢でいる。よって、夜中に目が覚めた時の話をもう一度することにした。二度目ということもあり、先程よりよっぽど順序立てて話せただろう。

「す、すみません……。蒸し返してしまって……」

すべて聞いてもらったところで、ミュリエルはもじもじと両手を胸の前で組み合わせた。

「いや、もっとしっかり聞くべきだったな。私こそ、すまなかった」

謝る必要はないと思って首を振れば、何の気なしにリュカエルが口を挟む。

「聞き上手の団長が、珍しいですね」

この時点では、他意のない独り言程度だったのだろう。しかし、サイラスとミュリエルが目配せをしたせいで、何かあったのだと逆に教えてしまったらしい。わずかに表情を変えた弟に、ミュリエルはヘラリと笑った。

(起き抜けに、サイラス様は寝ぼけていらしたから……)

たいしたことではないと思うものの、サイラス自身が恥だと思っているのならおおっぴらにするべきではない。己に瑕疵はないため、挙動不審にならなかったのが幸いした。姉の機微に聡い弟の尋問は発動しない。

「あの、ちなみになのですが、実際にこの湖に蛍はいたでしょうか？　少し、季節外れでもありますが、今まで見かけたこともなくて……」

夏合宿に行っていた間があるものの、それ以前を思い返してもこの湖で蛍にお目にかかったことがない。そして秋蛍というものに、ミュリエルはあまりよい印象がなかった。今まで読んだ物語ではどれも、よい登場の仕方をしたことがないからだ。蛍に罪はないが、リュカエルも訝《いぶか》しげな表情をしているので同じような感覚でいるのだろう。

「いや、見たことはないな。だが、地盤沈下に伴う近隣の湖の水位変化で、もしかしたら他の水場にいた蛍がこちらに移ってきたのかもしれない。確かにいささか季節外れだが、それについても水場の影響で、成長に遅れがでたとも考えられる。すべて推論でしかないが……」

わずかに考え込んでうつむいていたサイラスが、チラリとリュカエルに視線をやる。

「はい。では、こちらで探しておきます。ただ、もし本当に蛍がいた場合、先程姉上から聞いた話の後半が夢ではない可能性が出てきますよね」

どちらであってもどこかしらに問題が残る。されど夢でなかった時の方が、問題は大きいだろう。ミュリエルは肩をすぼめて、今後の方針を相談する二人を大人しく待った。

「……私は今まで、夢遊病を指摘されたことはない。となると、こちらもナニカの影響を考えるのが妥当だろうな」

あまりよくない空気を感じ、喉もとまで「やっぱり夢かもしれない」という言葉がせりあがる。しかし、どうしても夢だとは思えないため声にはならない。何度考え直しても、昨晩のことは自分の目で見たものだと思うのだ。そのため、もっと何か昨晩の状況を詳しく伝えられないだろうか、と考える。当たり前と思って見落としていたり、ミュリエルにとっては何気ないことでも、他の人が聞けば重要な、何か。

「今宵も一緒に寝るだろう？」

「……えっ⁉」

考えに沈んでいたところで誘いをかけられて、ミュリエルは過剰反応した。それから真意に気がついて、大慌てで頷く。

「あっ！　は、はは、はいっ！」

真面目な雰囲気をぶち壊す元気な返事に、サイラスが表情をやわらげる。リュカエルも肩の力が抜けたようだ。

「何か異変を感じたら、些細なことでも報告してほしい」

「聞いた全員が些細なことだと判断すれば、全員そろって安心できますからね」

適度に緊張の取れた空気に、ミュリエルは力づけられた。

「はいっ、わかりました」

もし深刻に頼まれたのなら夜を迎えるのが怖くなっただろうし、よくよく状況を考えてしまっても不安になったことだろう。今ミュリエルに頼んだ二人は、その点すらもよくよく熟知しているのだ。

4章　狂気と凶器に迫られて

仮獣舎の真ん中で、樽《たる》を椅子代わりにしてサイラスが座っている。その隣に立ったミュリエルは、万能ブラシを手にしていた。いつもの面々のブラッシングが終わり、お約束の時間を迎えたのだ。少々の緊張から中途半端になってしまう笑みを顔に張りつけ、定まらない姿をゆらゆらさせているナニカに相対する。

「ナ、ナニカさぁん、ブラシの種類はぁ、こちらで、よろしかったでしょうかぁ？」

『対応がぎこちねぇ』

大口を叩《たた》いたわりには、へっぴり腰すぎる。怖々とブラシを持つ手を動かす身振りは、とてもではないがブラッシングを得意と豪語する聖獣番のものではない。

「お、おかゆいところはぁ、ございませんかぁ？」

『ミューちゃんてば、面白いわ。なんでしゃべり方までおかしくなっちゃうの？』

ブブブブッ、とレグに笑われても、口振りも手振りもいっこうに改善はしない。

「そ、そういえば、朝ごはんはぁ、お口に、あいましたでしょうかぁ？」

サイラスが膝《ひざ》に乗せている大きな器には、どんな好みにも対応できるように様々な食べ物が盛りつけられている。そのため内容は雑多だが、とにかく豪華だ。

『サイラス君に持たせたせいか、器がまるでお供《そな》え物のようだな』

『ってか、真実そのものっスよ。だってナニカさん、食べられないっスよね？』

『ほんなら、あとで美味《おい》しく摘《つ》ませてもらいましょ。お供え物ってそういうもんやし』

　クロキリ、スジオ、ロロの三匹は、自分達の朝ご飯をさっさと完食したようだ。ナニカの器が気になるらしく、首を伸ばしてのぞき込んでみたり、ペロペロと舌で口の周りをなめてみたり、鼻をヒクヒクと動かしてみたりしている。堂々と狙っている言動がいっそ清々《すがすが》しい。

　そんな外野の合いの手に反応する余裕もないままに、ミュリエルは細心の注意を払いながらブラシを動かしていた。こちらの動きにあわせてひらひらと、触手が遊ぶように揺れている。両手に大きな器を持ったサイラスの目も、ミュリエルの一挙手一投足を見守っていた。

『それにしてもコイツ、何を伝えようとしてるんだろうな？』

　長い耳を動かしながら、より音を拾おうとしたアトラが眉間《みけん》にしわを作りながらグッと顔をよせる。真剣に取り組むあまり目の前しか見えていなかったミュリエルは、そこでやっと視野を広げた。今はなんの動物かはっきりしないが、変わらずある目と口の辺りを見つめる。

「し、してほしいことや、困ったことがあれば、お気軽におっしゃってくださいね？　喜んで、お手伝いいたしますので。私は、そのためにいます」

「ならば、今日も執務に付き合ってほしい」

「えっ」

　想定していないところから要望を受けて、ミュリエルはいったん停止した。

「は、はい。それは、もちろん、お付き合いいたします」

それでも、すぐに再起動したのだから褒《ほ》めてほしい。座っているため視線の低いサイラスが、なんともいえない表情で見上げてくる。ミュリエルは翠《みどり》の瞳を瞬《また》かせた。

(こ、これは、アレかしら？　ナニカさんにばかり、かまけているから？　サイラス様のことも、思い出してほしい、的な……？)

ブラシをかけるのを忘れた手を、サイラスに取られて引きよせられる。ナニカが見えなくなれば、視界も頭のなかもサイラスでいっぱいだ。

「そろそろ、私の相手をしてほしい」

予想が本人の発言によって確定する。紫の瞳が、色を揺らしていた。現時点の流れを考えても、普段であれば切羽《せっぱ》つまるほどのことではないはずだ。憑《つ》かれている影響か、切なげな表情を浮かべるのがかなり早い。

サイラスとナニカは連動しているが同体ではないのだと、ミュリエルは認識を新たにした。となると個々の気持ちを慮《おもんぱか》っての言動が必要になるが、それはなかなかに匙《さじ》加減が難しい。どう考えてもその手のことに不器用なミュリエルには、難度の高い用向きだ。

(あ。だ、だけれど、サイラス様にくっついていれば、ナニカさんは穏やかなわけよね？　そ、それなら、サイラス様のお気持ちに優先的に添った方が、やっぱり、いいのかしら……？)

「君を、膝に乗せたい」

「……えっ!?」

たった今思ったことが、頭から吹き飛ぶ。

「抱き上げてしまいたい」

「えぇっ⁉」

うろうろと彷徨《さまよ》っていた視線で、ミュリエルはサイラスを二度見した。

『じゃあ、オレは今からガッツリ昼寝する』

どんな話の流れなのか、ご飯もブラッシングも終えたアトラは、大あくびをしながら馬房《ばぼう》の中心でボフンと座った。顔が壁を向き、こちらからは素敵なお尻しか見えない。

『何かあったのに起きないなんて、大失態だものね？　アタシもそうしよ、っと』

その流れにレグも乗って、こちらも悠々と後ろを向くとドシンと脚を折って伏せてしまう。

『今晩は、皆そろって獣舎で寝るのがいいだろう。となれば、我々も昼寝だな』

『みんなで一緒にいるの楽しいし、何かあったらみんなで気づけるのがいいっスね』

『うねうねしててもネチャネチャせぇへんナニカはんやから、そう言ってられるんやけど』

残りの面々もそれぞれ寝る時の体勢を取るのだが、皆一様に後ろ向きだ。それを見やったサイラスは、静かに立ち上がると今まで座っていた樽に器を置く。そして、許可なくミュリエルを抱き上げた。思わず首に腕を回してしまえば、至近距離で紫と翠が見つめ合う。

嬉《うれ》しそうに微笑《ほほえ》んだサイラスは、ミュリエルの耳もとに顔を近づけると、つけっぱなしになっているエメラルドのイヤーカフを鼻を使って揺らした。ふ、と笑った吐息がおまけのように栗色《くりいろ》の髪を揺らし首筋をくすぐる。

甘やかな感触に思わずミュリエルが首をすくませると、サイラスは満足そうに笑みを深めて歩き出した。歩みは止めずに、「おやすみ」とアトラ達は告げる。どうやら離宮に戻《もど》ることにしたようだ。しかし、仮獣舎から遠ざかりかけたところで声がかかる。

『そうやったー！　ミューさーん！　コレー、食べてしもてもえぇですかー？』

「っ！」

コレ、とはもちろんナニカのご飯のことだろう。瞬間的に聖獣番の顔に戻ったミュリエルは、しがみついたサイラスの肩越しに同じ音量で返事をした。

「はーい！　構いませんが、絶対に皆さんでわけてくださーい！　独り占めしたら、多いですのでー！」

食事の量は決まりもあるが記録の義務もあるため、聖獣番として適当なことはできない。仕事としての算段を頭のなかでつけはじめたミュリエルだったが、そこでふと疑問がわく。寝る体勢に入っていたくせに、今から皆で仲良く食べるのだろうか、と。昼寝が体《てい》のよい追い出し文句だったと気づいたミュリエルは、すごすごとサイラスの胸に収まると、上目遣いで紫の瞳を見つめた。

聖獣達の言葉がわからないくせに、サイラスの方が状況を正しく理解していたようだ。微《かす》かに首を傾《かし》げて微笑む顔は、確信犯がするものでしかない。

「アトラ達の気遣いに、甘えてしまった。早く、君と二人になりたかったから」

はにかむように微笑まれてしまっては、こちらから言えることはないように思う。ミュリエルはほんのり頬を染めつつも、控《ひか》えめな感じでサイラスにしがみつき直した。すぐに脳天に落ちてきた唇も、目をつぶって甘受《かんじゅ》する。

抱っこしたまま歩くことを、サイラスは少しも苦としない。そのため自分で歩くともおろしてくれとも言えないミュリエルは、大人《おとな》しく景色を見ることしかすることがなかった。とはいえ、だからこそすぐに気づいた。右は離宮に戻り、左は湖に向かう。二股《ふたまた》にわかれた道を、サイラスの足は左を選んでいる。

「あの、サイラス様？　執務室に戻らなくても、よろしいのですか？」

「ん……？」

恥ずかしくてなるべく目が合わないようにしていたのだが、ミュリエルはここでサイラスの顔を見上げた。すると、とぼけているのではなく、心底不思議そうな顔をしている。互いに瞬《まばた》きをして見つめ合い、首を傾げた。

「あ、あぁ、そうだったな。執務のために、離宮に戻るのだった」

しばしの時間を要してから、サイラスは踵《きびす》を返した。足取りも確かだし、抱き上げる腕も揺るがないが、声からは戸惑いが感じられる。急に心配になったミュリエルはキュッと目もとに力を入れて、前に視線を向けているサイラスをまじまじと観察した。

「だ、大丈夫ですか？　やはり、お疲れなのではないでしょうか？」

「いや、そんなことはない」

前を向いたまままきっぱりと返事をしたサイラスは、それからミュリエルを見下ろした。

「いつでも傍《そば》に、君がいるのだから」

再び言葉もなく見つめ合ったのは、ミュリエルの心を恥ずかしさより心配な気持ちが占めていたからだ。しかし、ここで首を傾げたのはサイラスだけで、翠の瞳はひたりと紫の瞳に据《す》えられている。三呼吸ぶんほど真剣な眼差《まなざ》しを向けていたミュリエルだが、いつもと違う部分を見つけられずに、最終的には頼りなく眉を下げた。

「サイラス様、今日もお昼寝、しませんか?」

食べることと寝ることは、健《すこ》やかな毎日を送るためには必須だ。食事は三食一緒にしっかり取っているため、どうあっても残るは睡眠になる。

「君からの誘いであれば、もちろん私は断らない」

どこか違和感は残るものの、返事はやっぱりいつも通りだ。心配になるくらいなら恥ずかしい方がずっといいミュリエルは、サイラスの胸に頬をよせた。

隙《すき》なくまとった黒の制服のせいで、体温が遠い。それでも夜に感じた手の冷たさがないことに、ミュリエルは安心した。

◇◇◇

小心者だし心配性なミュリエルだが、その素直さゆえに基本は楽観的だ。サイラスにナニカが憑いていている非常事態であれ、リーンから予想通りの強襲を受けたり、レインティーナから空気を読まない奇襲を受けたりすれば、どうしたって日常の色合いが濃くなる。しかも、しっかり昼寝をして備えてくれたアトラ達と共に仮獣舎で寝るとなれば、心強さも相まって不安はさらに薄くなっていた。ゆえに、今夜も昨晩と同じような出来事があるかもしれないと思いつつも、固く心構えを持って就寝にあたったわけではなかったのだ。

そうして今宵《こよい》もミュリエルは夢を見る。竜がいて、花嫁がいて。色々な場面を切り取って浮かんでは消えていく夢達は、見知っているはずもないのに自然とすべてが繋《つな》がっているとわかる。夢だからこその曖昧《あいまい》さで、曖昧であるからこそおかしなところが見つからない。それゆえの連なりだとしても。

『自然の摂理《せつり》に添うならば、次の雨季がよいのだろう』

(あぁ、それが……。この身で貴方《あなた》と私が一緒にいられる、期限なんですね……)

違和感なく己の頭に浮かぶ感情を、ミュリエルは一歩引いたところで受け取る。それでもこれほど胸が痛むのだから、花嫁の心中はいかほどか。

『今雨を降らせても、多くの命はこの冬を越えることができぬから』

(与えられた時間が、私欲を含まないものだとしても……。貴方と過ごせるのなら……)

竜が言葉を紡ぐごとにわく想いを、ミュリエルは歯がゆく感じる。互いを想っているのに、ほんの少しだけ言葉が足りないから届かない。

『ワタシの魂一つで、実を結んでも芽吹けずにいた、多くの器が満たされるだろう』

(私にとってはあまたの器より、貴方の器の方が大事になってしまったけれど……)

半分だけ当事者のようにこの場にいるミュリエルだからこそ、わかることがある。竜とてあまたの器より、花嫁の器の方が大事なのだ。人より長い生を持つ竜こそが、花嫁と得た瞬きほどの時間を惜しんでいる。

『それまではどうか、傍にいておくれ』

(それ以後もどうか、傍にいさせて……)

触れる術《すべ》のない傍観者《ぼうかんしゃ》でしかないミュリエルは、同じ想いを感じてただ願う。あぁ、どうかこの願いが繋がりますように、と。

はっ、と飛び起きたミュリエルは、何よりも先にサイラスの姿を探す。夢から覚めた体が、瞬間的にサイラスが傍にいないと気づいたからだ。すぐに湖の方へと視線を走らせるが、昨晩と違って仮獣舎のなかにいるため望んだものは目に映らない。

ミュリエルが飛び起きても、背にしていたアトラは安らかな寝息を立てている。月明かりにぼんやり見える他の聖獣達もすっかり寝入っているようだった。

「アトラさん、アトラさん」

申し訳なく思いつつも振り返って小さく呼びかけると、スピスピと鼻が動く。起きてくれるのかと立ち上がって顔の前に回り込み、少し待ってみた。だが、わずかな身じろぎだけして規則正しい寝息が再開されてしまう。

（わ、私、まだ夢のなかにいるのかしら……？）

相手を疑うよりまず自分の言動に怪しさを感じたミュリエルは、己の頬をつねってみた。

「い、痛い……」

ということは、夢ではなく現実だ。涙目で白ウサギの顔を見つめても、穏やかな寝顔は変わらない。不安が心にわきはじめたミュリエルは、それを生唾《なまつば》と一緒に飲み込んだ。

（ひ、昼間とか、私が周りでバタバタしていても、最近はめっきり慣れてしまったのか、皆さん気にせずずっと寝ているもの。い、今もきっと、そうに違いないわ。そ、それに、昼寝をして体は元気でも、いつもと違うことで気疲れしていて、そ、それで……、……、……）

起きないことに不安を感じるのは、以前の幽霊騒ぎの時に生気のない寝顔を見てしまったからだろう。今、アトラの寝顔は穏やかだ。青白く存在が希薄になっていくような、言い知れぬ恐怖がわいてくるわけではない。

よくない記憶と今の違いを並べて、ミュリエルは一人頷《うなず》く。臆病風を吹き飛ばすために、グッと奥歯を噛《か》みしめた。その時、アトラがもぐもぐと口を動かす。

「ア、アトラさん、もしかして、何か美味しいものを召しあがる夢を見ていますか？」

もちろん返事はない。しかしミュリエルは、これ以上無理に起こそうとするのをやめた。いい気持ちで寝ているところを叩き起こせば、お叱《しか》りだって受けるだろう。他の面々も気になって順に馬房を確認すれば、誰もがよい夢を見ていることがうかがえる。ピクピク動く足や翼は散歩をしているのだろうし、くうくう鳴る鼻はパートナーに甘えているのだと思えた。

「サ、サイラス様を、探しにいってまいります……」

仮獣舎の入り口まで移動したミュリエルは、振り返ると小声で断りを入れた。肩からずり落ちていた毛布を頭からかぶり直すと、首もとでギュッと握る。なんとなく頼りなく感じる、背筋と首の防御力を上げるために。

駆け出した足が向かうのは、昨日と同じ湖の畔《ほとり》だ。見知った場所が心細く感じるのは、暗いせいだろう。きっとそうに違いない。己を鼓舞しつつ、踏み固められただけの土の道を進む。

「あっ、サイラス様、またこちらに……、……、……」

求めていた背中を、昨夜と寸分《すんぶん》たがわぬ湖の畔で見つける。それなのに、ミュリエルの足は言葉をかけると同時に勢いをなくした。数歩惰性《だせい》で進んだところで、完全に止まってしまう。

昨日より数を増した蛍《ほたる》が、湖を見つめるサイラスの周りで儚《はかな》く光っている。温かみのない光が微かな尾を引けば、ひと時だけサイラスは照らされるが、またすぐに暗がりに沈む。

飛びやまぬ蛍の光が淡いせいか、引き連れる闇の方がずっと深い。何度も何度も翻《ひるがえ》るそのたびに、連れられた闇も濃くなっていく。

「サイラス様っ！」

突然金縛りが解けたように、ミュリエルは飛び出した。迷いなく背中から抱き着けば、パッと蛍の光が散る。瞬間的にいつもと違うと感じてから、遅れて理由が頭をよぎった。

（い、いつものサイラス様の香りと、違う……？　これは、流れる水の……、……、……）

ミュリエルは強くサイラスのおなかに回していた腕を少しだけ緩め、見上げた。

「ナ、ナニカさん……？」

ゆっくりと顔だけ振り返ったサイラスに、恐る恐る呼びかけてみる。しかし、返事はもらえない。凪《な》いだ紫の瞳には、読み取れるような感情は浮かんでいなかった。声をかけたいが選べる言葉もなく、また、再び名を呼ぶこともできない。

しばらく無言で見つめ合っていれば、サイラスが前に向き直し、再び湖を見つめはじめた。不安を煽《あお》られたミュリエルは、前に回り込んで抱き着き直す。すると、それまで力なくだらりと垂らされていたサイラスの両腕が、緩く背に回わされた。それだけでだいぶ安心したミュリエルは、体温をわけるために腕に力を込めてますます身をよせる。

「思い、出せないんだ……」

ポツリと零《こぼ》れた呟《つぶや》きに顔を上げれば、サイラスは湖の向こうを眺め続けている。

「な、何を、でしょうか？」

しばらく待ってみたが、返事はない。少しの変化も見逃さないように、ミュリエルは熱心に見上げ続ける。すると静かな眼差しに、行き場のない寂しさを見つけたように感じた。

「だ、大丈夫ですよ！　そういうことも、よくあると思います！」

いてもたってもいられなくて出た言葉は、思ったより大きく場に響いた。静かな雰囲気にそぐわない声に、ほんのりと紫の瞳が丸くなる。そこにはじめて小さな感情を見つけたミュリエルは、自然と微笑みを浮かべた。

「私に、思い出すお手伝いをさせてください！　ですので、えっと……」

笑顔になってすぐ思案に眉をよせる。しかしまたすぐに、気づいたことにハッと顔を上げた。

「思い出せないことは、ご自分に関することでしょうか？　それとも、どなたかに関することでしょうか？」

紫の瞳がゆっくりと瞬いただけだったが、ミュリエルはそれを返事と取った。そのため、もう一度考え込んでしまって首を傾げる。

「あとは……。うーん、なんでしょう……」

本人としては真面目《まじめ》に悩んでいるのだが、傍《はた》からではそう見えないのかもしれない。その証拠に、湖ではなくミュリエルを見るようになった紫の瞳は凪いではいてもほんのりと温かい。

「あっ！　ちょっと思い出す作業から、離れてみてはいかがでしょうか？」

パッと笑顔を見せたその瞬間に、サイラスがごくごく薄く微笑んだ。それに俄然《がぜん》勢いをもらったミュリエルは、ハキハキと続ける。

「こういうことって、意外と違うことをしている時に思い出す気がするんです」

自らの経験に照らし合わせれば、悩んでいる最中はどんなに頭をひねろうが出てこないもの、そんな認識がある。

「何を、すればいい……？」

はっきりとした反応に笑みを返してから、ミュリエルは自身の対処法をあげてみた。

「えっと、逆に新しいことをする、ですとか。いっそすべてを忘れるために寝る、ですとか」

しかし、この提案はあまりピンとこなかったらしい。せっかく会話が続いていたのに、紫の瞳がスッと湖の向こうに向けられてしまう。上手に提案できなかったことで、ミュリエルの声は元気を失った。

「こ、今夜は、その……。もう、寝てしまいませんか……？」

最終的に勧められるのは就寝しかなくて、ミュリエルの眉は下がりきる。

「眠れない……」

静かな声のせいか、なんとなく悲しそうに、そして残念そうに聞こえた。相手を笑わせるつもりなど微塵《みじん》もないのは明らかだが、言い振りの神妙さと内容の可愛《かわい》らしさの落差に、ミュリエルは少しだけ笑ってしまった。それに、眠れないだけで眠りたくないわけではないのなら、できることがある。

「子守歌でも、歌いましょうか？」

「うん……」

素直な返事がますます可愛らしく感じられて、ミュリエルは広い胸に頬を押しあてると微笑んだ。背に回したままになっている手で、まずは幼子を寝かしつけるようにポンポンとゆったりとしたリズムを刻む。

「お日さまがしずんで。お月さまがのぼる。サラサラささやく。夜風の、ゆきさき。スヤスヤ夢みる。今日の続き、キミと」

一般的によく知られた子守歌は、誰かが誰かを想って繰り返し口ずさんできたためか、包んでくれるような優しさが幾重《いくえ》にも重なっている。しかし、旋律に互いの心音が馴染《なじ》むほどミュリエルがささやかに歌えば、今この時だけは二人のための子守歌だ。

「お気に、召しましたか？」

「あぁ、とても」

そっと見上げれば、湖に向けられてしまっていた紫の瞳は、真っ直《ます》ぐミュリエルに注がれている。

「あの、ここは少し冷えますので、仮獣舎に戻りましょう？　そちらでも、歌いますから」

背に回していた腕を解いて、手を繋ぐ。その手を軽く引けば、サイラスの体はすんなりミュリエルにより添った。

手がひんやりと冷たい。まるで、ここにいるのだと寂しく訴えているようだ。だから、ミュリエルは仮獣舎に着いたらという言葉を撤回して、手を繋いで肩が触れ合うように歩くその間も、ひっそりと子守歌を口ずさんだ。

◇◇◇

『よし、朝だ』

「っ!?」

寝起きのよいミュリエルだが、覚醒までのほんの一瞬の隙をつかれ、混乱した。自分の置かれている状況を見失ったため、どこで体を支えればいいのかわからなくなる。しかし、サイラスがミュリエルのぶんの体重まで受け止めてくれたため、起きて早々どこかを強打するという悲しい事態にはならなかった。

「お、おはようございます。あの、私、昨夜も起き出しているサイラス様と、会話をしました！」

挨拶《あいさつ》もそこそこに、ミュリエルは訴える。腰を抱かれたまま、立ち上がってしまったアトラを振り返った。

『あ？　寝ぼけてんのか？』

「ち、違います！　起きています、ちゃんと起きていますよ！　そして、昨晩の出来事は夢ではありません！　み、皆さんは、寝ていましたけど！」

『んなはずねぇ』

起き抜けでも、アトラの突っ込みは間合いが短い。間髪《かんはつ》入れずに言い返されて、ミュリエルの方がつまってしまう。

「で、ですが、ほっぺをつねったら痛かったんです！」

自らの主張が聞き入れられないやるせなさに、声にやや泣きが入る。それでもアトラの判定は厳しめだ。するとそこに、とても静かなとりなしの声がかかった。

「……とりあえず、聞こう」

起ききれていない、サイラスだ。昨日とまったく同じ体勢ながら、聞き上手の称号をいただく者として、まだ眠い頭を早く覚醒させようとする心意気が見受けられる。しかし、目はまだつぶっている。

そのためミュリエルは、各馬房から首を伸ばしてこちらをうかがっているレグ達も含め、なるべく順序立てて昨夜のことを話して聞かせた。

『こう言ったら、もともこもないんだけど……』

『うむ。頬をつねって痛いと思ったことが、そもそも夢なのではないかね』

『普段なら寝こけていても、今の状況だったらジブン達ちゃんと起きるっスよ』

『そやな。場所がいつもの庭で、ミューさんが楽しく仕事してる音なら、気にならへんけど』

それなのに、この反応である。

『オレ達がどんだけ昼寝したと思ってんだ』

「そ、そんな……」

アトラからもしっかりとどめを刺されて、ミュリエルはせっかく引っ込んだべそをまたかいた。現実かどうか確かめる手段として「つねる」は最もありがちだと思ったが、それを使用した者が己であるばっかりに全然信じてもらえない。サイラスが発言一つで信用を勝ち取った時とはえらい違いだ。日頃の行いによる扱いの差というのは、こういう時にこそ出る。

『じゃあ、ナニカがどんなだったかは見たのかよ?』

「っ⁉　か、確認を、忘れました……」

不信感丸出しの赤い目に見下ろされて、ミュリエルは小さくなった。すると、アトラに襟首をくわえられて立たせられる。

『とりあえず、その話はいったん置いておけ。もっと気になることがあるだろ』

「えっ？」

状況がわからなくとも、アトラからされることに疑いを持たないミュリエルはされるがままだ。こういうところにもまた、日頃の行いが関わってくると言える。そして、言葉足らずの白ウサギを補ったのはレグの鼻息だ。

『そうそう！　ナニカの色と形がまた変わってるのよ！』

「えっ⁉」

着地と共に、まだ気だるげに座ったままのサイラスに視線をやる。

「こ、これは……っ！」

位置関係的に見えにくいため集まってきた、クロキリ、スジオ、ロロと共に、ナニカをじっくりと眺めた。

『形だけならば竜、だな』

『薄灰色の影のままだと、決めかねるっスけどね』

『そやな。今の感じやと、前に聞いた合成獣の可能性もあります』

先んじて感想を口にした三匹に、ミュリエルは頷いた。ゆらゆらと絶えず色んな動物の形に姿を変えていたナニカだが、十人中十人が「竜」だと判断するほどに姿が固定されていた。トカゲのような体つきに、頭にはねじれた二本の角のようなもの。下半身の形は溶けて滴《したた》っているため判然としないが、立派な尻尾があるのは確認できる。

「時間経過で起きた変化だと言われても、否定する要素はない。だが、何か要因があったと言われても、それは同じだな」

ナニカの観察に忙しく、気もそぞろにミュリエルが通訳と実況をした言葉を、サイラスがそう判じる。夢中になっていた視線を下にずらせば、サイラスはすっかり起きていた。黒い髪をかき上げて露《あら》わになった紫の瞳には、眠そうな色が少しもない。そして、直接自分の肩に触れるのではなく近くの空間をなでるように手を動かした。ナニカに触れているつもりなのだろう。

「よって、夜中にナニカと会話したというミュリエルの話を、夢だと決めるにはまだ早い」

その台詞《せりふ》を聞いたミュリエルは数歩の距離を駆けよると、サイラスの前にペタンと座り祈りの形に両手を組んだ。日頃の行いに左右されず、公正な目で判断してもらえたことが嬉しくて仕方ない。サイラスは微笑むと、ミュリエルの頭を優しくなでる。

「今夜は、騎士団の誰かをこちらに呼ぼう。他の者の目も、あった方がいい」

しかも、打開策まで提案してくれる手厚さだ。なおも頭をなでてもらいながら、ミュリエルは感謝の眼差しを向けつつ何度も頷いた。

『よし、わかった。ミュー、万が一オレが寝てたら、今夜は絶対に何がなんでも起こせ』

近場で何かが起きているのに、気づかずに寝こける。ウサギとしての矜持《きょうじ》ゆえに認められずにいたアトラだが、パートナーであるサイラスの言葉に感化されたようだ。何やら決意を込めたような口振りだ。そのためミュリエルも、それに応えるべく白ウサギを振り仰《あお》いだ。

「あ、あの、それでは……」

『なんだよ？　早く言え』

祈りの形に組んだ手がそのままになっているのは、うっかりではなく心情に即した結果だ。

「た、多少乱暴に起こしても怒らないと、お約束いただけますか……？」

以前の幽霊騒ぎの時、サイラスがかなり乱暴に起こそうとしたのを覚えている。普段では考えられないが、ひげをまとめて引っ張ったのだ。アトラが決意を込めて起こせと言うのなら、ミュリエルもそれなりの覚悟で臨まなくてはならない。

『けっ。オマエの言う乱暴なんて、たかが知れてる。……起こさなかったら、怒る』

「し、承知、いたしましたっ！」

はたして、ひげを引っ張る暴挙はアトラのなかで「たかが知れている」に入るかどうか。しかし、線引きをしたいからとて許容《きょよう》範囲を延々と聞けばしつこいと怒らせてしまいそうだ。それを察したミュリエルは質問を重ねるのをやめ、御意の通りにと神妙な顔で頷いた。


そんな会話はなんだったのか。真夜中に目覚めたミュリエルは、うつむき身を丸めるようにして顔を両手で覆《おお》っていた。あのあと急遽《きゅうきょ》リーンとリュカエルを呼び、仮獣舎での就寝に付き合ってもらったことだって、まったく意味がなかった。

「どうした？」

至近距離から聞こえた不思議そうな声に、顔を隠したまま首を振る。ミュリエルは今、サイラスの膝の上に横向きに座らされていた。寝ているミュリエルを、サイラスが湖の畔まで横抱きにして連れてきたらしい。限られた日常を穏やかに過ごす竜と花嫁の夢から覚めてみれば、すでにこの体勢だったのだ。

蛍の光に照らされながらサイラスはいったいどれほどの時間、ミュリエルの寝顔を眺めていたのだろう。静かな時間に溶け込みすぎた空気感や、ひんやりとした体温が、それがけして短いものではないと告げてくる。起きてすぐ、色んなことが頭をグルグルと回ったミュリエルだが、もの言わずに見つめてくるサイラスの眼差しに耐えきれず、考えをまとめるために顔を覆ったことで、今に至る。

「君の、子守歌が聞きたかったんだ。駄目《だめ》だったか……？」

いくらか寂しげに聞こえた声に顔をのぞかせれば、紫の瞳は凪いでいる。

「い、いえ、駄目だなんてことはありません」

まずは否定してから、ミュリエルはそっと呼びかけた。

「あの、サイラス様……？　ナニカ、さん……？」

自信なさげに、二つの名を順に口にする。サイラスであるのならば夢遊病の気を疑わなくてはならないし、ナニカであるのなら明言してもらえれば、聖獣番としての対応によせることもできるだろう。しかし、サイラスは軽く首を傾げただけで、どちらとも取れる反応しかしない。

ミュリエルはよくよくサイラスを眺めて、ふと思った。

（もしかしたら……、わざとこんな曖昧な反応をしているのではなく、どう返答すればいいのか、本当にわからないのかもしれないわ……）

昨晩「思い出せない」と言っていたことに、自分自身のことも含まれているのではないのか。

そもそも、ナニカという名はあくまでも仮のものでしかない。

サイラスでもナニカでもない、別の何か。そんなふうにつらつらと考えていると、沈黙の時間は長くなる。しかし、無言のまま見つめ合っていても、居心地の悪さはなかった。

ただ、サイラスはいつまで経《た》っても首の角度を戻さない。どうやら、とても気長にミュリエルの言葉の続きを待っているようだ。どちらなのか確かめたくて名前を呼んだだけだったため、用件などない。

「えっと……、子守歌を、歌いましょうか……？」

今を盛りと、秋の虫が遠くでも近くでも途切れずに鳴いている。それでも不思議と騒がしいとは感じなかった。それどころか、いつもより時間がゆっくりと流れている。

「いや、しばし共に」

それきり湖の方に顔を向けてしまったサイラスにあわせ、ミュリエルも同じように視線を移す。波を立てない湖は星と月とをつぶさに映して、夜の闇のなかでわずかに光ってみえた。

（あら？　あれは……）

ミュリエルから見て近い湖の一部分が、夜空を映さず影になっている。目を凝《こ》らせば水草のようで、さらによくよく眺めていれば、それが花をつけていない菱《ひし》の葉だと気づいた。

（あっ、もしかしたら、リーン様がどこからか白い花をつける菱を、移植したのかもしれない

わ）

あの糸目学者のことだ。一つの組み合わせ一つのやり方だけではなく、何種類ものかけ合わせ方で、青と白の花をつける菱の生育を観察することだろう。であれば、帰城した時にこの湖に青い花をつける菱が流出してしまったことを逆手にとって、白い花をつける菱を移植したのだと考えられる。

そうしてしばらくの間自分の思考に沈んでいたミュリエルだが、同じくもの思いに沈んでいるようなサイラスに目を留めた。見上げれば、紫の瞳は相変わらず湖の向こうを眺めたままだ。ただ、少しだけ細められている。

「あの、思い出せないこと、やっぱりまだ、思い出せませんか？」

まるで遠くの何かを探すような目だと思ったミュリエルは、自然とそう聞いていた。

「あぁ、だが……。思い出したら、教えてほしい」

「えっ？　私が、ですか……？」

昨夜の会話でミュリエル自身も思い出せないことがあるなどと、そんな話をしただろうか。サイラスの聞き方がとても自然だったため、言った覚えがなくても思わず記憶を探る。

「子守歌を、聞かせてくれ」

ところがあっさり会話を流されてしまい、ミュリエルはパチパチと瞬きをした。遠くを見ていた紫の瞳が、ゆっくりとこちらに向けられる。静かに促《うなが》してくる眼差しに応えるために、同じくらい静かな声でミュリエルは歌いはじめた。

「お日さまがしずんで。お月さまがのぼる。ヒラヒラつもる。大地の、いぶき。スヤスヤ夢みる。明日のこと、ワタシと」

囁《ささや》くようなミュリエルの歌声を耳にしながら、サイラスが確かに目もとを緩める。しかし、不意に顔を上げると再び湖に視線を投げた。その眼差しは、先程《さきほど》と違って訝《いぶか》しげだ。そのためミュリエルも歌うのをやめて、同じように湖の向こうを見やる。

「対岸に、誰か……、……、……、っ⁉」

最初はぼんやりとした灯りが見えただけだった。しかし、周りに光源がないぶん、弱い灯りでも周りが浮き上がるように照らされよく見える。

（ブレアック・シュナーベル……！）

ランプを手にふらふらと湖の縁を歩いているのは、間違いなく件《くだん》の人物であった。足取りはごくゆったりとしたもので、時折周りを探るように首を巡らせているが、明確な目的の感じられない緩慢《かんまん》な動きだ。

ミュリエルはハッとして辺りを見回した。いつの間にか蛍が一匹もいなくなっている。しかも二人でかぶっている毛布の色が濃い色のため、これだけ離れていれば向こうからこちらを見つけることはできないだろう。そして有り難《がた》いことに、湖の上に霧がにわかに立ちこめはじめる。

「き、霧が濃くなってきたので、仮獣舎に帰りましょう」

声が切羽つまったものだったからか、サイラスはすんなりと立ち上がってくれる。そして横抱きにされたまま、湖に背を向けた。

ミュリエルはその間、かぶった毛布がずり落ちないようにしっかりと握る。サイラスの肩越しに注意深くシュナーベルを探せば、霧によってランプの灯りすら見つけることができなかった。

◇◇◇

「朝ですっ」

『っ!?』

ミュリエルは膝立ちで振り返ると、今まで背にしていたアトラのおなかに大きく腕を広げて抱き着いた。

「アトラさん、おはようございますっ。今度こそ、夢ではなく現実です！」

語調に勢いはあるものの、時間帯を考えて音量は控えめだ。ちなみに、時刻は昨日、勇み足だった白ウサギが朝を告げたのと同程度の頃合いだ。

『……おい。自信満々だが、オマエはオレの言ったことを忘れたのか？』

あくびをグッと奥歯を噛みしめることでやりすごしたアトラが、ほんのり潤《うる》んだ瞳でにらんでくる。腰が引けそうになるのを、今度はミュリエルが奥歯を噛みしめてやりすごした。

「わ、忘れたわけではありませんが、昨晩は、不可抗力だったんです！」

立ち上がって力説しようとすれば、一緒に毛布をかぶっていたサイラスがはみでてしまい、慌《あわ》てて念入りにかけ直す。まだ穏やかな寝息を立てているのに、起こしてしまうのは忍びない。そうしてから、丁寧《ていねい》な仕事をしている間待ってくれていたアトラに、今度こそ立ち上がって相対した。サイラスをよりかからせているため動かない、アトラの顔の近くに移動する。

「と言いますのも、昨晩は……、っ!?」

広げた掌《てのひら》でサイフスを示そうとして振り返り、ナニカを視界に捉《とら》えて目を見開いた。

『日に日に見た目が変わるよな』

コクコクと何度も頷く。ここまでの経過上、今朝も変化があるだろうと誰もが思っていたことだろう。ナニカはゆらゆらと輪郭《りんかく》を揺らしてはいても、トロトロと溶けることも、ポタポタと滴ることもなくなっていた。色はごく薄い灰色で、境目は判然としないものの形だけは竜だとはっきり呼べるものになっている。立派な四肢《しし》にたくましい尾、トカゲのような顔つきにねじれた二本の角を持ち、なんとなく鋭い牙と爪があることも見て取れる。

「……思ったより、朝が早いです。姉上はいつもこの時間ですか。ちょっと尊敬しました」

「リ、リュカエル……！　お、おはようございます。すみません、声は落としているつもりだったのですが、起こしてしまいましたね」

声が聞こえてスジオの馬房を見れば、目をこすりながらもリュカエルはもうこちらに向かって歩いてきていた。ミュリエルはチラリと振り返ってサイラスを確認する。当然まだ寝ている。

「あ、あの、リュカエル？　もう少し寝ていても、大丈夫ですよ？」

「いえ、結構です。……何か、慌てていますか？　もしかして、夜に何かありましたか？」

ややｍ挙動不審気味な姉の様子に、弟は歩調を早める。ミュリエルは両の掌を見せて押しとどめつつ、チラチラとサイラスをうかがった。先程からいっさい変化はない。

「そ、その、えっと、け、結果から言えば、あったのですが……。あ、あのっ、リーン様はまだ、ご起床には早いでしょうか？」

「あぁ、説明が二度手間になっては面倒ですね。では、もう起きてもらいましょう。いつ起こしても、リーン様の寝起きは悪いですから。ちなみに寝つきも悪いんですよね、この方」

そんな意図をもってリーンの起床状況を問うたわけではなかったが、いい具合に理由をつけて弟が納得してくれたため、ミュリエルはほっと息をついた。方向転換したリュカエルがロロの馬房に向かった隙に、近くに用意しておいた手水《ちょうず》でパパッと顔周りだけでも身綺麗《みぎれい》に整える。それから、まだ寝ているサイラスの肩に手を添えた。とにかく、いつでも完璧な我らが団長が恥ずかしい思いをする前に起こさなくてはならない。

「サ、サイラス様？　起きられそうですか？」

「んー……」

近くで会話をしている間も目を覚まさなかったのだから、今日も気を抜いている日なのだろう。そんな予想の通り、サイラスはすんなり起きてはくれない。それもそうだろう。連日連夜、ミュリエルより長く起き出してしまっているのだから。

『サイラス、起きろ』

するとアトラが加勢する気になったのか、顔にフンフン鼻先を近づけてから黒髪をもそもそと食《は》んだ。サイラスは起きるどころか目をつぶったまま微笑み、幸せそうだ。白ウサギはとうに立ち上がっているため、サイラスは項垂《うなだ》れて座るという無理のある体勢なのだが、苦しくはないのだろうか。

「リーン様！　朝です！　起きてください！」

ロロの馬房に到着したリュカエルが、リーンを起こしにかかる。かなり容赦《ようしゃ》のない発声を浴びせているため、これではすぐに起き出してしまいそうだ。ミュリエルは焦《あせ》ったのだが、続くやり取りに光明を見る。

「あー、ありがとうございますー。取りに行こうと思っていたんですよ、その古文書……」

「リーン様！　それ、古文書じゃなくてロロさんの爪ですよ！　せめてもう少し形状が似ているもので間違えてください！　ほら、起きて！」

『リュカエルはん……、苦労かけます。リーンさん、まいど朝はポンコツすぎて』

へんてこな会話を楽しんでいる余裕は、ミュリエルにない。いまだ黒髪をハムハムされて微笑むサイラスの頬を、なでるほどの軽さで叩いてみる。

「サ、サイラス様、起きて？　起きましょう？」

「……う、ん？」

うっすら見えた紫の瞳に、ミュリエルは安堵《あんど》からパッと笑った。

「私の、婚約者は……、いつも可愛らしい、な……」

意味ある言葉を口にしたサイラスにふんわり微笑み返されて、ミュリエルもはにかむ。

「……っ!? サ、サイラス様、目を閉じないでください！」

いつも麗《うるわ》しい婚約者が再び入眠しようとしたため、ミュリエルは先程と同じように頬に触れた。どうしても強く叩けないその様子に痺《しび》れを切らしたのか、アトラが黒髪をかじって引っ張る。

結果から言えば、リーンの寝起きの悪さの方がサイラスに勝《まさ》っていたため、憂慮した事態にはならなかった。たっぷり猶予《ゆうよ》が与えられたため心置きなくぼんやりする時間を経《へ》てから、サイラスは覚醒する。

起きてしまえば、いつも通り頼りになる二人だ。しかし、朝から焦ったミュリエルと、いつもはない重労働をさせられたリュカエルは、少々くたびれてしまった。

『あははっ、んもう、朝から笑わせてもらったわぁ』

『だが、あまりのんびりしていては時間が押すのではないか』

『とくにリーンさんは、例の人の相手でずっと身があかないみたいっスからね』

口は挟まずとも当然起きていたレグ、クロキリ、スジオの三匹は、密《ひそ》かに行われていた起床競争を楽しく観戦したらしい。朝からニコニコとご機嫌だ。しかし、この三匹と異なるのは競争に参加していた二匹だ。

『はぁ、オレ達のことはあとでいいから、とりあえず着替えてこいよ。昨晩のことも、いったん保留だ』

『あ、そんならミューさん、リーンさんのひどい寝ぐせも教えといてくれませんか？』

アトラとロロは、気疲れからかなんならもうひと眠りしそうな雰囲気だ。しかし、確かにここで時間を使いすぎてしまっただろう。そのため、サイラスに憑いているナニカを一度リーンとリェカエルに見せると、すぐに離宮へと移動を開始した。


ひと悶着《もんちゃく》しているうちに、空はすっかり明けている。今日も秋晴れだ。ミュリエルは道すがら、あったことを説明した。重要な会話があったわけではないので、竜とのやり取りはすんなり報告が終わる。だが、問題はそのあとだ。

「そ、それで、あの、湖の対岸に、例の方らしき人影がうろうろしているのを見かけたんです」

ランプの灯りは頼りなかったが、間違いない。目的があるのかないのか、それをうかがい知ることのできない姿は、まるで亡霊のような不気味さが感じられた。

「た、確か、ラテル様とニコ様が見張ってくださっているのですよね？　ですので、問題はないのだと思ったのですが、昨夜はサイラス様が見つかってしまうかもしれないと……、その、ハラハラしました。上手《うま》い具合に霧が出てきたので、そこで仮獣舎に戻ったのですが」

老騎士ラテルと少年騎士ニコが絶えず隠れて監視をしているのなら、めったなことは起こらないだろう。もしかしたら、昨夜もあんな時間にサイラスとミュリエルが湖の畔に起き出しているなんて思わずに、シュナーベルを泳がせていたのかもしれない。そうなると差し出口もいいところだが、それを自己判断するのはもっといけないことだと思い報告する。そしてこの判断は、この件に関しては正しかったらしい。

「今のミュリエルさんの話を聞いて、僕、嫌な予想がチラついてしまったのですが……」

そっと挙手したリーンは、何やら歯切れが悪い。いつもの飄々《ひょうひょう》とした語り口も鳴りを潜《ひそ》め、言いづらそうな空気がひしひしと伝わってくる。

「まず事前情報として、ミュリエルさんの言う通り、初日からラテル殿とニコ君には彼の監視についてもらっています。二人ともこの手のことは玄人《くろうと》なので、最初の時点ではなんの心配もありませんでした。ですが、次の日に普段では考えられない報告をもらったんですよね。と、言いますのも……」

夜に交代で監視につくことになったのだが、担当したラテルが一時的にシュナーベルを見失ったらしい。本人は「わし、とうとうボケたかも」とのたまったそうだが、リーン達からすればそれは絶対にありえないと言う。そして、昨夜はニコが担当することになっていて、もしリーンの予想が正しければ、ニコも昨夜シュナーベルを見失っただろう、とのこと。

「つまり、ですね。ミュリエルさんが夜中に起きているのは現実で、そしてその間、アトラ君やロロといった聖獣の皆さん、それに団長殿自身と僕ら騎士達は、そろって寝てしまっているのではないか、と。それもナニカ君の影響で、です。だって、前例があるでしょう……？」

ここまで説明を受けて、リーンの歯切れの悪い理由に思い至る。有形物をもとに導き出した予想ではなく、真偽の立証が難しい無形物、要するに眉唾物《まゆつばもの》のくくりとなる超常現象をあると信じて立てた予想であったからだ。学者としての立場から、言い切るには葛藤《かっとう》が生じるのだろう。

ただ、今まで身に起きた出来事を思えば、筋は通っている。前回の幽霊騒ぎの時、一人目覚めたサイラスに起こされる形でミュリエルも目を覚ました。のちに強い呼びかけによりアトラも起きたが、その他の面々は幽霊が天に還《かえ》るまで目覚めることはなかった。

前回と今回に、違いはある。例えばサイラスの意識がなく、眠っている皆が安らかな点などだ。だがそれは、サイラスがナニカに憑かれているためと、幽霊であるナニカに恨みや妬《ねた》みがないからと考えれば辻褄《つじつま》もあうだろう。

「隙をみて、城に戻ろう。離宮で夜を越えるのは、得策ではない」

サイラスがくだした判断に異を唱える者はいない。そのため、リーンが決定したこととして今後の対応へと話を移す。

「離宮よりいつもの庭の方が、こうなってくると安全ですからね。すぐに手を回します。夜までに必ず。それまでは、用心しつつこちらでお待ちください。例の方が湖に近づくようであれば、何らかの形で合図を送りますから」

そう言ったリーンは、何かを持っているような手振りで手首を返した。どうやら手鏡で強い光を窓辺に送った時のことを示しているようだ。

「そうでした、団長に姉上。蛍を探してみたのですが、まだ見つけられていません。散歩の時にでも、お二人で探していただけますか？」

昨晩も蛍の光を目にしているミュリエルとしては、すでにいるものとして考えていた。しかし、逆に頼まれ返されては探さなくてはいけないだろう。ただ、昼間に蛍を探すのは難しそうだ。

そんなふうに会話をかわしていれば、あっという間に離宮に到着する。サイラスやミュリエルと違って、リーンとリュカエルは一階の階段脇《わき》に適当に着替えを置いていたらしい。シャツもズボンも替えることなく、その上にベストを重ねはじめた。しかも適当に引っかけただけで、さっさと出口に向かおうとしている。

「本当はもっと色々話したいのですが、僕はそろそろ行かないとまずいので」

「待ってください、リーン様。僕も一緒に行きます。単独行動を控えなきゃならないのは、団長と姉上だけではないでしょう？」

丁寧であるがゆえに、身支度が一歩遅れたリュカエルがリーンを引き止める。その内容にミュリエルは眉をよせた。

「あー、実は例の方の執着がすごくて。最初は話が噛み合わないところも含めて興味深く付き合っていたのですが、さすがの僕もちょっと怖くなってきているところです」

物騒な内容に心配にはなったが、同時に怖いと思うのなら大丈夫だとも思ってしまう。リーン以外の三人は、きっと同時に同じことを考えた。よって、そんな目配せがサイラスと姉弟の間でかわされる。

「あ。もしかして、ご心配をおかけしていましたか？　すみませんと謝りたい気持ちもありますが、ちょっと心外でもありますね。だって、ちゃんと約束したじゃないですか」

リーンの不服そうな発言に、サイラスが少しだけ得意げに微笑んだ。年長者二人は互いの表情を見て、自分のいなかった間のやり取りも察したらしい。

そんな信頼関係の深さがよくわかる様子に、ミュリエルは笑顔になりつつも羨《うらや》ましくなる。一方精進の足りなかったリュカエルは、軽く口を結んで片眉を上げた。ミュリエルと目が合うと軽く肩をすくめたのが、なんだか微笑ましかった。

サイラスとミュリエルはそれぞれの部屋で着替えをすませると、仮獣舎に戻り聖獣番の仕事に取りかかる。アトラ達にはリーンの予想についても話しておいたが、確たる証拠がないために誰もその先に対するはっきりとした反応ができない。ミュリエルだってそうだ。心配になるばかりで、有益な発言など一つも持っていなかった。

「状況の進展があるのだから、悪いことばかり考えても仕方がないと思う。私には確認手段がないため君達の話に頼るばかりになるが、ナニカの様子は改善しているのだろう？　ならば、解決に近づいていると考えて差し支えないと思う」

しかし、サイラスにそう言われてミュリエルは気を取り直す。不安はあっさりと塗り替えられ、解決が近づいているならと現金にも前向きな気持ちとなった。

となれば、聖獣番の業務にも精が出るというものだ。水を替え、朝食を用意し、ブラッシングを順にする。本来はアトラ達が庭に出ているうちに掃除をするのだが、ここでは方々に散ることを少し我慢してもらっている。そのため、仮獣舎に残っているアトラ達は手持無沙汰《てもちぶさた》らしい。有り難いことに掃除を手伝ってくれるという。

昨日よりは幾分慣れた手つきでナニカのお世話までこなし、すべて終わってみればちょうど昼だ。通常の予定的には掃除が午後の時間帯に食い込むことを考えると、いつもよりずっと早い。そろそろ誰かが昼食を届けてくれるだろう。それまでの間、二人は湖の近くで蛍を探すことにした。

湖に向かう道を、いつもの倍以上の時間をかけて進む。しゃがんで葉の裏をのぞき込んでみたり、生い茂る草むらをかきわけてみたり。それでも蛍は見つからない。

熱心に探しすぎて足を痺れさせたのはミュリエルで、何も言わずに即抱き上げたのはサイラスだ。手を繋ぐのも、抱っこされるのも、このところの移動方法として当たり前になりすぎているらしい。自分からもしっかり肩につかまってから、ミュリエルはそう思った。

どうやらここでの蛍探しを諦《あきら》めて、湖に向かうことにしたサイラスの一歩は大きい。ゆったり歩いているようでいて、ミュリエルが自分で歩くよりずっと早い。あっという間に湖の畔に出てしまう。相変わらず水位は低いままだが、秋晴れの空を映す湖は綺麗だ。そして湖面を見渡せば、すぐに目につくものがあった。

「そ、そういえば、昨晩も、菱の葉が浮いているなと思ったんです。先程お聞きすればよかったのに、忘れてしまいました。きっとリーン様が、白い花をつける菱を移植したのですよね？」

　昨晩と変わらぬ位置に、いくつもの菱の葉が浮いている。ゆっくりと時間が取れれば聞いておきたいこととして思い出せたかもしれないが、せわしなかったために聞き逃してしまった。

「青い花が、混じっているな」

「えっ？」

　サイラスの呟きに、ミュリエルはなんとなく眺めていただけの菱を順に目で追った。確かに言う通り、葉ばかりの菱のなかに青い花が一輪だけ揺れている。帰城時の騒ぎのなかで、すくいきれなかった花だろう。サイラスは斜面になっている崖《がけ》部分を上手い具合に滑り降りると危なげなく水際まで進み、ミュリエルをおろした。そして、二歩、三歩と水際で咲く青い菱のもとへ歩みよった。キラキラと日の光を受け止める湖が、少しだけチカチカとまぶしい。

「……？」

　ミュリエルは目をこすった。サイラスに憑いているナニカの姿がブレた気がしたからだ。花を摘まみ上げようとかがむサイラスより、なぜかナニカの動きの方が先んじて見える。まるで、ナニカの動きにサイラスの方がつられているように。

　根をなくして一枚の葉だけを供に咲く青い菱の花が、湖から拾いあげられる。花はサイラスの指先にあるが、その指先にはナニカの口先が重なる。クルリと一回転させられた青い菱の花は、残っていた露《つゆ》を散らした。

ミュリエルはもう一度目をこすった。立ち上がり、向き直ったサイラスがこちらに戻ってくる。焦点を合わせる前に耳の上に青い菱の花を挿し込まれてしまえば、サイラスとナニカ、どちらによることなのか確認の手段はない。

「あ、ありがとうございます」

ミュリエルは、サイラスの顔をしっかりと見た。微笑みを返してくれた紫の瞳には、青い菱の花を飾った己が映っている。いつもと同じ色かをもっとちゃんと確かめようと、離れてしまっていた手を繋ぎ直そうとした。すると、サイラスの手が濡《ぬ》れていたため、いそいそとポケットからハンカチを取り出す。

「サイラス様、あの、こちらを使ってください」

手を取ろうとすれば、さっと避《よ》けられてしまい戸惑う。ミュリエルが見上げれば、紫の瞳には相変わらず己が映っている。しかしなぜか、青い菱の花だけがやけに目についた。

「いけないよ。爪が刺さってしまう」

「えっ？」

聞き間違いだと信じて疑わず、ミュリエルは瞬いた。それなのにサイラスは、手を避けるどころか数歩遠ざかってしまう。

「ワタシの爪も牙も鱗《うろこ》も、人の身にはいささか鋭い」

「あ、あのっ、サイラス様、何を……」

急激な不安に駆られて、ミュリエルは表情を硬くした。離れた距離をつめようと踏み出すが、それよりも大きくサイラスが離れる。そこでミュリエルはハッとした。そういえば見えるはずの距離なのに、ナニカの姿がそこにない。

どう考えても今はちゃんとナニカの姿を確かめるべき場面だ。しかし、ミュリエルにはそれができなかった。今サイラスと距離をとれば、届かなくなってしまうような気がしたからだ。よってミュリエルは、拒否された手を逃すまいと追いかけ、両手で握った。引き抜かれる前に自らの頬にあてる。サイラスの手は冷たい。

「つ、爪も、牙も、ましてや鱗なんてありません」

紫の瞳が、己の手と翠の瞳を交互に見ている。

「いつも優しい、サイラス様の手です」

いささか混乱しているような目の動きに、ミュリエルは言葉を重ねた。

「あ、あぁ、その通りだ。私は、今……」

「サ、サイラス様は、やはりお疲れなんですよ！　もし夜に起きているとしたら、睡眠時間もちゃんと取れていないことになりますし……。あ、そうですね。お昼寝を、しましょう！」

サイラスの口がまた何か言うのを聞くのが怖くて、ミュリエルはまくしたてた。もし、今まで夜にしかなかった兆候《ちょうこう》が昼にあったとしても、一度寝てしまえばもとに戻る。冷静にそこまで分析できたわけではなかったが、感覚的にそれを理解しているからこそ、すぐに昼寝に誘うことができた。

「子守歌も歌います！　お日さまがしずんで。お月さまがのぼる、って！　……っ!!」

軽く音程を取っただけの早口で、子守歌の冒頭を口ずさむ。いったいそれの何がいけなかったのだろう。感情をなくすように凪いでいく紫の瞳の変化を、ミュリエルはまざまざと目にした。サイラスの瞳には、今も青い菱の花を髪に飾った己が映り込んでいる。

「サイラス、様……？」

頬に触れている手は、ミュリエルが押さえていなければ、だらりと下に垂れてしまうだろう。ミュリエルの体温を移すよりも、サイラスから伝わる冷たさの感覚が上回る。思わず手を伸ばしてサイラスの頬に触れれば、こちらも同じように冷たかった。

「サイラス様？　サイラス様っ！」

両手で頬を包むように固定して、凪いだ瞳にサイラスを探す。しかし、早くも涙が盛り上がってきた翠の瞳では、上手く見つけることができない。

『おい、何揉《も》めてんだ。大丈夫か……、って。どうした!?』

「っ！　アトラさんっ!!」

泣き出す寸前のミュリエルの顔に赤い目が留まり、見開かれる。ついで、視線はすぐ傍にいるサイラスに移された。崖を飛び降り間近まで来たアトラは、返事のないパートナーの顔に鼻先をよせるとグッと眉間にしわをよせる。

『おい、サイラス……』

紫の瞳が、緩慢な動きで白ウサギに向けられる。紫と赤が交差したその瞬間、ドクンと空気が振動した。それと同時に、世界が色を薄れさせたように辺りがわずかに暗くなる。

『あ？　な、んだ、これ……、……、……』

「えっ？」

　ふらり、と体を揺らしたアトラが、ゆっくりと目を閉じると同時にバッタリと倒れてしまう。目にした光景に茫然《ぼうぜん》としたミュリエルは、それでも一拍後には白ウサギを揺り起こそうとした。しかし、視界の端に同じように体を揺らしたサイラスが映って、慌てて支える。もちろんミュリエルでは支えきれなくて、一緒にその場に座り込んでしまった。視線は合わずとも紫の色が見えることを、かろうじて確認する。支えるために握った手は、白くなるほど力が入っていた。

『ちょっとー！　何かあったの!?　血相変えて、アトラが……、……、……えっ？』

　崖の上にひょっこり顔を出したレグが、長い睫毛《まつげ》を瞬かせる。焦点が倒れているアトラ、ミュリエル、そしてリイラスと順に合わせていったのがわかった。そのひと呼吸にも満たない間で、レグさえもなんの前触れもなく地に伏せる。続けて現れたクロキリにスジオ、そしてロロの三匹とて例外ではなかった。何か言葉を発したが、意味を成す間もなく次々とその場に倒れていく。

「っ!!　皆さんっ！　な、なぜっ!?　ねぇ！　アトラさん！　どうしちゃったんですかっ!?　サイラス様！　サイラス様っ!!」

　突然の事態にドクドクと血流が巡る。ハッハッと呼吸があがるまで、あっという間だった。どんなに呼びかけても、紫の瞳がこちらを見ることはない。どうしようどうしようとそればかりが頭を埋めれば、急激に指先が冷たくなって痺れた。あまりに強く心臓が跳ねるせいで、まるで世界までが鼓動を打っているように感じる。

（っ!?　ち、違う、わ……。こ、これ、これは、私の心臓の音じゃ、ない……！）

ドクン、ドクンとひときわ強く振動するのは、空気だ。目に見えないはずの空気が、重く低く波打っている。大きな太鼓を鳴らすような鈍《にぶ》い響きは、ミュリエルを、地面を、世界を揺らす。

それだけではない。一つの波がすぎるたび、一つの色が本来の彩りを失い、視界が暗く染まっていく。赤が薄れ、黄が失われ、緑が沈む。昼のはずの景色は瞬く間に希薄になり、世界はあっけなく単調なものとなった。

（い、色が……、反転、している、の……？）

明るい空は暗く。緑の森は紫に。輝く湖は鈍い赤へ。温かみのある肌は冷たい紺に。明らかに異質な世界に囲まれたミュリエルは、ガタガタと震えだした。

「う、うそ……、や、いや……、嫌です、なぜ、こんな……。ね、ねぇ？　サイラス様？　アトラさん？　み、皆さん！　起きてくださいっ！　起きて、目をあけてぇっ!!」

悲鳴に近い声で呼んだとて、サイラスどころかアトラも、レグも、クロキリにスジオにロロも、誰も返事をくれることがない。白いはずのアトラは真っ黒だ。まるで温度まで奪われてしまったように思えるその色を見て、ミュリエルは呼吸を止めた。

「あぁ、そうか……、すべてが……、ワタシの、ひと雫《しずく》……、……、……」

しかし、サイラスの呟きを耳にしてハッと息をする。ところが、ボロボロと涙を零しだした瞳に映ったのは、もう目さえ閉じてしまったサイラスの姿だ。

「サイラス様？　サイラス様！　しっかりしてください！　アトラさん達が！　それに、周りの景色も……！」

力の抜けているサイラスの体を、膝に抱く。とめどなく溢《あふ》れる涙が、綺麗な顔に次から次へと零れ落ちた。何がどうしてこんなことになったのか。解決に向かうと話したのは今朝のことだ。それからたいした時間も経っていない。それなのに。

一つも理解できないままに、深い絶望がミュリエルを襲う。唇が震え、もう呼吸すらどうやってすればいいのかわからなかった。ガクガクと全身が震える。喉が焼け、胸が苦しい。動けるのが己だけならば早くどうにかしなければならないのに、頭がガンガンと痛んで何も考えられそうにない。

「名を、呼んでくれ……」

ほとんど動かない唇が紡いだ言葉を、ミュリエルはしっかりと拾った。求められたことに、茫然と応じる。

「サイラス、様？」

しかし、視線はかわされないままだ。

「ナニカ、さん？」

それに、応えはない。だが。

「……ワタシの腕のなかで他の雄の名を呼ぶとどうなるか、忘れてしまったのか？」

「っ!!」

ビクリと体が震えたことで、ボロリと大きな涙の雫が落ちる。しかし、そのおかげで視界が幾分明瞭《めいりょう》になった。サイラスとナニカ、この二つを「他」と呼ぶ、存在。それが口にしたこの台詞。

ドクンと空気が震える。その振動はミュリエルの奥底にも届いた。体に、心に、途切れることなく重なり響く重く深い振動。波立つように繰り返されるそれは、己を満たす水の香りを強くした。

「お、覚えて、います……」

ミュリエルの零した大粒の涙が、膝に乗せた綺麗な顔に降り注ぐ。高く澄んだ水音が聞こえた気がした。透明な雫は拭《ぬぐ》われることもなく、そのままゆっくりと頬を滑り落ちていく。

「約束通り、思い出したか?」

声は平坦《へいたん》だが、わずかな期待を含んでいた。

「い、いいえ、たぶん、そうではないのだと思います……。ですが、知っては、います」

今のミュリエルには、期待にピタリと添う答えを口にすることはできない。それでも、なるべく感じるままが伝わるように言葉を選ぶ。

「私は、貴方の知る方と、すべて同じではないけれど……」

固定観念ゆえに、はっきり口にすることを避けていた。しかし、反転した色の世界にあっては、人の常識にどれほどの価値があるだろう。互いしか聞く者がいないこの場では、思った通りを言葉にすることに憚《はばか》るものなど何もない。

「あの時いただいた言葉の通り……。魂のひと雫まで……、好きなままでいてくださったら、嬉しい、と……」

言葉を結びきれなかったのは、長い月日と共に想いが遠く過ぎてしまったのではないかと不安になったからだ。それに、リーンに渡されたいくつかの物語だって心に引っかかっている。

人々の求めに応じて、本来の生が尽きるその前に自ら命を絶った竜。または、欲深い人々に花嫁もろとも殺されてしまった竜。さらには、抱えた恨みに亡霊となって人々を呪い殺す竜。

ミュリエルの知る幸せな終わりとはかけ離れたそれらは、違和感を持ったとしても、確かにこの世に残る「竜と花嫁」の物語だ。しかもこれらの悲しい結末に、人を憎んでいた竜の物語に、ごくごくわずかな上辺を軽くなでる程度であったとしても、真実の気配を感じてしまえば気持ちは定まらなくなってしまう。

世界で最後の一頭となった竜が人の花嫁を望み、心を通わせひっそりと幸せに暮らす。そんな一般的なお話だけを信じ続けられたのなら、こんなに迷い言い淀《よど》むことなどなかったのに。

そんなミュリエルの葛藤は零れた涙を伝い、届けたい相手へと運ばれただろうか。反転した世界にあっても、透明な雫は清く光る。

キラ、キラ、キラ、と煌《きらめ》けば、チカ、チカ、チカ、と世界が応える。ささやかでも確かなその光は、身を満たす水の輪郭を輝かせた。

「嗚呼《ああ》……」

万感の想いを込めたため息に、色の反転した世界がさざ波を立てる。まぶたのおりた目もとが緩み、形のよい唇に微笑みが浮かぶ。見慣れたはずの綺麗な顔がたたえた笑みは、夢で見たものと同じだった。ため息と共に力の抜けた体は、スッと自然な眠りに引き込まれていった。

不思議なことにミュリエルには、サイラスとナニカが目覚めるためには今しばらくの時間が必要だとわかった。溢れた想いと記憶を身に収め、それに添う己の姿を形作るには一瞬では足りないし、重なってしまった想いと記憶を振りわけて、己を取り戻すこともまた一瞬では足りないだろう。

身のうちだけではなく、辺りに満ちた清い水の香りに誘われるように、ミュリエルは膝に頭を預けて目を閉じる愛《いと》しいものへ唇をよせる。触れた唇には鼓動を感じた。確かにここにいるという命の響き。そっと唇を離し、見つめる。するとほどなくして、鼓動と共鳴するようにサイラスとナニカの姿がぶれていった。

力なく横たわるサイラスの体から、トロリと浮き上がったナニカは灰色だ。そして、皆で目にした時からはじめてサイラスの体から離れると、一個としてそこに佇《たたず》んだ。さらにはドクドクとうねり伸びあがると、瞬く間に色んな動物に姿を変えていく。己の想いと記憶を形作ると共に、まるでこの世の命の歩みをたどっているようだ。

ほどなくして竜の姿にたどり着いたナニカは、それ以降の変化をやめた。座った状態で背を丸め、頭を足もとまで伏せると、大きな両の翼で自身の体を包む。ミュリエルは涙の乾かぬ瞳で、休眠するように動かなくなったナニカを言葉もなく眺めた。

その時、近くでジャリッと小石を踏んだ音がした。

「あは」

場にそぐわない笑い声だった。気づけば崖の上で倒れているレグ達の近くに、男が立っている。色の反転した世界では、何色の髪か瞳かもすぐにはわからない。しかし、痩身《そうしん》で神経質そうな見てくれの男。それは、オペラグラスで密かにのぞいた姿とも重なった。ならばこの者は、ブレアック・シュナーベルに他ならない。

（な、なぜ？　なぜ、ここに？　だ、だって、リーン様は？　ラテル様に、ニコ様は……？）

状況を把握しようとしたミュリエルだったが、シュナーベルが突如《とつじょ》あげた高笑いによって意識を完全に持っていかれる。

「ははっ、はははははっ！　なんという幸運！　なんという巡り合わせ！　こんなに近づいても無防備に寝ているなんて。あぁ。興奮で手が震えてしまいます。ふふっ、ふふふふ……」

手どころか全身を小刻みに震わせながら、シュナーベルはレグに触れようと手を伸ばす。瞬間的に触れてほしくないと思ったミュリエルは、制止の声をあげた。

「や、やめて……！」

しかし、大きな声で止めたいのに、泣いたせいでひりつく喉から出たのは空気が多いばかりのかすれ声だった。だからシュナーベルが手を止めて顔をこちらに向けたのは、声が届いたからではないだろう。現に彼の目は、ミュリエルを捉えているようには見えない。

「これはこれは……！」

詠嘆《えいたん》のため息を零したシュナーベルが、満面の笑みを浮かべる。そして、危うい足取りでガラガラと小石を転がしながら崖をおりはじめた。体勢を崩して両手を地面につけ、先に顔だけを上げる。いっさい瞬きをしない目に映るのは、ピクリとも動かずに寝続けるアトラの姿だ。ゆらりと立ち上がったシュナーベルは、体の芯をなくしたような不安定な足取りで歩きだす。

「そ、それ以上、近づかないでください！」

二度目の制止は、はっきりと音になった。一方的に見知っているとはいえ、初対面の相手に対しミュリエルがこれだけ自らの希望を告げられるのは珍しい。それなのに声を張れたのは、相手の挙動のおかしさに気づきつつも、こんな場に遠慮なくズカズカと踏み込んでくる不躾《ぶしつけ》さを少なからず不快に思ったからだった。そもそもリーンの話からもよい印象は持っておらず、非常事態の最中にあればまったくもって招かれざる客だ。

「おや？　今まで目に入りませんでしたがはじめまして。私はブレアック・シュナーベルと申します。このような好《よ》き日にお目にかかれて大変光栄ですミュリエル・ノルト嬢？」

ミュリエルは眉をひそめた。丁寧に自己紹介をしたシュナーベルは、挨拶のために軽くお辞儀をした姿勢のまま首を傾げる。どうやらこちらからの返事を待っているらしい。内容の上辺だけ考えれば、不自然なところのない挨拶だ。しかし、今この時この場所ではちぐはぐだ。

そのちぐはぐさに、ミュリエルは不気味さを感じた。どう考えても、このような状況下で普通に挨拶をすることも、初対面の相手の名前を簡単に呼ぶことも、あきらかな異変に囲まれているのに好き日などと言ってしまうことも、絶対におかしい。

「い、今は、ゆっくりご挨拶をしている場合では、ない……」

「あぁそうでした！」

待っている相手に対して絞り出した返事だったが、かぶせるような大声で遮《さえぎ》られる。喜びの滲《にじ》んだ声音は、ミュリエルの気にしているすべてのことにまったく頓着《とんちゃく》していないことを物語っていた。止まっていた足も、また歩みだす。

「喉から手が出るほど欲しかった聖獣がこのように無防備に寝こけているなんて！」

うっとりと笑みを浮かべた顔に狂気を感じ、ミュリエルは頬を引きつらせた。色が反転しているため肌が紺色に見えるせいでも、眼球が黒いせいでも、のぞいた歯が黒いせいでも、ない。こちらの言っていることが、いっさい通じていない。一見会話が成立しているようで、完全な一方通行である。それらを気にもせず、気づきもしないという様が異様すぎるのだ。

破滅思想の終末論者。読んだことのある物語に登場するそれらの者達が、笑いながら凶行に及ぶ場面がいくつも頭をよぎった。

（も、も、物語だと、こ、ここ、こういう場面では、大抵《たいてい》、い、いい、命の、危険が……）

突然の、死。閃《ひらめ》いてしまったそれに、ミュリエルはゾッとした。今までの多少猶予があったものとは違う。薄氷を踏む足もとに死が用意されている、そんな切迫さがある。

ほぼ反射的に膝に抱いたサイラスをより固く抱きしめると、座る位置をズリズリとずらしてアトラを背に庇《かば》う。座り込んだ足に砂利《じゃり》が引っかかって痛みを感じるが、それどころではない。

「お、おお、お引き取り、くだ、さい」

しかし、裏返った声でなんとか告げた時、すでにシュナーベルの眼中にミュリエルはいなかったらしい。アトラだけを収めていた視界に横から入り込んできたミュリエルに向かって、いかにも不機嫌そうに顔を歪《ゆが》めた。あからさまに蔑《さげす》む視線を向けられ、ミュリエルは瞬間的に身を強張《こわば》らせた。悲鳴も出そうになる。

「なぜです？」

心底不思議そうに聞かれて、説明が必要なことにさらなる恐怖が募《つの》る。普通の感性を持っているのなら、今の状況に解説など必要ないだろう。ミュリエルが言い淀んだことが気に入らなかったのか、シュナーベルは大きく舌打ちをした。その舌打ちは、ミュリエルをさらに萎縮《いしゅく》させるには十分だ。何度も唾を飲み込みながら、必死に言葉を絞り出す。

「な、な、なぜ、って……。い、今の状況を、貴方は、こ、怖いとか、おかしいとか、思わないの、ですか……？」

色が反転してしまったことで、昼だったはずの世界は夜のように暗い。しかも、起きているのがミュリエルだけで、他の者は意識もないのだ。聖獣に会えた喜びがどれほどのものだったとしても、まずは「おかしい」と感じるものではないだろうか。

それに、ナニカとて異質な存在のはずだ。しばらく一緒に過ごしたミュリエルはさておき、はじめて目にした者ならば驚いて然《しか》るべきものだろう。

「怖い？」

シュナーベルが浮かべたのは、他人を馬鹿にするためだけにするわざとらしい表情だった。

「秋晴れの空は限りなく青く美しい。時折吹く風も爽《さわ》やかだ。そんな清々しいばかりの陽気に聖獣達が午睡《ごすい》を貪《むさぼ》っている。この今この時が怖い？　素晴らしいだけではないですか」

笑い声混じりに続けたシュナーベルは、大げさな身振りで自然と天気の素晴らしさをたたえる。そして、あごを上げるとミュリエルを見下した。

（こ、こ、この方には、周りの変化が、見えていない、の……？）

どうやらシュナーベルの目には、普段と変わらぬ午後の様子が映っているらしい。そっとナニカの様子をうかがうためにミュリエルが視線を動かしても、シュナーベルはそちらを見る様子も気にする気配もない。ならば、羽化を待つ蛹《さなぎ》のように身を丸く固めたままのナニカの姿も、まったく見えていないのだ。

「素晴らしいだけ。そう素晴らしい！　このうえなく素晴らしいばかりですっ！」

「っ!?」

突然の大声に、ミュリエルは体を跳ねさせてから身構えた。そんなことにはお構いなしに、シュナーベルは芝居がかった動きで胸に手をあて、身をひねる。

「今まで我慢して。我慢して我慢して！　無害な人間を装っていたのに。そうまでして隠し続けた衝動がこんな光景を見せられたら……、……、……、抑えきれないじゃありませんかぁ」

苦しそうにかがむと、胸を握るようにあてていた手で今度は顔を覆い隠す。しかし、隠したものの指の隙間からは不気味に細めた目がのぞいていた。筋張った手には力が入っているらしく、自ら爪を立てた額《ひたい》には赤いはずの血が緑に滲む。

(こ、ここ、怖すぎる、わ……！　ど、どど、どうしよう！　どうしたら、いいの……？)

色の反転した世界とナニカが見えていないことを差し引いても、シュナーベルの挙動は一貫して普通ではない。ミュリエルにとって、いまだかつて相対した経験のない人種だ。

常軌《じょうき》を逸《いっ》した者、異常者、狂人。物語の世界であればそう評される者が、目の前に存在している。その事実にミュリエルはすくみあがった。ましてや今、その状況に一人でさらされているのだ。なるべく刺激しないのがいいのだろうが、その刺激がどこにあるのかも、何に触発されるのかもミュリエルにはわからない。

「しかしいささか不思議なのは確かだ。これはどういうことですか？　もしかして私の講じた手のどれかがとても有効だったのでしょうか？　あは。最高だ。経過を目にできなかったのが残念だが、そうだミュリエル・ノルト嬢。ぜひ詳《くわ》しく説明してください」

シュナーベルが待つ姿勢を見せたことに、ミュリエルは虚を衝《つ》かれた。しかし、この対話の糸口をつかみ損なってはいけないことはわかる。そのため、なんとか答えようと息を吸った。

すると、今まで恐怖で呼吸が浅くなっていたことに気づく。頑張って息をそろそろと吐いて、さらに大きく吸ってみる。少しも働かなかった頭がはっきりとしてくれれば、間を置かずに必要なぶんの空気を得た脳はすごい勢いで動き出した。

(こ、ここは、説明を、するべき、なの……？　ま、待って。か、考えるのよ、ミュリエル。今、動けるのは、私、だけなのだから……)

ミュリエルはまず、今の台詞からもたらされた情報を飲み込もうとした。話が真実だとすれば、今回の件の発端は間違いなくシュナーベルだということになる。また、講じた手のどれかという表現を思うと、他にも何かをしている可能性があるだろう。ならば、こうした異変が聖獣騎士団内で起こるかもしれないと、多少なりとも予想していたのかもしれない。リーンに抑制されながらも、こちらの動きだってずっと探っていたはずだ。

（そ、それに、出会い頭にとても喜んでいたもの。こ、この機会を、見逃してくれるはずは、やっぱり、ない……）

ミュリエルは、膝に頭を預けたまま目を閉じ続けるサイラスを見つめる。そしてアトラや、崖の上にいるレグ達を見た。誰もが少しも動かない。ナニカは相変わらず沈黙を続け、皆がそろって目覚めるにはまだ時間が必要そうだ。

この場にいないリーンにリュカエル、それにラテルとニコといった面々が駆けつけてくれる気配もない。奇《く》しくもリーンが予想したことは、正解だったのだろう。今は夜ではなく昼だが、ナニカがミュリエルと会話をする時、サイラスやアトラ達は意識を途切れさせる。シュナーベルを監視していたはずのラテルとニコも、きっと同じ状態にあるのだ。ならば、彼らがこちらに姿を現すのは、もっとずっと遅くなるだろう。

いつも待ってくれるサイラス達に甘えて、こうして考えに沈む時のミュリエルは十分な時間をかける。しかしこの時は、何をするかわからない相手を前にして、常では考えられないほどの速さでここまで至ることができた。

（い、今は、私が時間を稼いで、皆さんを守るしか、ない、わ……！）

どうあっても今、この場でシュナーベルを押しとどめることができるのは、己ただ一人だ。

（も、もっと、考えるのよ、ミュリエル！　私に、できることを！　眠っているサイラス様も、アトラさんも、崖にいる皆さんも、絶対に少しも、手出しされないように……！）

絶体絶命だと思える状況においても、諦めない心の強さは瞳に宿る。目に張る涙の膜も、目尻に残った涙の雫も、強く瞬きをしてしまえば見据えた視界はそれだけで明瞭になる。

色の反転した世界は暗く、微細な変化はつかみにくい。しかし、そのぶん視覚から入る情報がそぎ落とされていた。集中したミュリエルの頭のなかでは、今も追いきれない速さで身を取り巻く情報が流れていく。そのすべてを吟味《ぎんみ》できたわけではないが、最後に残った閃きは間違いなく今ミュリエルが取れる最良の選択だった。

シュナーベルが強く舌打ちをする。

「……早く答えてくれませんか？　リーン・クーン殿にお願いしたのにずっとはぐらかされてイライラしていたのです。やっと巡ってきたこの機会を瞬き一度ぶんも無駄《むだ》にしたくないのですよ。ねぇ？」

黒い眼球がぎょろりと動く。瞳孔《どうこう》が開ききった薄暗い瞳で、シュナーベルは言葉通り瞬きもせずにこちらを凝視《ぎょうし》した。からからに乾いた口で無理に唾液を飲み込もうとして、ミュリエルは唇を噛んだ。

「そ、その前に、貴方が何をしたのか、知りたい、です」

「は？」

普段であれば、これだけで泣き出してしまったかもしれない。反射的に体を引きそうになったのを、膝に抱えたサイラスをさらに強く抱きしめることでやりすごす。背にはアトラとて庇っているのだ。体を引けば心も萎《な》える。ならばどんなに凄《すご》まれようと、今いる位置からわずかばかりも引きたくはない。

「ど、どうか、私に教えてくださいませんか？」

小さく震えてしまいそうになる声を、大きく息を吸うことで無理矢理にでもはっきり吐き出す。今ミュリエルにできること。それは、少しでもシュナーベルと会話を続けることだ。

サイラスとナニカはもう分離している。それぞれが自身を取り戻せば、ほどなくして皆が目を覚ますだろう。その時が少しでも早く来ると信じ、今は時間を稼ぐしかない。変に捨て身の攻撃を仕掛けるよりは、よっぽど現実的なミュリエルにできる精一杯のことだ。

「と、とても興味があるんです。貴方の……」

「なるほどわかりました！」

またもやかぶせ気味に答えられ、ミュリエルは中途半端に口をつぐんだ。のんびり屋のミュリエルにとって、この速さの会話はかなりの緊張をもたらす。しかし幸いなのは、この男が対話に重きを置かない者であったことだろう。

「そこまで言うのなら教えてさしあげましょう」

そのため、持って回った口振りは出だしだけで、すぐに早口となる。相手のことなどいっさい考慮しない様子は、一方的にまくしたてることで気分がよくなる男の性質を如実《にょじつ》に表していた。ただ、ミュリエルの取る対応は聞く姿勢を保てばいいだけとなる。そう思えば、たくさん話さなくてはならないよりは簡単に感じられた。シュナーベルという狂人の意識が己からそれたことに、ミュリエルは深呼吸する隙間も得る。

「そうあれは侯爵閣下をパトロンに、ここぞという場所に研究施設を構えていた時のこと。重ねる検証と研究が望んだ通りに成果を出す日々が、どれほど素晴らしいものか貴女《あなた》のような者には到底想像することもできないでしょう」

てっきりここ数日の顛末を聞かされると思っていたミュリエルは、思わぬ冒頭を聞くことになり面喰《めんく》らった。しかも、あまりの早口に理解が追いつかないうちに話が進む。聞き返すどころか、相槌《あいづち》を打つ隙さえない独白のような説明だ。

(ど、ど、どうしましょう。何を言われているのか、全然、理解できない、わ……)

聞き取れた単語だけで、なんとか内容を把握しようとする。しかし、耳が拾うのは実験と称した残忍な行為や死に関連する不穏な単語ばかりで、恐怖と嫌悪に頭が混乱するばかりだ。

それでもなんとかわかったのは、どうやら前回の幽霊騒動の時に滝裏に発見した研究施設の話をしているらしい、ということだ。最初はいかに己が先進的で画期的な方法――ミュリエルからすれば残酷な方法――で竜復活の研究をしていたかを語っていたが、途中からは野蛮で間抜けな密猟団のせいで、聖獣騎士団に施設を駄目にされた憤りへと続いていく。だんだんと怒りが込み上げてきたのか、興奮して唾も飛ばす勢いでわめいていた。

なりふり構わず叫ぶ姿は、無条件でミュリエルにとっては怖い。それをしている者が、シュナーベルであればなおさらだ。言動に予測のつかない男は、いつ何時その矛先をこちらに向けてくるかもわからない。そのためミュリエルの視線は、自然といまだ目を覚まさないサイラスやアトラ達、そしてすべてのきっかけとなっているナニカへと向いた。

（ナ、ナニカさんは、す、少し、色が濃くなった、ような……。も、もうすぐ、終わる？　それとも、まだ？　いつになったら、サイラス様やアトラさん、他の皆さんは目を覚ましてくれるかしら。早く、少しでも早く……、お願い……）

いまだシュナーベルは、こちらのことなどいっさい気にかけずわめいている。そうなると視線は何度だってナニカに向いた。そして、不安と焦りでいつも以上に余裕のない翠の瞳は、ミュリエルが思うよりずっとあからさまな動きをしていたらしい。

「ねぇ。私に話させておいてちゃんと聞いてないですよね」

ギョロリとこちらを見た目に、ミュリエルは縮みあがる。

「き、きき、聞いてっ、いました！　こ、ここっ、ここの湖と、夏合宿から戻る、せ、聖獣騎士団の通り道に、け、け、研究で使った、たくさんの動物の骨をっ、ばらまいて、いたと……！」

話すのに夢中でこちらに近づくことを忘れていたシュナーベルが、おもむろに一歩を踏み出す。「ひっ」と短い悲鳴がミュリエルの喉に張りついた。

「さっきからどこを見ているのかと思っていたのですが。貴女には私に見えない何かが見えているのですね」

確信した口振りに、ミュリエルは駄目だと思いつつも目を泳がせた。シュナーベルはリーンと違い、見えない何かがこの世に存在することを当たり前として受け止めているらしい。

「貴女も選ばれたヒトだということか！」

ミュリエルは再びの大声に、慣れることなく大きく体を跳ねさせる。思うままに話し続けたことで気分が高揚しているのか、シュナーベルは熱くなった言葉と感情をそのままぶつけてくる。いつ爆発するかわからない火薬をつきつけられているようで、息を吸う動きすら躊躇《ためら》ってしまう。もはやミュリエルは、この男の一挙手一投足が怖い。

「誠に残念ながら私はどうやら違うのです。諦めきれず何度も何度も試したのですが」

そこでシュナーベルは何を思ったのか、ゆったりとしたローブの袖をまくった。ミュリエルは目を見開いた。露わになった腕には大小様々な傷がある。無理に縫い合わせたのか、ひどいみみず腫《ば》れのようになったいくつもの筋。本来の腕の形とは異なる、でこぼことした隆起《りゅうき》。不自然に色を変える、皮膚の一部。

反転して肌は紺色に見えるのに、疑いようもなく傷だらけで不自然な形の腕だ。気づきたくはなかったが、そこにどす黒い緑が見えてしまえば、血なのだともわかってしまう。

「た、たた、試した、だなんて……、そ、そ、それは……」

おびただしく生々しい傷跡に、ミュリエルの顔から血の気が引く。考えたくないと頭が拒否するため言葉にはならないが、嫌な予感は消えない。

「死に触れれば特別で素晴らしいことが起こる場合があるらしいのですよ。リーン・クーン殿はご存じでした。ですから一緒にいかがですかとお誘いしたのですが。なぜか色好い返事をいただけません」

自傷行為でつけた傷を、シュナーベルは愛しげになでた。ブルブルブルっとおぞけが走って、ミュリエルの恐怖心が限界まで膨《ふく》れ上がる。

（あ、あ、あんなに、ふ、深い傷になるまで、ひ、人はっ、自分で自分を、傷つけられるもの、なの……？）

死に触れるまでとなれば、どれほど勢いよく凶器を突き立てたのか。しかも、何度も何度も。普通の精神状態で成し得ることでは絶対にない。

完全に固まってしまったミュリエルを気にすることもなく、シュナーベルはさすったその手をいったん袖のなかに戻す。そして、再び出した手もとにはナイフが握られていた。

凶器を見せつけられたミュリエルは、目を見開いて呼吸を止める。反転した世界のなかで、黒く光るナイフ。それは先が細く尖《とが》っていて刃渡りが長く、根本に近い位置にはギザギザとした加工が施されていた。

全身を硬直させて息さえも止めてしまったミュリエルに一瞥《いちべつ》もくれず、シュナーベルは己の腕に刃を滑らせる。見る間に緑の筋ができ、玉のような雫になって零れて落ちた。

「貴女の存在は耳にしていたのです。聖獣と深く心を通わす女性であることから竜の花嫁である可能性も考えました。しかし……。ははっ。竜に心を向けられた彼《か》の方がこんな間抜け面なはずがない。その耳の横の青い菱の花の分不相応さといったらいっそ滑稽《こっけい》です」

心底馬鹿にした目で値踏みするように上から下まで見られるが、怒りなんてわかない。ひたすらミュリエルの心を占めるのは、恐怖だ。するとシュナーベルは、反論する気概もないのだと思ったらしい。つまらなさそうに鼻を鳴らした。

「とはいえ。選ばれたヒトであるなら利用価値があるというもの」

視線はこちらから外さないまま、シュナーベルは緑の血を指ですくって腕になすりつける。そして、何が気になったのか匂いを嗅《か》ぐとペロリとなめた。作りものめいた両目と口が綺麗に歪めば、不気味な三日月を思わせた。凍りついているミュリエルを、ただ愉快そうに眺める。

「ここにいる聖獣達を切って、縫って、繋げたら、今度こそ偉大な竜が復活するかもしれません。その体に貴女の一部を使ってあげましょう。どうです？　光栄でしょう？」

緑の血が付着したナイフを目の高さにかかげると、シュナーベルは声を出して笑った。明確な害意を向けられたミュリエルは、ガクガクと震える。

「どこがいいですか？　腕？　足？　いやいや。貴女のそれらは偉大なる竜を彩るにはあまりに貧弱だ。であればそうだ瞳がいい。そちらのエイカー卿《きょう》とオッドアイにしたらとてもお洒落《しゃれ》でしょう？　ははっ、我ながら素晴らしい思いつきです。後ろ脚はウサギ、牙はイノシシ、翼はタカ、顔はオオカミ、爪はモグラ、あぁ考えただけで滾《たぎ》ります。いい……、いい、実にいい！」

シュナーベルの目がギョロギョロと動く。正常とは思えない目の動きだ。それが人の範疇《はんちゅう》を

逸脱《いつだつ》した者のように思えて、ミュリエルの呼吸は短く、されど極端に早くなっていく。空気が足りなくて苦しいのか、多すぎて眩暈《めまい》がするのかの判断すらできない。

「さぁ手始めに貴女の瞳をいただきましょう。大丈夫大丈夫。目をくりぬいた程度ではヒトはまだ死にません」

ジャリッ、とシュナーベルの足が小石を踏み崩す。ぎこちなく嫌々と首を振ることしかできないミュリエルだったが、そのわずかな動きでサイラスの腹に乗っていた腕がパタリと地面に落ちた。視界の端に留まった指先がピクリと動く。見間違いだと流されても仕方のない、ごく小さな動きだ。しかし、ミュリエルはそれで己のしなければならないことを思い出す。

恐怖に震える体を動かそうとしても、固まっていて思うようにいかない。それでもサイラスの頭の下から膝を抜くと、伸びていたつま先を地面に立てた。そして、なるべく自然に片手を地面に這《は》わせ、隠すように手ごろな石を握り込む。

(か、かか、会話で、じ、時間を稼げるところは、す、すぎて、しまった、から……。あ、あとは、もう……)

ミュリエルはゆっくりと立ち上がった。わずかに痺れる足が、逆に固まった体に感覚を思い出す助けになる。

「おや協力的ですね？　大人しくしていればすぐにすみますよ。目を綺麗にえぐるのは比較的慣れていますし得意ですから」

距離をつめるように一歩を踏み出したミュリエルに、不気味な三日月はますます歪む。すべてが黒塗りになった顔に、三つの鋭い三日月が浮かんでいた。恐怖が限界を振りきったミュリエルは、引きつった顔で泣き笑いをする。

（こ、ここ、こ、怖い……っ！　だ、だけれど、ミュリエル、よ、よろ、喜ばないと、いけない、わ……！　こ、この方の意識がまず、わ、私にだけ、向いていること、に……！）

意識のないサイラスやアトラが狙われてしまうより、己の身一つの方がまだ取れる手が多い。そんなふうに自分に無理にでも言い聞かせながら、ミュリエルはもう一歩踏み出した。シュナーベルはミュリエルが傍に来るのを待つことにしたようで、まだ手も届かない位置で笑いながら立っている。

（で、で、できるだけ、サイラス様達に、き、気持ちが向かないように、逃げ回って……。も、もし駄目なら、こ、この石をぶつけてでも、ひ、引き止め、なくちゃ……）

恐怖で歯が鳴る。それを奥歯を噛みしめることで抑え込んでも、あえぐように呼吸をしようと口を開けば、すぐにでもまたカチカチと音を鳴らした。

抑えきれない怯《おび》えに震えるミュリエルは、覚束《おぼつか》ない足取りで一歩一歩進む。手を伸ばせば届く距離まで来ると、シュナーベルは満足げに頷いた。そして、おもむろにナイフの切れ味を確かめるように尖った先で自身の人差し指を突く。

（い、今、だわ……！）

逃げ出す時を見計らっていたミュリエルは、シュナーベルの目がナイフと指に向けられた途《と》端《たん》に駆け出した。脇をすり抜けるように背後に回る。追いかけてくる音がまったくしないことを訝しく思い振り返れば、こちらを見ているだけのシュナーベルは首を傾げていた。

「あぁ。狩りの気分を味わう機会をくれるということですね。なかなか気遣いができるようだ。間抜け面と呼んだことは楽しませてもらえたら撤回を考えましょう」

どこまで行っても理解できない論理展開に、これ以上はないと思った恐怖心が、またじわじわとミュリエルの全身を侵してくる。全力でこの場から遠ざかりたい衝動が、全身を突き抜けた。しかし、それでもシュナーベルの興味が他に移ってしまわないように「逃げすぎてはいけない」と、なけなしの自制心が叫ぶ。

「上手に逃げてくださいね」

勝手に納得したシュナーベルだが、その場から動こうとはしなかった。その代わりナイフを左手に持ち替えると、右手を懐《ふところ》へと伸ばす。再び表に出した手、その指の間にはペン先ほどの小型ナイフが挟まれていた。手遊びするように小型ナイフを回しながら送り、一つを親指と人差し指で摘まむ。そして間髪入れず、シュナーベルは微笑みながらミュリエルの足もとに向かって投げつけた。

「毒が塗ってあるので、かすっても致命傷になりますよ？」

聞くや否や、ミュリエルは左手に駆けだそうとした。しかし、すぐに顔の前をナイフが通りすぎたため、右手を向く。ところが、今度は翻ったスカートに穴をあけながらナイフがすぎた。

「背を向けるなんてつまらないことはしないでくださいね。的が大きすぎて仕留めるのが簡単すぎます」

どちらに行こうとも、ナイフが行く手を阻《はば》む。はじめにいた場所からたいして動くことができていない。もともと恐怖であがっていた息は、肺が痛いほど荒い。あまりに八方ふさがりの状況に、しっかりしなくてはならないのに涙が滲んだ。そして、獲物をなぶるように繰り出されるナイフに、ミュリエルは為《な》す術もなくあっけなく転ばされる。乱れた栗色の髪から、青い菱の花がハラリと地に落ちた。

「ナイフはあと三本です。どこがいいですか？　指定したところに当ててさしあげましょう」

なんとか上体を起こしたものの、いよいよ退路のなくなったミュリエルは唇をわななかせた。苦し紛《まぎ》れに投げた石は、悲しいほど明後日《あさって》の方へ飛んで行く。選べる選択をなくして震えるばかりの獲物に対し、シュナーベルは急激に興味を失ったようだった。

「やはり間抜け面でしたね」

なんの感慨もなく、シュナーベルはミュリエルにナイフを投げた。その刹那《せつな》、ミュリエルはサイラスとアトラの姿を瞳に映した。静かに横たわり続ける、その姿。だが、これまで一緒にすごして目にした色んな表情、仕草、気持ちが重なる。

(アトラ、さん！　サイラス、様っ!!)

これから襲われるであろう痛みを思い、ミュリエルは固く目をつぶった。しかし、痛みを感じるより先にガキンッと硬いものがぶつかりあった音がする。

「こんな大事な時に寝過ごすなんて、後にも先にも、これきりだ」

「っ！　サイラス様っ!!」

待ち望んでいた人の声を聞き、ミュリエルは一気に涙を溢れさせた。シュナーベルの放ったナイフは、サイラスが石を投げて撃ち落としたらしい。投げる動作の余韻を残したその手には、まだ左右に一つずつ石を握っている。

いつもは紫の色をした瞳は、色の反転した世界で金緑に輝いていた。暗い色ばかりの世界で、その色はどこまでもまぶしい。

「不安にさせてすまない。もう、大丈夫だ」

いつもの声音、いつもの微笑みを浮かべたサイラスは、シュナーベルがどう動こうとミュリエルだけではなくアトラを、崖の上にいる皆を、絶対に守れる位置で泰然《たいぜん》と立っている。あまりの安堵で、ミュリエルの目に盛り上がった涙はとめどなく零れた。

(も、もう、大丈夫……)

それは果てしない力を持った、魔法の言葉だ。サイラスの口から「大丈夫」と聞ければ、どんな場面であろうが絶対に大丈夫なのだから。

5章　聖獣番なご令嬢、誘い方を覚える

隙《すき》なくシュナーベルを見据《みす》えていた金緑の瞳が一瞬だけ、ミュリエルに向けられる。その一瞬でサイラスは無事を確かめたのだと思う。サイラスとアトラを庇《かば》って、砂利《じゃり》の上を移動した時に脛《すね》を擦《す》りむいていたし、スカートには穴があいている。先程《さきほど》転んだ時に石を握ったままついた両手も、血が滲《にじ》んでいた。しかし、大きな怪我《けが》はない。一人でシュナーベルを相手にしてこの程度であったのなら、無傷も同じことだ。だからミュリエルは、大きく何度も頷《うなず》いた。

するとサイラスは次に、指先を数度動かすと肩の近くにもっていく。しかし、触れるのではなく空間をなでるような仕草をしただけだった。だがミュリエルは、それが何を示しているのか理解できた。ここ数日、何度か見た仕草だ。霊感のまったくないサイラスが、己の身に憑《つ》いたナニカの状態を問う時の。よってミュリエルは、ナニカに焦点を定めた。

「っ⁉」

パッと見開いた瞳に喜色が浮かんだのを視界の端に捉《とら》えたのか、サイラスは言葉による説明を求めることもせず、ただ頷いた。金緑の瞳は今はもう隙なくシュナーベルを捉えている。

サイラスという絶対に安心な存在を得たミュリエルは、それまで握りしめていたギリギリの緊張感を手放した。そうして茫然《ぼうぜん》と見入ってしまうのは、ナニカの姿だ。

頭を垂れ、翼で身を包む一頭の竜は、その色を漆黒《しっこく》へと変えていた。境目の曖昧《あいまい》だった四肢《しし》に骨や筋肉を感じさせる隆起《りゅうき》がはっきりと現れ、トロリと一様だった体貌《たいぼう》に皮や角、翼の被膜といった質感が生まれている。そして今は、一つ一つの鱗《うろこ》をはっきりと形作っている途中だ。

（こ、この鱗が、すべて綺麗《きれい》にそろったら……）

変化の終わりを感じさせる出《い》で立《た》ちを、ミュリエルは食い入るように見つめた。しかし、そこに水を差すのはやはりシュナーベルだ。

「あぁ嫌だなぁ。興覚めです。興奮しすぎておしゃべりがすぎました。千載一遇《せんざいいちぐう》の好機を逃してしまったようです。ご高名な聖獣騎士団団長殿と私ではどうにも分《ぶ》が悪い。んー。これは困った困った。ではそうだこれでどうでしょう。私に協力しませんか？」

なんの悪びれもなく言い放たれた内容に、ミュリエルは唖然《あぜん》として思わずナニカから視線を切った。シュナーベルの興味はサイラスに移ったようで、もはやこちらには見向きもしない。

「一緒に竜を復活させてこのクソみたいな世界を正しましょう。絶対的な存在の竜を唯一とした崇高《すうこう》な世界です。竜の犠牲の上にのうのうと生きるヒトにまず身の程をわきまえさせなくては。えぇ、えぇ、それこそ私の悲願なのです。気高い竜に比べればヒトの価値などゴミに等しい。貴方《あなた》も私も等しくゴミ。尊きも卑《いや》しきも、老いも若きも、男も女も、みんなみんな……。はははっ。この不自然で不平等な世界を竜の存在によって平らにするんです！　どうです協力したくなる素敵な話でしょう⁉」

恐怖の薄れたミュリエルの心にわくのは、困惑だ。相変わらず早口ではある。しかし、命の危険が去って多少冷静に聞けるようになったからか、すべてを耳で拾うことができた。だが、まったくもって理解できない。サイラスをうかがえば、綺麗な顔はどこまでも静かだ。ただ淡々とシュナーベルの発言を聞いている。

「お優しく公平なエイカー卿《きょう》はこの世の理不尽を憂えたことはありませんか？　清い竜が滅び醜いヒトが栄える。こんなヒトなどのために死を迎えなければならなかった竜の無念を、恨みを、憎しみを、共に晴らそうではありませんか。貴方の力があれば私はもっと素晴らしい計画を立てられる！」

「断る」

長口上に対する返答は、これ以上ないほどに簡潔なものだった。サイラスの声は、けして強いわけでも大きいわけでもない。しかし、どんな場面でも真《ま》っ直《す》ぐ深く届く。

今まで持論を叫ぶことに終始していたシュナーベルは、はじめて満面の笑みを浮かべたまま固まっていた。

「ブレアック・シュナーベル。お前は勘違いをしている。そもそも竜は、人を恨んでなどいない」

あくまでサイラスはシュナーベルに向けて語りかけている。しかし、その内容はミュリエルの心に引っかかっていたものでもあった。

「悲しみを主な感情として受け取る物語は、後の世を生きる者が竜の最期《さいご》を己の物差しで推し量り、勝手に作りあげたものにすぎない。寿命を待たずに死を望まれれば、悔しいだろう、妬《ねた》むだろう、恨むだろう。それらはすべて、人が人のなかに見た、人であるがゆえの感情だ」

淡々と語られる言葉は、答えだ。そうミュリエルは思った。悲しい結末を迎える物語を読んだ時、わだかまるように心に残った違和感の正体を、サイラスは今、音にしてくれている。ミュリエルは目の覚める思いでその言葉を聞く。信じていたものを思うままに信じ続けてもいいと気づけば、込み上げる想いに急激に胸が熱くなり苦しくなった。

「お前のしていることこそ、竜という存在への冒涜《ぼうとく》だ」

厳しい言葉で締めくくるサイラスに、ミュリエルもキュッと唇を引き結ぶ。人の想いに応えてくれた竜を勝手な解釈で穢《けが》すのは、ひどい裏切り行為だ。それを聖獣騎士であるサイラスが、聖獣番であるミュリエルが、見逃してはならない。

「あは」

それなのにシュナーベルは誠意の欠片《かけら》もなく、顔に張りついていた笑みのままに気持ちの悪い笑い声をあげた。しかし、一瞬にして表情を消すと真顔になる。

「うるさい。うるさいうるさい。うるさいですよエイカー卿」

ところが、その無表情さえも瞬《まばた》きするうちに塗り替え、強く噴き上がるような怒りの表情を浮かべた。強い苛立《いらだ》ちが背中から立ち昇る。

「これは許せない。許されざる暴言です。私のいただく竜をそのように語るなど万死に値しますよ本当に。いいですか？　竜は至高でヒトは等しくゴミ。至高の存在によってゴミを平らに均《なら》す。それのどこに間違いがあるというのですか。理想郷を作るのですよ。だから私が竜を復活させる。わかりますよね？　わかりませんか!?」

敵意を直接向けられていないミュリエルだが、先程の恐怖はまだ心にも体にも色濃く残っている。そのため、全身に緊張が走った。しかし、執着と憎悪に濁る目を向けられてなお、サイラスは静かにシュナーベルを見据え、続ける。

「すべての者達が平等だと叫びながら、お前はいったい何になろうとしている？」

「あは。あはは。嫌だなエイカー卿も馬鹿だったのか。これだけ説明しても理解しないだなんて。わかりましたもういいですこうしましょう」

質問に答えることはせず、シュナーベルは一人結論をつけるとローブの袖から小瓶《こびん》を取り出した。そして小瓶の蓋《ふた》をナイフの先端を突き刺してあけると、なかに入っていた液体を刃に垂らす。桃色の液体が刀身を伝った。

（も、もしかして、毒……!?　サ、サイラス様……！）

思わず顔を強張《こわば》らせれば、チラリと目線をくれたサイラスが安心させるように微笑《ほほえ》んだ。勝機を見出《みいだ》しているのだろう。こんな場面で見栄《みえ》を張るようなサイラスではない。それをよくわかっているつもりのミュリエルだが、どうしても帯剣すらしていないことが気になってしまう。武器となるのは、左右の手に持つ一つずつの石ころだけだ。

「もう貴方もいらないです。生きたまま少しずつ体を提供してもらおうと思っていましたがやめます」

桃色の液体は、反転していなければ何色なのか。禍々《まがまが》しいものが可愛《かわい》らしい色をしていることに、不気味さが助長された。

シュナーベルはサイラスに届く前からナイフをやたらと振り回しはじめる。ミュリエルは歯を噛《か》みしめながら、両手を唇にあてて祈りの形に組んだ。

大振りなシュナーベルの初撃を、サイラスは冷静に避《よ》ける。しかし、ただ避けるだけではなく、昏倒《こんとう》させる勢いで首筋に手刀を落とした。あっさりと決着がついたのかとミュリエルは肩の力を抜きかけたのだが、すぐにまた指を強く組み直す。わずかによろめいただけで、シュナーベルが踏みとどまったのだ。

その後もナイフのひと振りをかわすごとに、サイラスは一撃を加える。それらは本来であればすべて、二撃目を必要としないはずの強打だ。打たれても打たれても倒れないシュナーベルに、さすがのサイラスも眉をひそめる。ミュリエルは人間離れしたあり得ないしぶとさに、肌が粟立《あわだ》つのを感じていた。

(だ、だ、だって、な、なぜ……? い、一撃ごとに、す、す、すごい音が、し、している、のに……!)

見ていられないが見ないわけにもいかず、じわりと涙の滲む目でミュリエルは成り行きを見守り続ける。今まで一撃ずつ与えていたサイラスが、ここではじめて連撃を加えた。手に持っていた二つの石をナイフと右手の肘《ひじ》にあて、すり抜け様に左の膝《ひざ》を内側に向かって強く蹴《け》る。

ナイフがシュナーベルの手から離れるのと同時に、今まで一番大きく硬いものが砕ける音がした。それを聞いてしまったミュリエルは、思わず目をつぶる。しかし、慌《あわ》てて目を開けば、とうとうへたり込んだシュナーベルの姿があった。

（お、お、終わっ、た……？　さ、さすがにもう、立ち上がったり、しないわよ、ね……？）

完全に恐怖がぶり返しているミュリエルは、涙をいっぱいためて震えていた。

「ブレアック・シュナーベル、お前はその体に何をした？」

厳しい表情をしたサイラスが問いただす。

「これ以上、その道を行くことはやめるべきだ。人は、ヒトの領分を越えるべきではない」

項垂《うなだ》れて動かなくなったシュナーベルは、聞いているのかどうかはわからない。しかし、返事をする気がないのだけは確かだ。それでもサイラスは、最低限踏みとどまれる方法を伝えようとしている。

「流れ続ける時のなかで、歯車の一つとして巡り続けたいのであれば、なおのこと」

語りかける声は静かだが、体の奥に染み込むように聞こえた。

「不文律に逆らわないかぎり、我々もまた、その不文律に守られているのだから」

夢のなかの竜の語った言葉と、よく似た響きだ。深く届く言葉は重みさえもって、ミュリエルの心に混ざり沈む。意味を頭で理解する前に、本能が先に真理に触れるように。ただ、体が震えた。この感情は、世界の理《ことわり》に近づいてしまった者への畏怖《いふ》だ。

これだけのことをサイラスから向けられて、シュナーベルはどうするのだろう。微動だにしない狂人は、左手をこっそりとローブの袖のなかに引っ込めていた。ミュリエルはとっさに小型の投げナイフの存在を思い出す。しかし、声を出して知らせるほどの猶予《ゆうよ》はなかった。

三つの不気味な三日月がニタリと歪《ゆが》む。手には、やはりナイフが光っていた。観念したと見せかけて放つそれに、シュナーベルは自身の優位を確信していたのだろう。残りのナイフは二つのはずだ。石を使いきっているサイラスに、撃ち落とす手段はない。

しかし、シュナーベルのさらに上をいく速さで、サイラスは何も持っていないはずの手を二度振った。

「ぐっ!!」

放たれた二つのナイフは地面に落ちる。それと同時に、シュナーベルは両目を押さえた。ナイフとは別に地面に転がって鈍《にぶ》く光るのは、ボタンだ。サイラスの制服の袖からは、ボタンが二つなくなっている。ナイフを撃ち落としたボタンが跳弾《ちょうだん》し、シュナーベルの目に当たったらしい。地面に顔をつけるほど丸くなったシュナーベルは、目の痛みに耐えている。こればかりは演技ではなさそうな雰囲気だ。

(も、もう、さすがに終わり、よね……? あ、新たに、攻撃しては、こない、わよね……?)

安心しきれないミュリエルは、まだ緊張感をもって座っていた。わずかに身を起こしたシュナーベルは、今度は乱暴に目をこするのに忙しく、次に何かしようとする様子はない。

サイラスが目を伏せたのを見て、ミュリエルは終わりを感じたため立ち上がって駆けようとした。しかし、形のよい唇が言葉を紡ぎだす。それを聞いたミュリエルは、その場から動けなくなった。

「心が風にほどけ」

どうして今、その言葉を口にするのだろうか。そんな疑問を持ったミュリエルを、ドクン、と振動した空気が波となってすぎる。波頭にあわせて、景色が揺れた気がした。震源はサイラスだ。いや、違う。波が生まれる場所はサイラスの真後ろ、そこに隠れるように丸くなっているナニカだ。

「体が土に還《かえ》り」

ドクン、とまた一つ波が立つ。サイラスの金緑の瞳が、まぶしいほどに輝いている気がした。軽く伏せられた白く長い睫毛《まつげ》の先にも、光が灯《とも》る。いつの間にか純然たる漆黒の竜へと変じていたナニカが、フルリと身を震わせた。

「魂が水を巡る」

ドクン、と先にすぎた波よりも大きく空気が揺れた。色の反転した暗い世界のなかで、サイラスの姿がただ一つまばゆい。睫毛だけではない。光は白い髪にも満ち、輝いていた。

サイラスの背を見守るように、ナニカと呼ばれていた竜が垂れていた頭をゆっくりと持ち上げる。その様は、優美と表現するに相応《ふさわ》しい。遥《はる》か高みにある存在なのだと、肌で感じられるほどに。

漆黒の竜がゆったりと目を開けば、ドクン、とまた世界が振動する。波から一拍遅れて風が抜けた。どこからか吹いてきたわけではない。ここで生まれた風だ。地面をなでるようにすぎた風は、そのまま空へと駆けのぼる。漆黒の竜の鱗が波立ち、涼やかな音が辺りに響いた。

「血の絆《きずな》ではなく……！」

ミュリエルは、さらに続けられた言葉にハッとした。しかし何かを考える前に、立て続けにドクンドクンと空気が波立ち、さらに強くなった風が地面を叩《たた》きつけるように吹き抜ける。

座ったまま身を低くしても、栗色《くりいろ》の髪が激しくさらわれた。強い風に、目だって開いていられない。それでも、ミュリエルはひと言も聞き逃してはならないと顔を上げる。何度も瞬きをして目もとに力を入れ、少しでも多く長く今起こっているすべてを焼きつけようとした。

「な、なんだこの風は!? うっ! と、飛ばされる……!!」

目がまだよく見えないのかさらに乱暴にこすったシュナーベルが、険しい顔で何が起こったのか把握しようとしている。布地の多いローブが、風がすぎるたびに狂人の体を連れ去ろうとしていた。しかし、ここに残れたとて、また、目が見えていたとて、この光景を映すことができただろうか。

「記憶の絆は、途切れず繋《つな》がる」

伏せられていたサイラスの視線が、強く前を向く。金緑の瞳の輝きは、神々《こうごう》しいほどだった。

「それは、すべての命の連なりだ」

漆黒の竜が両の翼を広げる。一面に咲いた花が、強風によっていっせいに散らされるように光が舞った。開いた翼の先が、煌《きらめ》く。その光のひと片《ひら》ひと片《ひら》すべてが、世界の彩りだ。

散った光の花弁が、世界にもとの色を呼ぶ。空は青く、木々は緑に、湖は澄む。見慣れた景色のはずなのに、目が眩《くら》んだ。ミュリエルの眼前には純白の竜がいる。

キラ、キラ、キラ、と目に映るすべてが煌けば、チカ、チカ、チカ、と己の身のうちにある

世界が応える。不意に聞こえたのは、水音か。それとも、竜の重なり合う鱗が奏でた音なのか。

空が、木々が、湖が、世界が、光に溢《あふ》れる。あまりにまぶしくて、身を満たす水の境目が曖昧だ。

「それから外《はず》れては、何者にもなれない。それどころか、想いを繋いでいくことさえできなくなるんだ」

大いなる何かと繋がっているような不思議な感覚に引かれ、自分の形を忘れかけていたミュリエルは、サイラスの声によってここにある己を思い出す。パチパチッと瞬《またた》くと、黒髪に紫の瞳のサイラスが立っていた。少し視線を動かせば、眠ったままの白ウサギのアトラもいる。

「では殺してください。それで私は想いを繋ぐ。それに今なら触れられそうな気がします。死に近づいてこそわかることに。それなら私は死んでみたい」

強い風が去ったそこで、生気が抜けたように老《ふ》け込んだシュナーベルがカサカサの声で呟《つぶや》いた。目を傷めたことによる生理的な涙だろうか。くすんでしまった小豆《あずき》色の髪をかきむしり鉄色の瞳から涙を流すシュナーベルは、膝立ちでサイラスにすがりつこうとにじりよる。

もう立てもしないのだ。しかも、見えてもいない。その姿は、いつまでも終わらない悪夢そのもののようだった。

サイラスの顔が憐《あわ》れみに陰る。ミュリエルにはそれが、痛みとして感じられた。委《ゆだ》ねられた命運は、どんな選択をしても心に重石《おもし》を残すだろう。どれも選んでほしくないが、どれかは選ばなくてはならない。

『ならば巡れ、ヒトの子よ』

涼やかだが平坦《へいたん》な声は、純白の竜が発したものだった。選べない選択肢《し》に、純白の竜が一石を投じる。

「っ⁉」

サイラスとミュリエルが息を飲んだのは同時だった。だからきっと紫の瞳にも竜の姿は映っていたのだろう。純白の竜は、サイラスの体を柔らかく通り抜ける。しかし、シュナーベルを間近にするとその顎《あぎと》を開き、あっけなくひと飲みにした。

一瞬のことだったが、その光景は余すことなく残像のように目に残った。竜に飲み込まれはじめた部分から、シュナーベルの形が曖昧になっていく。燃え落ちていくようにも、光っているようにも見えるその変化は、きっと痛みもないのだろう。両の目に、口に、耳に、変化が行き渡るその時まで、シュナーベル自身も何が起こっているのかわかっていないようだったから。

純白の竜が顎を閉じた時、シュナーベルの存在は世界から失われていた。わずかに残っていたローブの裾さえ、砕けて散る。川底の砂のように細かなそれは、一度だけ光ると風に舞って消えた。

これらはすべて、本当に瞬きの間ほどで起きたことだ。あまりに現実味のない出来事に、ポカンと口をあけてミュリエルは呆《ほう》けてしまう。純白の竜は重さを感じない動きで軽く一度だけ羽ばたくと、そんなミュリエルに向き直った。何色とも呼び難《がた》い光彩を放つ瞳で見つめられる。それは竜としての姿形ははっきりとしているのに、隔《へだ》たった場所に立っているようだった。それは圧倒的な存在感ゆえか、はたまた実際にこの世のものではないゆえか。七色に輝いてさえ見える純白は、まとう空気さえ玲瓏《れいろう》だ。

いつの間にか傍《そば》に来ていたサイラスが、へたり込んだミュリエルに手を伸べた。変わらぬ微笑みと紫の瞳の色に、竜に惹《ひ》かれていた心と体が感覚を思い出す。笑みを返そうと意識して表情を動かせば、少しだけ強張ったもののすぐに違和感なく唇も頬も応える。優しい表情をかわしあっただけで、残っていた緊張がほどけた気がした。

なんとなく抱き上げられると思っていたミュリエルだが、よろめく体は大きな手でしっかり支えられただけだった。しかし、安心して身を任せられることには違いない。それに、繋いだ手は確かに温かい。

二人は並んで立つと、改めて純白の竜に顔を向けた。

『……案ずるな。溶けて、混ざって、注ぐとて、ひと雫《しずく》ほども一つの器に宿れるものか。ヒトの魂はそれほど小さく、ヒトの器はそれほど多い』

はじめて聞く声なのに馴染《なじ》みのあるような不思議な響きに聞き入ってから、ミュリエルはなんのことだろうと首を傾《かし》げた。しかし、どうやら竜はサイラスに向けて答えたようだ。サイラスの方もごく自然にそれを受け止めている。

言葉をかける間だけサイラスに向けられていた光彩の揺らめく瞳は、すぐにまたミュリエルに戻《もど》ってきた。しみじみと眺める眼差《まなざ》しに応えるため、翠《みどり》の瞳で見上げ続ける。

『ゆえに、オマエの存在は奇跡だ』

わかっている者の、たいして教える気のない発言だ。しかし、聞き返すのは野暮な気がして、ミュリエルは口をつぐんでいた。この気持ちに似合う言葉が出ないならば、わずかな時を惜しんで心を込めて見つめた方が、今この時には相応しいと感じる。

『名を、呼んでくれないか。連なる時のなかで、我が花嫁と求める者よ』

疑問を持つより先に、竜の願いを叶《かな》えようと心が素直に動く。体の奥に響いた水音に耳を澄ませるように、ミュリエルの意識は不意に沈んだ。それに逆らわず失《う》せものを見つけようとしてみたが、己のなかにはありそうにない。

知らずにサイラスと繋いでいた手に力がこもってしまえば、しっかりと握り返される。伝わる熱に引き上げられるように、ミュリエルは無意識につぶっていた目を開いた。

「申し訳、ありません。お名前を、思い出せなくて……」

凪《な》いだ光彩を浮かべる瞳より、翠の瞳にこそ切なさと悲しさが滲んでいた。

『仕方のないことだ。落ち込む必要はない。竜の形を思い出したこのワタシとて、幾雫かが重なったものでしかない。互いに十全ではないのなら、今思い出したものだけがすべてだ』

逆に慰《なぐさ》められてしまい、ミュリエルはじんわりと目を潤《うる》ませた。すると竜はズイッと顔をよせる。

『よいのだ。ワタシであったものの幾雫かが、すでに傍にあると思うのもまた、興味深い』

竜のした人間臭い含み笑いに、ミュリエルは目を瞬いた。

『あまたの器に落ちた、ワタシの雫。再びこの世に生を受けた我が花嫁が選んだは、爪か翼か、それともこの硬い口先か。深く覚え望んだゆえに、多くがここに惹かれ集まっただろう？』

竜はサイラスを見て、いまだ眠るアトラを見る。そして崖《がけ》の上にいるレグ達を見た。

『もう、約束は果たされている』

呟きは誰に向けたものなのか。深く満足したような心地のよい響きに、ミュリエルこそが満たされた気がした。そもそも、足りないと思っていたのは気のせいで、はじめから己の身のうちにあるものがすべてだったのだと知る。

『ワタシもまた、溶けて、混ざって、降り注ぐだろうよ。次に落ちた先に我が花嫁がおらずとも、また巡る』

湖に目を向けた竜に倣《なら》い、サイラスとミュリエルも同じ方へ視線を移した。湖は青空を映し、清い光に満ちている。しかし、それだけではない。真昼のはずのそこには、いくつもの蛍《ほたる》が光を浮かべていた。その儚《はかな》い光もまた、この世のものではない。

本来の色を取り戻した世界に身を置けば、それがよくわかった。今まで蛍だと疑いもしなかったのが嘘《うそ》のようだ。

『次に選ぶは、瞳か鱗か、この声か』

竜が羽ばたきを予感させるように、グッと体高を低くする。

「あ、あのっ！　次にお会いする時までの、お約束を……！」

引き止めるべきではないと思っても、このまま別れるのは名残惜《なごりお》しすぎる。正直に「待って」とまでは言えないミュリエルは、せめてもと口実を強請《ねだ》った。

『あぁ、では、また思い出すように』

顔を湖に向けた竜は横目でミュリエルを見ると、すべてを見透かしたように笑った。

「はい、必ず」

答えた声と共に、最後にもう一度だけ視線が結ばれる。しかし、それだけだった。一拍後に前を向いてしまった光彩を宿す瞳は、すでにこの世のものを映していない。

羽ばたいた翼は、もう風を生まなかった。風どころか音もない。空を映す湖の上へ、幻の蛍が浮かぶなかへ、竜は純白の軌跡を残しながら溶けるように消えていく。あっけなくも思える純白の竜の消失は、されど水の底に沈んだ想いの欠片を揺り起こした。

空を映していた湖が、七色の遊色《ゆうしょく》を帯びる。そこへ、不意に雲もなく雨が降ってきた。湖面は雨粒を受け止めると、波紋を描きはじめる。ミュリエルはなんの疑いもなくその様子を見ていた。隣にいるサイラスが、ポツリと小さく呟くまでは。

「雨が、逆さに降っている……」

「えっ……？」

促《うなが》されて水際まで歩み出る。それなのにミュリエルは、思わず一歩引いた。足もとで起こっている変化に驚いたからだ。天から地に降る雨の動きを逆にたどったら、こう見えるだろうか。広がるのではなく内に向かって揺れる波紋、そこから雫が立ち、一粒が生まれ浮き上がる。すんなり空へ還っていく粒があれば、湖面近くで震えている粒もあった。足もとに落としていた視線を徐々に広げていけば、いたるところで同じ水の動きを見ることができる。

七色に波立つ湖面から旅立つ雫は、そのすべてが同じ遊色を含んでいた。逆さに降る雨は色とりどりの尾を引きながら、次々と空へ吸い込まれていく。そこには蛍だと思っていた光も混じっていた。雫を映して色彩を得た蛍は、一瞬だけ強く光ると上へ上へと共に昇っていく。その姿には、もうもの悲しい気配は感じられない。ただ、息を飲むほどにすべてが美しい。

あまりに幻想的な情景に、己がどこに立っているのか忘れてしまいそうになる。七色の雨粒は、とめどなく天の空と地の空を繋ぐ。世界の彩りを瑞々《みずみず》しく輝かせながら。

己の立つ場所を思い出そうと、ミュリエルは足もとに再び視線を落とした。すると、ずっと震え続けているひと粒が気になってしまう。しゃがんで両手ですくえば、雫は掌《てのひら》のどこにも触れず囲った両手のなかで浮かんでいる。湖面から離すように持ち上げてみたが、わずかに浮かぼうとするだけで天へ降るにはまだまだ遠い。

七色を散らす他の雫に、このままでは置いていかれるばかりだ。そう心配になってしまうのは、己の鈍《どん》くささと重ねてしまったからだろう。

「あのっ、この子、どうしてあげれば空へ昇れるでしょうか?」

両手ですくって立ち上がりサイラスに見せれば、紫の瞳は他の雫を巡ってから掌に落ちた。

「他のものと比べて、粒が大きすぎるのだろうな」

言われてみれば、確かに他の雫より重そうだ。どうしたものかと思っていれば、サイラスが親指と人差し指を輪にして近づける。そしてピッとおでこを弾《はじ》くように雫を弾いた。

「あっ!」

パッと小さく砕けて散った雫は、順に七色で身を染めると瞬く間に天へと昇った。それをサイラスと見送ったのも束《つか》の間、同じように湖面で震える雫はまだいくつもある。一つずつ弾くのはかなりの無理がある。何かよい方法はないだろうかと考えようとしたところに、上から声をかけられた。

『オレが跳ね上げてやる』

「っ！　アトラさん！」

とても自然な感じでこの場に加わっているが、この白ウサギは寝起きである。ミュリエルは笑顔を浮かべると、もはや職業病かもしれないが、アトラに変わったところがないかざっと全身に目を配った。簡単な見立てではあるが、態度も声も表情もまったくもって普段通りだ。ナニカであった竜が姿を消したのだから、そのうち目覚めると思っていた。この様子からするに、どうやら問題はないようだ。

「アトラ、よく寝たな？」

何食わぬ顔で押し通そうとしていたらしいアトラは、サイラスに指摘されると赤い目をわずかにそらす。二人で指摘しては多勢に無勢になってしまうため、ミュリエルはこの場はパートナーであるサイラスに任せることにした。とはいえ、心でこっそり突っ込むのは自由だ。

（ね？　アトラさん、寝ていたでしょう？）

もちろん、絶対に声には出していない。しかし、アトラの赤い目はサイラスだけではなくミュリエルにもしっかり向けられた。

『……すっげぇいい夢見ちまって、起きたら今だったんだよ。そんな経験、サイラスとミューだってあんだろ？』

あくまで強気な言い訳が楽しくて、ミュリエルは思わず笑う。サイラスも目もとを緩めた優しい表情で白ウサギを眺めている。和《なご》やかな眼差しを向けられてしまったためか、照れ屋のアトラはギリギリと鈍い歯ぎしりをした。しかし一転、崖の上を振り仰《あお》ぐとガチンと一喝《いっかつ》する。

『おい！　全員、起きろっ!!』

ドスの効いた声で呼びかければ、レグにクロキリ、スジオにロロも次々と目を覚ます。少しだけ寝ぼけたような仕草をそれぞれしていたが、すぐに状況を飲み込んだようだ。ドヤドヤと崖を降りて傍までやって来る。誰もがいつもと同じ様子であることに、ミュリエルは心がどんどん元気になるのを感じた。

『じゃ、行くか』

「えっ？　あのっ、どちらへ？」

せっかく大好きな顔ぶれに囲まれて喜んだのに、アトラ達はこの場を離れようとする。しかも濡《ぬ》れるのが嫌いなくせに、白ウサギの前脚は湖の縁にかかっていた。

『雫を空に還すんでしょ？　任せて！　だって、やっとわかったのよ。ずっとナニカが伝えようとしていたの、このことだったんだもの！』

アトラよりも後ろにいたのに、レグは先んじて湖に突入した。バシャンと湖の中心に向かって前脚が飛沫《しぶき》をあげると、細かくなった雫のいくつかが上へと昇る。

『空はワタシの領分だからな。力になろう。音に感じるほどの想いならば、叶えてやらねば』

『水遊びの要領でいいっスよね？　ジブン、得意っス！　託されたものを果たすっスよ！』

『ほんならボクも、ノルブルで加勢させてもらいます。仲間のために、ここは頑張らんと』

言うが早いかアトラを置いて、他の面々もジャブジャブと湖を進んでいく。その間も自ら言った通り、水飛沫をわざとたくさんあげていた。

『よく寝たぶん、働かねぇとな？』

意趣返しのつもりか意地悪に笑ったアトラは、悠々とした足取りで騒がしい仲間達のあとに続いた。濡れるのが嫌いなうえに今は真夏でもないのに、白ウサギの脚に迷いはない。無理をしているのではないかと気になってしまえば、感情はわかりやすくミュリエルの表情にのった。

『そんな顔すんな。あとで構ってやる』

頬と頬を触れ合わせるように、柔らかい毛で肌をなでられる。極上の感触に即座にうっとりとしてしまったが、これは単に上手《うま》くあしらわれてしまっただけだろう。途中でハッとしたミュリエルは、言い表せない気持ちの代わりに顔をグリグリと埋めようとした。

『ミューはサイラスと留守番』

しかし、この時のアトラはそれを許してくれず、かなり雑にサイラスに向かって押しやられてしまった。広い胸に預けられたミュリエルは、一足飛びに仲間のもとへ跳ねた白ウサギの背中を見送る。

『よし、野郎ども！　派手にやるぞっ！』

それぞれらしい「是《ぜ》」の返事は間髪入《かんはつい》れずに上がった。そのあとは間合いを計るようなかけ声もなかったのに、息ピッタリに全員が同時にジャンプをする。

バッシャーンと大きくあがった水飛沫は、いくつかがそのまま空へ昇った。昇れなかったいくつかも簡単に湖に映った空に戻ってしまうのではなく、ふわりと不思議な滞空時間を披露する。水の玉はまるでシャボン玉のように柔らかく形を変化させながら、七色を揺らしていた。

あっという間に全身を濡らした聖獣達は、自慢の毛皮を七色に輝かせる。そして、毛先に向かって雫が滑り落ちるより先に、全員が悪い顔をしていっせいにブルブルと身震いをした。その途端《とたん》、虹が弾けた。

大きく、高く、広く、七色が光る。ひと粒ひと粒が身に抱く虹は、隣り合って色を繋ぐ。内から外へ彩りを薄くしては、またまばゆいほど鮮やかな色の波がアトラ達を中心に何度も生まれた。

「わぁ！」

ミュリエルは感嘆の声をあげた。楽しい、素敵、綺麗、と心がわき立つ。傍《かたわ》らのサイラスを見上げれば、紫の瞳もまぶしそうに細められている。そして、聖獣達の本気はここからだ。

『駆けろ、弾め、蹴り上げろ！　湿っぽいのは、性に合わねぇ！　盛大に見送ってやれ！　ここを離れる最後の記憶は、楽しいもんであるべきだ！　またすぐに巡って、帰ってきたくなるように！』

アトラの発破《はっぱ》通り、誰もが手加減などしない動きで雫を散らす。レグは元気に足踏みを繰り返しているし、クロキリは湖面ギリギリを飛びながら、かぎ爪の先で水を引っかけている。スジオは脚力を活かして飛び飛びに波紋を描き、ロロは身を震わせては落ちてくる大きな雫を爪を振って細かにしていた。

『レグ、背中貸せ！』

今まではスジオと同じように駆けまわっていたアトラだが、ひと言告げるとレグに向かう進路を取る。そして、かなり手前で踏み切ると、大きく跳ねて巨大イノシシの背中をジャンプ台として使った。

「っ!?」

ミュリエルはこれでもかというほど目を見開いた。そのまま空に届いてしまうのではないかと思うほどの、大きな跳躍だった。しかも白ウサギはただ跳ぶのではなく、体を伸ばしたままクルクルクルッと宙返りまでしている。円の外周を描く後ろ脚が、細かな雫を渦のように振りまいていく。水面ギリギリまで回転していたアトラは、今、ここしかないというところで見事に着地を決めた。衝撃により白ウサギを囲むように上がった七色の波が落ちた時には、大層得意げな顔をしたアトラがお目見えする。ミュリエルは惜しみない拍手を送った。アトラの機動力の高さを知っているつもりだったが、今見せられたのはさらにその上をいく。

「サイラス様！　アトラさん、すごいですね！」

「あぁ、驚いたな。これでは私も、さらに精進しなければならないな」

「っ、えぇっ!?」

一瞬言われたことを考えてしまったが、すぐに驚愕《きょうがく》する。もしやサイラスは、あの動きに背に乗って付き合うつもりでいるのだろうか。ミュリエルがあんまりにも驚いたのがおかしかったのか、サイラスは堪《こら》えきれないように低く喉を鳴らして笑った。冗談なのか本気なのか怪しいところだ。ただ、もし本気であった場合、サイラスならできてしまう気がしてならない。

アトラの超絶技巧に感化されて、他の面々の動きもさらに賑《にぎ》やかで華やかなものになる。そこには寂しい気配も切ない気持ちも見つけられないが、ミュリエルの胸にはほんの少しだけ感傷めいた想いがよぎる。だが、それはきっと、あまりに楽しくあまりに美しい光景が広がっているせいなのだろう。

「子守歌を、歌ってくれないか?」

「えっ?」

何度か聞いた台詞《せりふ》だが今ここで耳にするとは思わなくて、ミュリエルは聞き返した。紫の瞳はいつもの色をたたえながら、柔らかくこちらに注がれている。子守歌がサイラス自身の希望と知ったミュリエルは、両手を胸に当てると湖に向き直った。

子守歌を口にするには、大げさなほどいっぱい息を吸う。今、天に向かって降るすべての虹色の雫に向けて、心を込めて歌を届けるために。

「お日さまがしずんで。お月さまがのぼる」

七色が煌きを増したのは、気のせいだろうか。

「シトシトそそぐ」

虹を含んだ雫を受け止め続けていた天に、青空を透かして遊色を宿した雲がかかる。

「雨粒の、きらめき」

不思議な色をした雲は、咲き誇るライラックのように地の空へと枝垂《しだ》れた。花穂には、迎えた雫がキラキラと光っている。

「スヤスヤ夢みる」

雨脚を強めた雫は、ひときわ七色を強める。しかし、まるで通り雨のように一瞬にしてあがると、最後にひと雫だけ水音を響かせた。

それは、はたして天と地、どちらに落ちたものだっただろうか。

「これからも、きっと」

逆さ雨は、幻であったかのように降りやむ。不思議な色の雲さえ跡形もない。

広がる景色は、いつも目にする馴染みのあるものだ。微《かす》かに、虹を含んだ風が流れる。

お月さまがしずんで。

お日さまがのぼる。

クルクルめぐる。

あまねく、またたき。

スヤスヤ夢みる。

共にあった、あとさき。

本来は存在しない四番目の子守歌が風に乗り、ミュリエルの耳をなでた気がした。それは純白の竜の声にも似ていたが、重ねられた想いの数だけ異なっても聞こえた。

「ファルハド……」

「えっ？」

雨上がりの潤んだ空気に、サイラスの呟きがしっとりと馴染む。紫の瞳は、雨粒の名残を探すように湖で天を見上げ続けているアトラ達同様、遠くを見つめている。

「彼《か》の竜の名だ。今、思い出した。たぶん、間違っていないと思う」

ゆっくりと瞬きをしたサイラスは、瞳にミュリエルを映し直すと微笑んだ。

「同族がいなくなり、個としての認識を必要としなくなっていた竜に、花嫁がつけた名だ」

たぶん、と言いながらもサイラスは確信しているようだった。ミュリエルには思い出す術《すべ》のなかった竜の名は、サイラスの身の内にあったらしい。

「聖獣と騎士が絆を結ぶ時、名にこだわるのは、この記憶が根底にあるからなのかもしれないな」

名を持ち、呼びあい、互いの記憶に目で、耳で、口で、その存在を刻む。他者の記憶のなかに、己を残す。それが、血を残すことのできぬ者が存在を繋ぐ唯一の方法だから。

思い出してほしい――。

真に理解したミュリエルは、高く晴れる空を見上げた。声の大きさはきっと関係ないだろう。

ただ、心を込めてその名を音にする。

「ファルハド、さん……」

十全ではなくとも、その響きは雫となって、内なる水に落ちた気がした。

◇◇◇

帰城しているにも関わらず終了と銘打てなかった夏合宿も、これにてようやく幕を閉じることとなる。あの場にいた証拠が跡形もないシュナーベルについては、失踪《しっそう》扱いだ。神隠しのような彼の最後を聖獣騎士団と関連づけて考える外部者はおらず、こちらからも無為《むい》に触れるつもりもない。そのため、誰かが火の粉をかぶる事態にはならないだろう。

一夜明けても、内密に起こったあれやこれやは最後まで表沙汰《おもてざた》にならず、大抵《たいてい》のことはそのまま速やかに日常へと移行していく。溜《た》まった書類仕事に追われる者、慣れ親しんだ庭と獣舎で定型業務に勤《いそ》しむ者、しばらく野性の発揮はいいと警戒心の欠片もなく伸びきっている者、など。しかし、ここに含まれない者が約一名いた。

「あっあぁーっ!!　なぜっ！　なぜ僕はその時その場に立ち合っていなかったのかっ!!　末代までの不覚っ!!　しばらくは後悔と後悔と後悔で、夜も眠れませんっ!!」

天を仰いで涙を噴き零《こぼ》しては、地に膝をつき項垂れ叫ぶ。糸目学者の嘆きは深かった。こうなっては誰も止められないので、生暖かい目で見守るしかない。

ミュリエルは気持ちのよい秋晴れの庭で、ブラシ片手にアトラの毛をすきながら、リーンの迸《ほとばし》る叫びを聞いていた。本来であればリーンも執務室組のはずだが、手はそこそこ動かすもののずっと口から後悔と後悔と後悔が垂れ流されるため、リュカエルに追い出されたらしい。

今は最愛のロロの美しくしっとりとしたビロードのような毛並みに顔を埋め、匂いを胸いっぱい吸っては嘆き、高速で頬ずりしては悔やむという行為を繰り返している。されるがままに付き合うモグラは、やや虚《うつ》ろだ。それでも好きにさせているのだから、愛がある。

「あの、リーン様……。私、もう一度体験したことをお話ししましょうか？」

すでに請《こ》われて何度も話したが、リーンの惨状を前に今一度提案してみる。

「僕は何度でも聞きたいですが、そんなに何回も話していただくのは、申し訳なく……」

顔をモグラに埋めたままなので声はくぐもっているが、ミュリエルに配慮する理性は取り戻しつつあるようだ。しかし、実はこの提案はミュリエルにとっても意義のあるものだ。

「申し訳ないだなんて、そんなことはまったくありません。私が、このお話を何度でも聞いていただきたいんです。絶対に忘れたくなくて、絶対に覚えていたいから。それには繰り返し話したり、聞いてもらったりするのが一番かな、と思いまして……」

ミュリエルは、ふわっふわの白い毛の感触を確かめながらリーンを振り返った。

「あの純白の竜、ファルハドさんとも、お約束しましたから」

するとリーンも、つやっつやのこげ茶の毛から顔を上げる。しばし見つめ合い、沈黙が挟まれた。しかし、なんの前触れもなくチーンと閃《ひらめ》きのベルが糸目学者の頭のなかで鳴った。

「わかりました！」

完全にいいことを思いついたという顔つきのリーンに、ミュリエルは首を傾げる。

「本にしましょう！」

「えっ⁉」

いったいリーンのなかで、どういう論理展開がなされたのか。段階的な筋道を飛ばして着地してしまった結論に、ミュリエルは目をパチクリするしかない。

「検証や物証が必要な学術書にするのではなく、童話にするんですよ。なぜなら……」

軟体動物のようにロロにしなだれかかっていたリーンが、勢いよく立ち上がった。

「童話なら、空想も夢想も妄想も、したい放題やりたい放題です！」

「っ！　な、なるほど！」

グッと拳《こぶし》を握った姿を見せられて、ミュリエルは勢いで納得した。

「それに童話だと、政治的なものだったり世相だったりするものから多少乖離《かいり》しても、お目こぼしがありますしね。なんとなく今の通説によせる部分も混ぜておけば、誰も文句などつけてはこないでしょう」

「えっ……、で、ですが、それでは……」

事実ではないことが混じってしまうのではないか。一瞬流されるように納得しかけてから、そう思ってしまい眉がよる。当然リーンは、ミュリエルの考えの流れなどお見通しだ。

「いいんですよ。すべてが真実でなければならないなんて、そんな必要はないんです。大事なのは、身近で何気ないあちこちに、きっかけがちりばめられていることだと思うので」

大抵ずっと先まで見越しているリーンはうんちく好きも相まって、いつもあとを引くような話運びをする。ただ、先程まで深い嘆きの底にいたと思えば、これは調子を取り戻しつつある証拠だと言っていいだろう。そのためミュリエルは、勤勉な生徒になりきって聞く姿勢を取る。

「ミュリエルさんが歌ったという子守歌、あれもその一つだと思いませんか？　もとは鎮魂歌《ちんこんか》だったのではないか、なんて」

魂を鎮《しず》める歌。何度も求められて口にした子守歌の歌詞を、その視点でもって思い返す。そうすることではじめて気づくことがあった。当たり前だと思っているものに対し、人は大抵それ以上思考を重ねようとはしない。その盲点に、ミュリエルは目の覚める思いがした。

「今まで僕も子守歌だと思っていましたし、気にも留めていませんでしたけどね。たぶん同じような形で、日常のそこかしこを探せば、当時の想いに繋がるものがもっといっぱい見つかるんだと思います。ですが、それらはすべて完全な形ではない。だからこそ、受け手次第でどの部分を真実だと受け取るかが変わるんです」

そこまで聞いたミュリエルは、自然と背筋を伸ばしていた。目の前に想いの欠片があったとしても、己がしゃんとしていなければ拾うことができない。リーンの言っていることは、そういうことだ。

「教養って大事だなぁ、と身につまされました。関係あることだけ、深掘りしてればいいってもんでもないんですよね。はぁ……。知れば知るほど知らないことを突きつけられるので、正直焦《あせ》るばかりです。僕ってば、あと何年生きられるでしょうか……」

　遠い目をしているリーンの茫然とした呟きに引っ張られ、ミュリエルの気も遠くなる。しかし、これでしんなりとしてしまうほど打たれ弱くはないのだ。ここからが、聖獣騎士団に席を置く糸目学者の真骨頂だといえよう。そしてミュリエルも、伊達《だて》に聖獣番を名乗ってはいない。

「それでも、無理なく、僕らの時代と時流と手管《てくだ》にあった方法を取ることが、どうしたって結局近道になるんですよね。だから、ほら。童話、最適だと思いませんか？」

　ただでは起きない不屈の精神と、とりあえず楽しもうとする前向きな心を、余裕のある笑みを添えて見せつけられたミュリエルは大きく頷いた。

「お、思います！」

「ということで、まずは金策です」

「えっ？」

　せっかく力強く頷いたというのに、ミュリエルの頭の上は再び疑問符で埋め尽くされる。

「童話を作っても広く出回らなかったり、流行《はや》らなかったり、途中で廃版になってしまったり。そんなことになっては、意味がないでしょう？　そうなると、どうしたってまず、まとまった元手が必要になってくるんですよ」

　追加の説明をもらったミュリエルが納得の表情を浮かべると、それを見届けたリーンは浮かべていた笑みをなぜか意味深なものに変えた。

「そして、金策と言えば、アレですよ。ア、レ！」

ピッと人差し指を立てたかと思えば、糸目の奥がおわかりになりますか、と光る。ミュリエルはハッとした。ここ最近で一番の察しのよさを発揮する。

「とてもよいと思います！」

皆まで聞かずに全肯定すると、リーンが握手を求めてきたのでガッシリと握った。

「つきましては、ミュリエルさんにはまた助言をいただきたく」

「もちろんです、お任せください！　お役に立てるように全力で頑張らせていただきます！」

珍しく食い気味に返事をすれば、握手に互いの気持ちが乗っかって、どちらからともなく上下に大きく振ることになった。

『おい、リーンが元気になったのはいいけどよ。コレ、何する気だ』

ミュリエルの要望により追加のブラッシングを受けていたアトラは、通常の丸い形が嘘のように伸びきった体勢で傍にいるロロに話を向ける。

『アトラはん、アレ言うたらアレですよ。ほら、ボクらを擬人化《ぎじんか》したヤツ。小耳に挟んだところ、ぎょうさん儲《もう》かるって話ですし？　ひっひっひっ』

体を張って慰めていた状態から解放されたロロは、虚無感漂う仰向けからクルリと戻ると楽な感じに丸まった。つぶらな瞳をにんまりと細めている。

『ちょっとぉー！　聞かせてもらったわぁー！　そういうことならアタシ、取り入れてもらいたい希望があるのよぉ！』

そこへ、割り込むようにレグが突進してくる。今し方まで野性を手放し、ヘソを天に向けて転がっていたとは思えない勢いだ。

『待ちたまえ！　ワタシとて、言っておかねばならないことがある！』

『はいはいはーい！　ジブン、今回はリュカエルさんとペアで描いてほしいっス!!』

クロキリとスジオもそれに続く。こちらの二匹も砂場でまどろんでいたはずだが、完全に眠気を飛ばした目を爛々《らんらん》とさせていた。

「おっと、皆さんノリノリですねぇ。こんなに期待されては、ますます張り切ってしまいます」

聖獣達に囲まれて、リーンは俄然《がぜん》やる気をみなぎらせた。しかし、この両者に挟まれたミュリエルは思った。これはやはり、話のわかる聖獣番としては腕の見せどころだぞ、と。折衷案《せっちゅうあん》を提供するために、己が東奔西走《とうほんせいそう》する未来がはっきりと見える。

聖獣達に囲まれてデレデレするリーンの横で、ミュリエルは一人で気を引き締めた。

『はぁ……。結局、騒がしくなっちまったじゃねぇか』

ところが、我が道を行くアトラは伸びきったまま動かない。

「アトラさんは、何かご希望はありませんか？」

絵を描く参考にと、聖獣達の体を触らせてもらっているリーンの意識はミュリエルに向いていない。その隙にやる気の薄い白ウサギに問えば、赤い目は興味なさげにフイッと明後日《あさって》を見てしまった。

『ミューが、いいと思ったもんでいい』

丸投げな意見に物足りなさを感じたミュリエルだが、アトラの真意はあっさりレグ達によって暴露された。

『うふふふ。アトラは、ミューちゃんから格好よく見えることが大事なのよねぇ？』

『まぁ、ミュリエル君の見立てであれば安心だな。これがレイン君であれば怪しいが』

『えっ、それは大惨事の予感っス。どんな辱《はずかし》めを受けるか、わかったもんじゃないっスよ』

『意外とニッチな層に受けるんと違いますか？　せやけど、まぁ、ボクの趣味ではないな』

聖獣達から全幅の信頼をよせられていると知ったミュリエルは、翠の瞳を輝かせた。大抵のことに頼りなさと信用のなさが漂ってしまう己にも、こうしてなんの構えもなく任せてもらえることがある。その事実に、これは絶対に満足度百点の仕事をしてみせるぞ、と力が入った。

こうしていつもの庭、いつもの獣舎に身を置いた面々は、ほんの少し非日常のあと味を感じながら、平和な昼の時間を過ごしたのである。

◇◇◇

『で、オマエは、せっかく自分の部屋の自分のベッドで眠れるようになったのに、なんでまたここに来てんだよ？』

「そ、その……。き、急な独り寝が、あまりに寂しくて……」

なるべく足音を忍ばせてきたのだが、さすが白ウサギの自慢の耳は誤魔化《ごまか》せない。昨日は疲れきって何かを思う余裕もなく眠りについたが、速やかに日常を取り戻し冷静になってみると、一人があまりにも寂しく感じられる。使い慣れた部屋であったはずなのに、しばらく留守にしていたせいか、なんだか寒々しく感じてしまったのだ。いざベッドにもぐりこんでも、リネンの冷たさが身に染みる。それに耐えられなかったミュリエルは、性懲《しょうこ》りもなくケープを羽織って毛布を抱えると、こうして獣舎に戻ってきてしまったのだ。

『けっ。そんなもん、後生大事に抱えて何言ってんだ』

毛布と一緒に胸に抱いていたものを見咎《みとが》められて、ミュリエルは思わずアトラの視線から隠すように抱き込んだ。

「コ、コトラさん、ずっと独りでお留守番だったので……！　明かりも灯らない部屋で、寂しく帰りを待っていたのかと思うと……。さ、さすがに、置てけぼりにはできませんでした！」

アトラの抜け毛で作ったぬいぐるみであるコトラは、サイラスからの贈りものだ。しかし、己の体の一部でできているにも関わらず、当初より本家白ウサギのあたりが強い。

「っ⁉　わーっ！　い、いけません、アトラさんっ！　かじらないでください！　サ、サイラス様からお預かりしたままの、イヤーカフもついているのでっ！　あぁ！」

抱き込んでもはみ出てしまっていた長い耳の先を、アトラがガジガジと前歯でかじる。微妙な引っ張り合いに発展したところで、ミュリエルは泣く泣く手を放した。このままいくと、耳か首かがちぎれてしまうと思ったからだ。片耳をかじられたまま、空中でプラーンと力なく揺れるコトラ。ルビーの瞳は、心なしか悲しげに虚空《こくう》へと向けられている。そしてさらにその上からは、赤い瞳が不機嫌にミュリエルを見下ろしていた。

『あら。ミューちゃん、まだサイラスちゃんにイヤーカフ返せていないの？』

中途半端に伸ばした手の引っ込みがつかないまま、情けない顔でミュリエルは向かいの馬房《ばぼう》にいるレグを振り返った。

「そ、そうなんです。急にお忙しくなってしまったので、預かったままになっていて……」

アトラにかじられているコトラの耳には、夜の暗がりでもわずかな光を拾い、エメラルドが翠の色を浮かび上がらせている。首にある鎖には、アメシストの指輪もお守りのようにかけられていた。紫の色がエメラルドと同じように月明かりに光れば、ミュリエルはサイラスと対《つい》になるチャームを想ってしまった。胸もとをそっと手で押さえる。

（この青林檎《あおりんご》だって、ずっと葡萄《ぶどう》と並んで、私が首に下げたままだもの……）

イヤーカフとほぼ同時に、青林檎のチャームがついたネックレスもサイラスからずっと預かっている。受け取った時はサイラスの体温を感じたチャームも、今ではすっかりミュリエルの身に馴染んでしまっていた。服の上から押さえれば、肌にコロコロと紫と翠の丸い石の感触がする。

「あの、サイラス様、今夜はこちらにいらっしゃるでしょうか？」

ミュリエルは、口にコトラをぶら下げたままのアトラを見上げた。サイラスは毎日ではないが、高い確率で一日の終わりに己の白ウサギの顔を見にくる。残念ながら今日一日顔を合わせることのできなかったミュリエルは、少しでも話せたらいいな、などと思っていた。アトラが少し考えるように視線を外せば、そこに口を挟んだのはクロキリだ。

『サイラス君は真面目《まじめ》だからな。ここのところの状況を鑑《かんが》みれば、徹夜で執務室ではないか』

誰からともなく、『あぁー』という間延びした返事があがった。ミュリエルもそんな気がしていたが、全員が同意見だったため思わず肩を落とす。

（……、……、……はっ！　だ、駄目《だめ》よ。私ったら、なんて甘えたことを考えているのかしら）

ミュリエルは、栗色の髪を振り乱す勢いで首を振った。忙しくしている者にただなんとなく寂しいから会いたいなどと、それはどんな我儘《わがまま》だ。それが許されるのは、顔を合わせていない期間が一週間や一か月といった長きに渡った場合のみだろう。サイラスと離れてから一日しか経《た》ってはいないミュリエルが、口にしていいものではない。

そもそも、これが当たり前の日常だ。夏合宿よりずっと、どの時間も誰かしらと共有する生活をしていたからといって、それがここでまかり通るはずもない。

（だ、だけれど……。それなら、いつになったらお返しできるかしら……）

肌の上で葡萄と青林檎のチャームを転がしながら、ミュリエルは視線を下に落とした。

（な、夏合宿でだって一緒にいたけれど、離宮では、もっとずっと一緒にいて、それなのに、これからは……。で、でも、それが……、普通……）

夜目の利《き》く聖獣達にすべての行動が筒抜《つつぬ》けだと、気づかないミュリエルの葛藤《かっとう》は続く。

『行けばいいだろ。遠慮する仲じゃねぇし』

歯音がしたかと思えば、うつむいていた頭の上にコトラが降ってくる。落とさないように抱っこすれば、耳がややしっとりしていた。

『えぇ、それにミューちゃんが突撃してきたら、サイラスちゃんはすっごく喜ぶと思うわよ』

『うむ。毎度では困るがな。可愛い番《つがい》の顔を見たくない雄はいまい』

『仕事の進みに心配はいらないっスよ。なんといっても、リュカエルさんが超絶優秀っス』

『あ、耳が痛い。リーンさんは今ポンコツ、って、まぁ、この程度は問題にもなりません』

次々とかけられる聖獣達の勧めを聞き終えたところで、ミュリエルはアトラを見上げた。

『毛布は置いてけよ』

アトラは言外に今夜一緒に寝るのは決定事項だと示しつつ、ミュリエルの腕にある毛布を前歯を使って取り上げた。強面《こわもて》白ウサギは、妹分に大層甘い。

万が一サイラスと話す時間が取れなかったとしても、アトラと一緒に夜をすごせる。そう思えばまごつく気持ちも軽くなり、執務室に向かう足取りにも迷いが消える。そのためミュリエルは、ケープの裾を翻《ひるがえ》すと「行ってまいります」と勢いよく獣舎をあとにした。


いつかのように迷うこともなく、また誰かに見咎められることもなく、ミュリエルは無事にサイラスの執務室の前に到着する。

(い、いつも、ノックをする前に扉をあけてくださるから、今日こそは素早く……)

などと考えていたのに、カチャと夜らしい控《ひか》えめな音と共に扉が開いた。あけてくれたのは当然サイラスだ。大きな足音を立てているわけでもないのに、いつもとても不思議に思う。

いったいどういう仕組みで、ミュリエルのおとないに気づくのだろうか。

「こんな時間に、どうした？」

　突然の訪問ながら、コトラを抱っこしている姿を見れば緊急性がないことなど一目瞭然《いちもくりょうぜん》だ。サイラスは微笑みながら、落ち着いた様子でミュリエルを室内に招き入れてくれる。

「あのっ、わ、私……、……、……」

　話し出そうとしたミュリエルは、そこではたと固まった。

（あ、あら？　え、えっと……。ど、どこから切り出せば、いいかしら……？）

　どうやら、ここに来ることに夢中になりすぎていたらしい。道中で話す順序をまとめていなかったばっかりに、今さら段取りをグルグルと考える羽目になる。

　しかし、サイラスは慣れたものだ。考え込んで歩行の怪しいミュリエルを、難なく応接用の二人がけソファにエスコートする。導かれて腰をおろしたミュリエルは、膝にコトラを抱いたまま目の前にあるローテーブルを見るともなく見つめた。適度な距離を置いて、サイラスも隣に腰かける。

「サ、サイラス様、あのっ、お仕事の手を止めてしまい、すみません」

　思い出したように顔を上げ、まず謝罪する。視界の端に映る執務机の上には、広げたままの書類があった。だが、サイラスはほのかに微笑んだまま緩く首を振る。

「もう終わりにしようと思っていたところだ」

　気を遣わせてしまったと翠の瞳が曇るのを見逃さず、言葉はすぐに重ねられた。

「下手《へた》に進めてしまうと、リュカエルから翌日に指導が入る」

楽しそうに理由を説明したサイラスに、ミュリエルもつられて笑ってしまった。そういえば以前、過密な働き方に対してリュカエルがかなり憤っていたことがあった。騎士の資本は体なのだから、と。有能ゆえ可能であっても傍《はた》から見て無茶であるのなら、隣で止めてくれる者がいると安心だ。

「で、では、ここからはもう、勤務時間外と思っても大丈夫ですか?」

サイラスが頷いたのを見届けてから、ミュリエルは膝の上にいるコトラの顔を正面に向けた。

「でしたら、あの、夏合宿からお預かりしたままでしたので、こちらをお返ししたくて……」

「あぁ、そうだったな。ありがとう」

昼の太陽の下だとはっきり光るエメラルドは、夜のランプの灯りのなかでは緩やかに光る。サイラスはコトラの耳に手を伸ばすと、イヤーカフを慣れた手つきで外し、あっさりと自分の左耳に着け直した。

そんな一連のサイラスの仕草を眺めていたミュリエルは、なんとなく釈然としないものを感じた。その原因がわからなくて、持ち主のもとへ返ったイヤーカフをしばし見つめる。

(ずっと、私の耳でお預かりしていたものが、サイラス様のお耳に戻ったのだもの。よかったじゃない。それなのに、なぜかしら……)

己の肌に触れていたのではなく、コトラの耳から外されたイヤーカフには、きっと体温など残っていなかっただろう。ミュリエルが夏合宿の時に預かってほしいと頼まれてこの耳に着けた時には、サイラスのぬくもりを感じたのに。

それに、ミュリエルはなんとなく自分が着け直してあげるものだと思い込んでいたらしい。サイラスがあっさりと自らの手ですませてしまったことに、勝手な物足りなさを感じている。

（あぁ……。そう、ね。そうだわ。サイラス様との距離が、少し遠いのだわ……）

二人がけのソファに並んで座り、手を座面においてもどこにも触れない。サイラスと二人きりでこの距離感は、ここ最近を思い返すとなんだかずいぶん他人行儀だ。

（だけれど、もともとはこれが普通、だったのかしら。ここのところの距離の近さは、理由のあるものだったから……）

夏合宿だったから、ナニカが憑いていたから。理由を体《てい》のいい言い訳にして、どれほど自分はサイラスの体温を享受《きょうじゅ》していたのだろう。こうして離れてしまえば、薄いシャツ一枚越しに感じた肌の熱さを、恥ずかしくも恋しいと思う己がいる。

（……っ!! わ、わ、私ったら、な、な、なんて！　なんて、ふしだらなことを……！）

サイラスがのんびり待ってくれているのをいいことに、すっかり自分の世界に入り込んだミュリエルは、真っ赤になった顔を両手で覆《おお》った。しかし、一度考えてしまえば振り払えない。体温だけではなく、しなやかな筋肉の凹凸《おうとつ》を感じてしまったことだとか。それに比べて柔らかい己の体が、優しく潰される感覚だとか。こもった熱に混じる、互いの香りだとか。

（だ、駄目よ、ミュリエル！　そ、それ以上、想像しては……！）

サイラスに出会ってより、ミュリエルはずいぶん成長したように思う。変な妄想は減ったし、勝手な思い込みだって少なくなった。個性的だと言わざるを得ない「大人の階段」や「恋の迷路」といった独自基準も、いつの間にかこだわらなくなっている。それでもやっぱり、今「欲しい」と頭をかすめた内容を口にするのは、どうしたって自分にはまだ早すぎる。

「ミュリエル？」

無言の時間が長くなりすぎたせいか、はたまたミュリエルが羞恥《しゅうち》に震えだしたせいか、とうとうサイラスが声をかけてきた。勝手に涙目になっているミュリエルは、そろそろと手をおろすと上目遣いでうかがった。

ランプの灯りのなか、穏やかな色をした紫の瞳が真っ直ぐこちらを見ている。目の前のサイラスはナニカが憑いていた時とは違い、至って普通の状態だ。それは要するに、何がなくともくっついてくるような、くっつかなければいけないような、そんな必要がない状態でもある。

「どうした？」

ただ、首を軽く傾げただけ。しかし、顔にかかった黒髪が、瞬きをした紫の瞳が、ランプに陰るあごのラインが、強烈なまでに好きだとミュリエルは思った。そして、好きだと思った途端、衝動的に触れたいと思う。勝手に体が動かなかったのは、あまりに触れたいと思う気持ちが一瞬にして高まったため、反応が追いつかなかっただけだろう。ビクリと震えた指先に、ミュリエル自身がびっくりしてしまう。

（わ、わ、私、絶対に、おかしい、わ……。だ、だって、こ、こんなに……、……、……）

これではまるで、禁断症状のようではないか。サイラスに触れられないと思えば思うほど、触れたくて、触れてほしくてたまらない。そう思うと一度ビクついただけでは収まらず、なんだか指先の震えがひどくなったような気がした。ミュリエルは自身の正気を疑う。コトラをギュッと握って指先の震えを誤魔化しつつ、これには早急な対応が必要だと感じた。

（こ、これは、いったい、どうすれば……、……、……、はっ⁉　そ、そうだわ！　も、もし、本当に禁断症状なら……。す、少しだけ触れれば、症状が改善するのでは……？）

大量摂取ではなく、適量を適宜《てきぎ》摂取することが禁断症状を落ち着かせるには有効だ。そんなどこかで聞きかじった対処法が頭に浮かぶ。きっと、このところ過剰にサイラスを摂取していたのに、急に断つからこんな状態になってしまったのだ。絶対そうに違いない、と一人頷く。

（そ、それなら、もう……、私からくっつきましょう、と、お誘いするしか、ない……っ！）

自分なりの結論に行きついたミュリエルは、決意を持って口を開いた。

「サ、サイラス様！」

景気づけに名前を呼べば、サイラスは瞬きで先を促してくる。

「て、手を、貸してくださいません、か……？」

傾げた首をもとに戻したサイラスは、求められるままに掌を差し出してくれた。ミュリエルは大きな手を、両手で受け取る。当たり前だが自分の手とはまるで違う。大きくて厚みがあり、節のしっかりした男の人の手だ。そう思うだけでドキドキする。

しかし、足りない。できればもう少しくっつきたい。とはいえ、どうしてもそれを口にするのは難しい。そんなミュリエルが思いついた次の手は、サイラスの掌を両方の親指を使ってなでることだった。

（い、いつも、サイラス様は私の掌を、こっそりとなでるから。だから、こうすれば……）

時には二人だけの時に、時には誰かの目から隠れて、サイラスは甘くミュリエルの掌をなでる。説明されたわけではないが、この仕草は掌に唇を落とす代わりなのだと思う。掌へのキスは、懇願《こんがん》を込めた求愛の意味を持つ。ミュリエルはいつだってこの小さな仕草だけで、心臓が爆発しそうになる。ならば、逆も然《しか》り。もちろん、サイラスの場合は眼差しが甘く揺らめく合わせ技で攻めてくるため、年季の違うミュリエルでは多少効果は薄いかもしれないが。

（そ、それでも、これで私の気持ちが、少しでもサイラス様に届けば……、……、……っ!?）

しかし、精一杯のお誘いの効果に、ミュリエルは愕然《がくぜん》とすることになる。サイラスは邪気のない微笑みを浮かべたまま、何をされているのかわかっていない様子で掌を見ている。そして、ミュリエルが驚いた顔をしていることに気づくと、問うように微笑んだ。

ミュリエルの思考は停止した。これより先の手は、現時点では思いつかない。少しでも甘い雰囲気が流れていればまだ頑張れたかもしれないが、今二人を包むのはあまりにも健全な空気だ。そもそも夜はサイラスの時間といっても過言ではないのに、こんな時に限って黒薔薇《ばら》は花弁の一つも気配をみせない。

（こ、これ以上、いったい、どうすれば……）

うろうろと定まらなくなった視線が下を向けば、そこには膝の上で転がっているコトラがいる。コトラの首には、アメシストの指輪が光っていた。それを目にした瞬間、ミュリエルはハッとした。

（そ、そうだわ！　イヤーカフはお返ししたけれど、まだ青林檎のチャームがある……！）

ミュリエルは無意識にサイラスの掌をすりすりしながら、決意を込めた眼差しで訴えた。

「サ、サイラス様！　青林檎のチャームもお返ししたいと思います！　で、ですが、あの……」

先に提案してからふと迷う。ネックレスを返すには、まずミュリエルが首から外さなくてはいけない。しかし、せっかく握ったこの手を放したくもなかった。となると、今自由なのは二人合わせてサイラスの左手だけとなる。だが、問題はない。ミュリエルはこの利き手でもないサイラスの左手が、とても器用なことを知っている。

「わ、私は手がふさがっていますので、サイラス様に取っていただきたいです！　えっと、左手だけでも外せます、よね？」

無理のある主張をミュリエルは真剣に言い切った。これみよがしにモミモミと掌をもむ動きには、もはや甘い雰囲気などあったものではない。ただ、誰が聞いてもおかしい理由だが、言った者がミュリエルだったせいか謎の説得力があった。

よって、サイラスの左手はミュリエルを囲うように首に伸ばされる。それと同時に、互いの顔も近づいた。目の前にあるサイラスのあごにミュリエルは釘《くぎ》づけになる。少し視線を上げれば、当然ながら唇が見えるだろう。

「ひぇっ」

自分から言い出したにも関わらず、栗色の髪を優しい手つきで首筋から避《よ》けられただけで変な声が出てしまった。背筋が伸びたせいで、視線を動かさなくてもサイラスの唇が目の前にある。奇声が笑いを誘ったのか、形のよい唇は緩く笑みを作っていた。

留め金を前に回すために動かされたチェーンが、肌をくすぐる。もう一度変な声が出そうになったが、息を止めるようにしてミュリエルは耐えきった。望み通りに近づいた距離に胸が高鳴る。しかし、ネックレスの着脱程度に手間取るサイラスではない。

（あっ……。も、もう離れちゃう……！）

迷ったのは一瞬で、行動はそのぶん衝動的だった。サイラスの腕が引く気配に背中を押され、ミュリエルは身をよせた。ところが慌てすぎたため目測を誤り、胸に飛び込むまでに至らない。

サイラスはここでミュリエルから抱き着かれるとは少しも思っていなかったからか、それを単なる身じろぎだと判断したらしい。少しだけ笑みを深めただけでもとの位置に座り直すと、とても器用に片手で自らの首にネックレスを着け直した。指先で青林檎を摘まんで転がし、感触を確かめている。

そんな仕草も通常であれば、面《おも》はゆく見つめただけだっただろう。しかし、この時のミュリエルは収まりきらない禁断症状のせいで確実におかしかった。例えるのなら、サイラスが本に嫉妬した時のように。

キュッと唇を引き結んで、青林檎に愛《いと》しげな眼差しを注ぐサイラスを凝視《ぎょうし》する。目力を込めたせいかじわりと瞳が熱くなり、ついでに鼻の奥がツーンとした。

（わ、私には触れてくださらないのに、青林檎のチャームには、あんなに……！）

「ミュリエル？　どうした？　気をつけたつもりだが、髪を引っかけてしまっただろうか。それとも、何か嫌なことをしてしまったか？」

「サイラス様……」

泣き虫で涙もろいミュリエルが瞳を潤ませるのはよくあることだが、原因が思い当たらないことは今までなかったサイラスは、慌てたようだった。心底心配そうな紫の瞳が向けられるが、今見せてもらいたいのはこの色ではない。甘く艶《つや》めく色を紫の瞳のなかに探しても、今は悲しくなるほど理性的だ。

「わ、私のこと……、す、好きでは、なくなってしまいました、か？」

「……うん？」

パチッと瞬きをしたサイラスが、珍しく一時停止した。その隙間に、翠の瞳からポロリと涙が零れ落ちる。なんて面倒臭い台詞を口走っているのだとすぐに自己嫌悪に陥《おちい》ったが、音になってしまった言葉はなかったことにはならない。ミュリエルはどうしようもない己に対し、グスッと鼻を鳴らした。そんなミュリエルを見て、サイラスは言われた言葉の意味を遅まきながら理解したらしい。すぐさまハッと息を飲んだ。

「よく聞いてくれ、ミュリエル。そんなことは、まったくない」

ミュリエルが包んでいたはずの手が、逆に大きな両手によって包み返される。しっかりと握った両手に想いを込め、サイラスは噛んで含めるように言い聞かせた。いつもの鷹揚《おうよう》なもの言いに輪をかけてゆっくりと、そして、はっきりと。

「私は、君が好きだ。この気持ちがなくなることは、天地がひっくりかえってもあり得ない」

包まれた手は、痛くはないが強くつかまれていると感じる力加減だ。真摯《しんし》な声と眼差しにつられて、ミュリエルは涙の溜まってしまった目でサイラスを見上げた。

「わ、私も、サイラス様が好き、です」

ほぼ反射で返事をしたミュリエルに、サイラスはふわりと目もとをやわらげた。たったそれだけで、ミュリエルは心臓がキュッとする。しかし、想いを伝えあったというのに距離は依然としてやや遠い。

「かなり直接的に伝えているつもりなのだが……。いったいなぜ、そんな勘違いをしたんだ？」

紫の瞳がとても不思議そうにこちらを見ているが、ミュリエルからすればいつだって察しのよいサイラスの、今の様子の方がずっと不思議だ。

「き、昨日まであんなにくっついていたのに、触れてくださらないから……」

慮《おもんぱか》ってもらってばかりではよくないと、ミュリエルは思ったことをちゃんと口にした。手をしっかり包まれてはいるが、そのせいで腕のぶんの距離が二人の間に横たわる。

「すまない。距離の取り方を忘れてしまって、どうすればいいのかわからなかったんだ」

少々バツが悪そうに、サイラスが眉を下げる。それを聞いて、ミュリエルは同じようなことで戸惑っていたのだと知り一気に気持ちが軽くなった。それにサイラスは言葉にした途端、包んでいる手にほんの少しだけ引きよせる向きに力を加える。

「抱きよせても、構わないだろうか……？」

ミュリエルはコクコクと何度も首を縦に振った。受け止めてくれることを覚えている体は、なんの躊躇《ためら》いもなく倒れるように傾く。もどかしく感じた距離もあっさりと埋まった。サイラスが抱きしめるどころか、膝に乗せてくれたから。

「わ、私も、何が普通だったのか、わからなくて……。それに、サイラス様のことも……」

「私の、こと？」

サイラスの腕のなかは、まるであつらえたように収まりがいい。頬を広い胸にくっつけてひと心地つけば、なんとなく考えていただけだったことがポロリと口から零れた。律儀に相槌《あいづち》を打ってくれるサイラスに体を預けたまま、ミュリエルは頷く。

「ナニカさんが憑いているせいだったのは、承知していたのですが……。なんだか、たった数日の間に、色んなサイラス様を見たようで……。そうしたら、どれがいつものサイラス様で、どうやって傍にいたのか、思い出せなくなってしまったんです……。そ、それで、あんなことを……。すみません。サイラス様のお気持ちを疑うようなことを、言ってしまって……」

あんまりな失言であったと、ミュリエルは深く反省した。好きだからこそ、揺れる気持ちに折り合いをつけるのが難しい。そもそもサイラスが、いつでも先回りして不安を解消してくれるため、こうした負の感情に向き合う機会自体が少ない。もちろん、不安になることなど互いにない方が平和ではあるのだが。

葛藤に暮れていれば、慰めるような慈しむような優しい手つきで髪をなでられる。あっさり心地よくなってしまったミュリエルだが、それでも聞いておかなければと気持ちを引き締めた。

「あの、今が、普通のサイラス様ですよね？　ですが……。もしかして、私にあわせて、お膝に乗せてくださいましたか……？」

もし、様子のおかしいミュリエルを落ち着かせるために抱え上げてくれたのなら、なんだか悲しいうえに申し訳ない。

「こう言ってしまっては、なんなのだが……。君が私に触れたいと思っている以上に、私の方が君に触れたいと思っているはずだ」

「えっ……。そ、そうですか……？」

意外そうな顔をしたミュリエルに、サイラスは至極《しごく》真面目に頷いた。確かに、お子様なミュリエルより大人なサイラスの方が触れ合う時に余裕はあるものの、触れたいと思う気持ちには大きな偏りはないように思う。そんな考えのもと見つめてみるが、真面目な顔は崩《くず》れない。

譲れないものがあるらしいサイラスと、無言でにらめっこを繰り広げる。負けたのはミュリエルだ。睫毛が長いな、とか。眉毛が凛々《りり》しいな、とか。鼻筋が通っていて素敵だな、などと考えはじめたら、急な羞恥に襲われてしまったのだ。慌てて広い胸に顔を埋める。すると、頭上で吐息に乗せた笑い声が聞こえた。

「それと、どれが本当の私だと君は聞いたが……。残さず全部、本当の私なのだと思う」

「全部……？」

ミュリエルは不思議に思ってオウム返しをした。顔をなるべく隠しつつ、目だけでサイラスをうかがう。

「もともとない感情ならば、憑かれていたとしても表に出てきようがない」

サイラスの言葉に、ミュリエルは妙に納得した。そういえば、一番はじめにサイラスは言っていたではないか。「我慢が利かない」と。しかし、そうなってくると別に気になることが出てくる。

「あ、あの、我慢は体に悪いですので、無理に押し込めたりしないでくださいね？　私でよろしければ、悲しい時は慰めますし、寂しい時は傍にいますし、その他の時も頑張って受け止めますから」

いつもミュリエルの気持ちに添ってくれるサイラスに対し、自分もそんなふうにいられたらと願う。しかし、何かにつけ手のかかる己が口にするにはずいぶん偉そうだったかもしれないと、言ってしまってから悩ましくなった。

「えっと、その、わ、私はサイラス様の、こ、婚約者、ですので……？」

なんとか正当性を出そうとして付け加えてみたが、効力のほどが怪しくて疑問形になってしまった。そもそも言い切れないくらいなら、こうしたことは口にするべきではなかっただろう。距離感の把握をすませたサイラスに、この手の発言は口実を与えてしまうことになるから。

「では、有り難く未来の妻に頼むとしようか？」

「っ!?　つ、つ、つま……」

案の定な展開と、妻、という単語の威力にミュリエルの心臓は途端に跳ねた。しかも強調して言うのではなく、いたく自然に口にしたところがサイラスの上手なところなのだ。それにより思い描く未来というよりは、今の延長にその姿があるのだと自覚させられる。

「君が妻なら、私は、なんだろう？」

そして、サイラスの追求は緩まない。うろうろと定まらなくなったミュリエルの視線を、人差し指一本であごを持ち上げただけで制す。

「お、おお、おっと……」

夫、と音の並びは正しくても発音がおかしいミュリエルに、サイラスはゆったりと微笑んだ。

「他の呼び方は？」

見たいと思っていた色に、紫の瞳がゆらゆら染まる。すっかり夜の気配が似合う男に戻ったサイラスに、ミュリエルは胸が一気に苦しくなって息が細くなってしまう。こうなると翠の瞳に涙の膜が張るのは早い。ひと片ほども香らなかった黒薔薇が、いつの間にか溶けるようなランプの灯りにしっとりとその姿を艶めかせている。妖《あや》しく、甘く。深く誘うような黒薔薇は、気づけばもう二人を沈みこませるように咲き誇っていた。

ないもの強請りは身を亡ぼす。しかし、この確かな熱がこもる眼差しを知ってしまった以上、知らない頃に戻ることはできないし、戻りたくもないのだ。この胸の苦しさをじっくりと味わうように繰り返され、自覚のないままに慣らされてしまっては、浅く触れた程度で深い満足など得られるはずがない。

「だ、だん、だんなっ、さま……」

ミュリエルは、片言でも返事ができる自分を褒《ほ》めてほしいと思った。ところが、サイラスは目をわずかに細めるにとどめる。表情を緩めたのだと勘違いできたら幸せだったかもしれない。しかし、ミュリエルにはわかってしまった。この答えでは及第点に届かないのだ。現に細められても艶っぽい紫の瞳には、不出来をどう問おうかと思案する魔王の影がチラリと宿る。

滴《したた》るほどの妖しい色気にゴクリと唾《つば》を飲み込めば、あごを持ち上げていた人差し指がスイッと喉から首をなでおろした。急所を掌握された感覚に、抑えをなくしたというのに顔をそらすことができない。

首にかけていたネックレスが動く。鎖に人差し指を引っかけて、サイラスが葡萄のチャームを服から出したのだ。葡萄の粒を指先でしばらく弄《もてあそ》んでから、サイラスは低く囁《ささや》いた。

「もうひと声」

早くもいっぱいいっぱいのミュリエルに、多種多様な呼び方を思い起こして吟味《ぎんみ》する余裕はない。そのため身近な者、要するに母が父に対して使っている耳慣れた単語が飛び出した。

「あ、あなた……？」

しかし、正解がわからないため自信のなさに眉が下がった。首だって微かに傾げることになる。色気をまとうサイラスを前に、潤んだ翠の瞳で懸命に見上げた。

「……」

ふっ、と一瞬だけ空気が止まった気がした。もしや大きく不正解なのかと、瞬きもしない紫の瞳を見てミュリエルはますます頼りない表情となった。サイラスからはやり直しは告げられないが、正解の言葉ももらえない。何も言えなくなってしまい為《な》す術なく見つめ合えば、サイラスがふうっ、と深く息をついた。

「……どうも、我慢が難しい。今から先程の言葉に、甘えてもいいだろうか？」

「えっ⁉」

空気が動き出したことに安心していられたのは、束の間だった。「あなた」発言より葡萄のチャームを摘まんだ形で固まっていた指先が、思い出したように動きはじめる。まず葡萄のチャームをあっさり手放すと、流れるようにミュリエルの輪郭《りんかく》へとたどり着く。そして、優しくはあるが触れることに躊躇いのない親指が、ミュリエルの下唇の縁をなでた。

「あっ。あのっ、サイラス様……」

わずかに長い睫毛を伏せた陰で、紫の瞳は唇を見つめている。もうひと呼吸すれば降ってきそうな気配を前に、ミュリエルは膝に転がっているコトラで自身の顔を隠した。今はコトラのルビーの目がサイラスと鉢合わせていることだろう。

「ミュリエル、なぜ顔を隠す？」

あくまで声色は穏やかだ。しかし、本体のご登場とまではいかなくとも、常に魔王は尻尾の気配をのぞかせている。

「な、なぜって、そ、その、ば、場所が……。し、執務室だというのが、気になりません、か？　こ、ここで、これ以上は……。そ、それに、コトラさんも、見ていますし……」

見ているというよりはミュリエルによって見せられているのだが、強面白ウサギの面影が色濃いコトラの防御力はそこそこ高い。

「勤務時間外なのだから、気にする必要はない。コトラは……」

「あっ！」

しかし、アトラのパートナーであるサイラスにとっては、そうでもなかったらしい。簡単にコトラを取り上げると、ローテーブルのミュリエルでは届かない位置に背中向きで置いてしまった。魔王の尻尾かはえている影響か、なんとなく容赦《ようしゃ》がない。コトラを求めてミュリエルが半端に伸ばした手さえ、あっさり握られてしまった。しかも、サイラスはミュリエルをしっかりと抱き込むと、指先を使って掌を小さくくすぐった。

一瞬にして意識をもっていかれたミュリエルは、呆《あき》れるほど素早い体温の上昇を感じた。掌にもたらされる感触など、わずかなものだ。それなのに、たったそれだけで眩暈《めまい》がしそうだった。己では効果など皆無なのに、サイラスがするだけでこんなにも艶めいた仕草に変わる。

「……傷が、浅かったのが救いだ。ただ、治るにはまだかかりそうだな」

不意に呟くサイラスに、転んだ時に擦りむいた傷を言われているのだと気づいたミュリエルは、自分の掌を見やった。こんな傷などなんてことない。多少無様であったが、己ができうる最大限で目指した結果を迎えることができたのだ。臆病な自分が一人でも立ち向かえたと思えば、傷以上に大きな自信がついたほどだ。

「君の立ち向かう姿を目にして、私は心が震えたんだ」

一瞬、悪い意味合いで受け取ってしまったミュリエルだが、サイラスの表情を見て考えを改めた。その眼差しには、確かな信頼が込められている。ただ、勘違いでなければ身の丈にあわない尊敬のようなものもこもっている気がして、思わず遠慮してしまいそうになった。

「神々しいほどだった」

しかし、続く言葉を聞いたミュリエルの脳裏には、余計な考えを吹き飛ばして反転した世界で輝いていたサイラスの姿が瞬間的に浮かんだ。白く光る睫毛に彩られた金緑の瞳を輝かせ、背にナニカの翼を広げていたサイラスの姿が。だが、それはサイラスであって己ではない。

「涙に濡れた君の瞳が、銀紫に輝いていたことを知らないだろう？　とても、美しかったんだ」

ミュリエルは息を飲んだ。銀を帯びる紫色。自分の瞳の色など考える余裕などなかったが、それではまるで金緑の瞳と対をなすようではないか。もし、本当に今言われた通りサイラスと並び立てる光を己が宿していたとするのなら、身が震えるほどに誇らしい。

「痛みは、まだ感じるか？」

傷になっていない部分に触れているのに、そのなで方はかすめるほどに優しい。

「く、くすぐったい、です」

血もすでに滲まない傷など痛いはずもなく、ミュリエルは小さく笑った。

「本当は、君が……」

なでられていた手をそっと持ち上げられる。長い睫毛を伏せたサイラスは、傷の残る掌に唇をよせた。柔らかい感触が確かな熱と共にもたらされる。吐息の柔らかさを持った唇に触れられたまま、伏せた睫毛の陰から流し目が向けられた。

気を緩めていたミュリエルは、瞬時に頬を染めた。どうやら尻尾のはえたサイラスは、なぜか角もはやす気になったらしい。

「少しの痛みも感じないほどに」

艶めく黒薔薇の花弁が、ゆったりと舞うように散り香る。ランプの灯りに陰影を濃くする、サイラスの綺麗な横顔や黒髪を飾りながら。

「甘やかしてしまいたいんだ」

低く響く声はミュリエルの体の奥に染み、心地よいとひと時惑えば痺《しび》れるほど甘く身に広がる。

「何もわからなくなってしまうくらい、深く」

掌から流し込まれる想いの熱と、体の奥底で揺蕩《たゆた》うように響く甘い声が混じりあう。

「私がそれを望んだら……」

混ざって、溶けて、一つになって。

「君は、どこまで許してくれる？」

身を満たした熱に、ミュリエルが心まで火照《ほて》らされたその時を見誤らず、抱きよせていた手がするりと背をなでた。そんなわずかな刺激で、トロリと溶けだした熱が途端に弾ける。息があがってしまい、あえぐようにミュリエルの口から息が零れれば、それさえ愛しげにサイラスは微笑んだ。

目尻に溜まった涙の雫が、ランプの色で甘そうに染まる。魔王の乾いた喉を潤《うるお》す甘露《かんろ》にも似たその雫を、サイラスが美味《おい》しそうだと思ったかは定かではない。しかし、唇で味わうように拭《ぬぐ》うと、ゆったりと頷いた。

「……大丈夫だ。言ってみただけだから。私は、君が君であることが愛しい。だから、私の都合で縛りつけて、君の持つおおらかでいて芯のある気性を損なうようなことはしたくない。ただ、相反して聞こえるかもしれないが、この囲ってしまいたい気持ちも本当なんだ」

反対の目尻にもう一度唇がよせられる。角度をずらして頬に二度、さらには唇の端にもう一度。そこでふと体を引いたサイラスは、ミュリエルのぼんやりと潤む翠の瞳をのぞき込んだ。

「続きをしても、構わないな？」

握っていない方の手が栗色の髪を耳にかけ、ついでのようにもうイヤーカフのついていないそこを摘まむ。やわやわと誘う仕草には、魔力でも込められているのだろうか。思考が溶けてすべてに身を任せてしまいそうになる。ぼんやりと潤んだ瞳がゆっくりとサイラスを映す途中で、机の上に出されたままの書類に留まったのは偶然だ。

「あっ……。や、やっぱりここでは、と、とても、悪いことをしている気が、します……」

「悪いこと？」

コクンと頷いてから、涙目で見上げる。ミュリエルとてなけなしの自制心だ。甘く見つめられて、優しく誘われて、それでもこの唇を拒めるほど幼くはない。ただ、いくら勤務時間外でも執務室での逢瀬《おうせ》というのは上級者向けだ。なんでもない昼にこの場を訪れた時に、いたたまれない思いになるのは目に見えている。

「私は悪いことではないと思うが、君がそう感じるのなら、悪いことなのかもしれないな。では……」

尻尾がはえていてもミュリエルの言わんとしていることを察してくれるのは、さすがサイラスといったところだ。もちろん、大好きな人と触れ合うのは嬉《うれ》しいため、場所を移してもらえれば幸いだ。よって、ミュリエルは頬を染めたはにかんだ顔で、広い胸により添った。繋いでいる手をほんの少し動かして、こっそりサイラスの掌をなでてみる。

「私と、悪いことをしようか？」

「っ⁉」

ビクッ、と体が跳ねると同時に、耳を摘まんで遊んでいた手にあごを持ち上げられる。思わず押し返そうとした己の手は、もとより握られて自由は奪われていた。制止の声をあげようとしたその瞬間を狙って、唇をふさがれる。

「……っ、……んんっ」

中途半端に吸ってしまった息は、鼻から逃すより先にサイラスに飲み込まれた。力の入っている体をなだめるように、あごをとらえたままの大きな手が余った指でさらした首筋をなであげる。くすぐったいだけではない、甘く痺れる感触が体から力を奪う。

従順なミュリエルを労《ねぎら》うように、触れた瞬間の強引さをしまったサイラスは、優しく甘く唇を食《は》んだ。柔らかさを確かめる合間に二人が零す吐息は、互いの体温よりずっと熱い。

（く、苦しっ……、で、でも……、……、……）

サイラスがこの苦しさを与える相手が己だけであることが、深く深く幸せだ。強く、優しく繰り返し触れる口づけを、少しも抗《あらが》うことなく受け入れる。食まれた唇を、自ら求めるように逆に食み返したことすら気づかないほど夢中で。

「もっと触れてくれ。君から求められると、私は満たされる」

大好きなサイラスと触れ合って、言い訳のしようもなく熱に満たされることを心地よく感じているミュリエルは、もうすっかりものを考えられなくなっている。だから、サイラスから何を言われたのか半分も理解できなかった。ただ、いつの間にか両手はたくましい肩にしっかりつかまっていたし、あごは自らの意思で触れ合うのにちょうどよい角度を保っている。

わずかに唇が離れた隙間で、紫と翠の瞳はゆらゆらとランプの灯りに溶けるように甘く色を艶めかせた。欲しいと思う気持ちを素直にさらしてしまえば、初々《ういうい》しいはずの若葉の色はこんなにも潤んだ熱を滲ませる。もちろん、狙ってそうなったわけではなく、見つめ合う明ける空の色に誘われてこそなのだが。

それでも、今だけは――。

互いしか知らない色と熱に、時も場所も忘れてしばし酔う。我に返って恥ずかしさに悶《もだ》えたとしても、言い訳は用意されている。何しろこの触れ合いを知るのもまた、今宵は互いしかいないのだから。

エピローグ

齢《よわい》二十六にして、ここワーズワース王国のエイカー公爵であり聖獣騎士団団長でもあるサイラス・エイカーは、王宮内に与えられている自室に向かい、最低限の灯りだけが残る夜の廊下を歩いていた。最愛の婚約者であるミュリエルを最高の相棒であるアトラのいる獣舎へ送り届けた帰り道だが、寝支度をすませたら戻《もど》りたいと思っているため、その歩調は早い。

こうしていると、夏合宿から昨日までに起こった非現実的な出来事が嘘《うそ》のようだ。今ある難題のうち、一つの区切りを迎えたと考えれば大きな転換点であったはずなのに、あまりにも速やか且《か》つ流れるように日常に移行してしまったため、逆に少々戸惑ってしまうほどだ。

(しかし、その戸惑いのせいで、ミュリエルを不安にさせてしまうとは……)

ナニカに憑《つ》かれていたとはいえ、思うままに振る舞うことなど物心がついてより久しぶりのことだった。取り戻した理性をもって振り返れば、色んな方向にいたたまれない気持ちになる。ならば、挽回《ばんかい》の必要があるだろう。そんな考えから、いつも以上に己を律していたのに。

(あんなにも可愛《かわい》らしい誘い方が、他にあるだろうか……)

掌《てのひら》をくすぐったいほどの力加減で指圧されたと思ったが、それがミュリエルからの精一杯のお誘いだったのだと気づけばどうしたって胸が騒がしくなってしまう。しかも、困ったように「あなた」と呼びかけられた時の破壊力たるや。サイラスは人気《ひとけ》のない廊下で、顔をそむけて咳払《せきばら》いをした。わざと厳《いか》めしい顔を作らなければ、いつまで経《た》っても口もとが笑みを浮かべてしまう。それに今回も、サイラスの愛する婚約者はただ可愛らしいだけではなかった。

（ミュリエルの瞳が銀紫であれば……、私の瞳は金緑、か。まるでそろいのようだな）

とはいえ、サイラスにしてみればいくつかの不思議な出来事とて、この身を過ぎてしまえば追いかけてまで知りたいものではない。己にとって重要なのは、大切に思う者達が心穏やかに過ごせる毎日だ。その者達が望むからこそ、同じ方向へ注意を払っているにすぎない。

その筆頭は、現時点ではリーンとなるのだが――。生来《せいらい》の性分《しょうぶん》はあれど最も重きを置くものが同じため、今後も心配するような事態にはならないだろう。ただし、これから先もこの手のことは聖獣騎士団の周りで起こり続けるはずだ。ミュリエルがいる限り。

（竜のひと雫《しずく》を身に宿す者達の集まり、か……）

ふとミュリエルが他の者を愛した可能性を考えてしまい、大きく首を振る。魂が命も種も越えて受け継がれる記憶の連なりであるのなら、心と体が個を形作るものとなる。ならば今、サイラスとミュリエルとしてある自分達は、互いの心と体にこそ惹《ひ》かれたのだろう。しかし。

「理性を持つことが、人が人である所以《ゆえん》、か。そう言われてしまうと……」

独りごちると、サイラスはさらに歩調を速める。本能に忠実な白ウサギは、可愛い妹分が冷えないように今宵《こよい》も大切に温めていることだろう。だが自分とて、早く戻ってそのぬくもりを腕に抱きたいと思うのだ。一応言及しておくが、もちろん理性は大切にするつもりである。

あとがき

こんにちは、山田桐子です。『聖獣番』七巻、いつもの章立てのセオリーを飛び出した物語運びとなりましたが、お楽しみいただけたでしょうか。例のごとく、私はあとがきを書きながらドキドキソワソワしております。そして、恒例の懺悔を叫ぶ余白が七巻は少なく……。であれば、謝り倒すよりはお礼をお伝えしたいかな、と思います。

ということで、担当編集様、まち様、校正様、お力を貸してくださった皆様、本当にありがとうございます！　もちろん、読者の皆様も！　毎回「ありがとう」ばかり叫んでいるのですが、もう、本当に、それ以上の言葉が、ない！　元来忘れっぽい質ですが、皆様のおかげで落ち込んでからの立ち直りも早いです。有り難い。

また、コミカライズを担当してくださっている、大庭そと様とご担当者様にも感謝を。どこを切り取ってもパッと目を引く華やかさに、いつも感激しております。読者の皆様と一緒に楽しめることもまた、喜びポイントの一つだったりします。

さて、駆け足ですが、挨拶とお礼を詰め込みましたので締めの言葉を。今巻もここまでお付き合いくださり、ありがとうございました。またお会いできたら嬉しいです！

引《ひ》きこもり令嬢《れいじょう》は話《はなし》のわかる聖獣番《せいじゅうばん》7

2023年1月1日　初版発行

著　者■山田桐子

発行者■野内雅宏

発行所■株式会社一迅社
〒160-0022
東京都新宿区新宿3-1-13
京王新宿追分ビル5F
電話03-5312-7432（編集）
電話03-5312-6150（販売）

発売元：株式会社講談社
（講談社・一迅社）

印刷所・製本■大日本印刷株式会社

ＤＴＰ■株式会社三協美術

装　幀■世古口敦志・
前川絵莉子（coil）

ISBN978-4-7580-9514-3

この本を読んでのご意見
ご感想などをお寄せください。

おたよりの宛て先

〒160-0022
東京都新宿区新宿3-1-13
京王新宿追分ビル5F
株式会社一迅社　ノベル編集部
山田桐子《やまだとうこ》 先生・まち 先生

第12回 New-Generation

アイリス少女小説大賞

作品募集のお知らせ

一迅社文庫アイリスは、10代中心の少女に向けたエンターテインメント作品を募集します。ファンタジー、時代風小説、ミステリーなど、皆様からの新しい感性と意欲に溢れた作品をお待ちしております！

金賞	賞金100万円	＋受賞作刊行
銀賞	賞金20万円	＋受賞作刊行
銅賞	賞金5万円	＋担当編集付き

応募資格 年齢・性別・プロアマ不問。作品は未発表のものに限ります。

選考 プロの作家と一迅社アイリス編集部が作品を審査します。

応募規定 ●A4用紙タテ組の42字×34行の書式で、70枚以上115枚以内（400字詰原稿用紙換算で、250枚以上400枚以内）
●応募の際には原稿用紙のほか、必ず ①作品タイトル ②作品ジャンル（ファンタジー、時代風小説など） ③作品テーマ ④郵便番号・住所 ⑤氏名 ⑥ペンネーム ⑦電話番号 ⑧年齢 ⑨職業（学年） ⑩作歴（投稿歴・受賞歴） ⑪メールアドレス（所持している方に限り） ⑫あらすじ（800文字程度）を明記した別紙を同封してください。
※あらすじは、登場人物や作品の内容がネタバレも含めて最後までわかるように書いてください。
※作品タイトル、氏名、ペンネームには、必ずふりがなを付けてください。

権利他 金賞・銀賞作品は一迅社より刊行します。その作品の出版権・上映権・映像権などの諸権利はすべて一迅社に帰属し、出版に際しては当社規定の印税、または原稿使用料をお支払いします。

締め切り 2023年8月31日（当日消印有効）

原稿送付宛先 〒160-0022 東京都新宿区新宿3-1-13 京王新宿追分ビル5F
株式会社一迅社 ノベル編集部「第12回New-Generationアイリス少女小説大賞」係

※応募原稿は返却致しません。必要な原稿データは必ずご自身でバックアップ・コピーを取ってからご応募ください。※他社との二重応募は不可とします。※選考に関する問い合わせ・質問には一切応じかねます。※受賞作品については、小社発行物・媒体にて発表致します。※応募の際に頂いた名前や住所などの個人情報は、この募集に関する用途以外では使用致しません。